新 潮 文 庫

日本三文オペラ

開 高　健 著

新 潮 社 版

2002

日本三文オペラ

第一章　アパッチ族

「外では雨が降っている！」
「ところが頭の上では
小屋が燃えてる！
焼け死ぬことを思えば
濡《ぬ》れねずみになるぐらい
なんでもない」

――ピオニールの歌――

一

あとで仲間から〝フクスケ〟と呼ばれるようになったひとりの男がすこし酔ったような足どりでジャンジャン横町を歩いていた。見たところは大きな男だが、すこし猫背で、穴のあいた水袋のように筋肉が骨のうえでたるみ、すっかり弱りきっていた。眼は乾いてどんよりかすみ、重そうな顎《あご》をたらし、紐《ひも》のないかたちんばの靴をひきずっていた。例によって、ボロ切れ、空罐《あきかん》、藁《わら》のかたまり、ボール紙の切れっぱしなどといった、すっかり正体のなくなったものを背負《しょ》いこんでいる。歩くところを見ると、まるでちょっとした塵芥山《ごみやま》の移動である。さすが不潔好きのジャンジャン横町の連中も、この男がやってくるのを見ると、眼をそむけた。職業はもちろん、家、子供、女房、道具、名前など、あらゆる属性を失ってすでにひさしいということが一瞥《いちべつ》してわかった。悪臭を発する都会のひき肉とでもいうよりほかに言葉が見つからない。どんな子宮からしかめつらで這《は》いだしてこうなったものか、さっぱり見当がつかない。むだなことは、まるで町工場裏の空地の、一年じゅう乾いたことのない、白内障でつぶれた眼のような水たまりにも似た男である。それが鉢のひらいた、子供くさい頭をして、ジャンジャン横町のもうもうとした匂《にお》いのなかでふらふらしていた。

ジャンジャン横町というのは大阪の「新世界」という場末の歓楽街にあるせまい路地である。ちかくには美術館と動物園という、似たようなものが二つあるが、この豊饒《ほうじょう》ではじしらずな町にはなんの影響もない。新世界そのものは、美術館のある丘のしたにひろがった、むらむらとした湿疹部《しっしんぶ》、または手のつけようもなくドタリとよこたわった胃袋とでもいえるようなところだから、ジャンジャン横町はそれにつづく腸管みたいなものである。フクスケはその腸管のなかを流れる青い夕靄《ゆうもや》の川のなかにただよっていた。ここ二、三日、彼はなにも食っていなかった。彼のねぐらは胃袋の入口にあたるような、動物園の植込みのかげにあった。そんなところに寝起きしながら干されるというのはすこし妙な気がするが、事実であった。軒なみ何十軒と数知れぬ飲食店をまえにしても、また、そこにウンカのような通行人の群れがあっても、一度なにかが狂いだすと豆一粒食えぬというのはしばしばありがちなことだ。恐慌《きょうこう》の気配をかぎつけると、フクスケは何度となくねぐらからでて新世界へ入っていき、ジャンジャン横町へもぐりこんでみた。塵芥箱、残飯山、哀訴、門附け。胃袋から腸へ、腸から胃袋へと、内側をつたってだめなら外側へまわり、外側がだめなら東西に歩いてみる、それで効果がなければ今度は南北へ、ときには縦に、ときには横にと、おちつきのわるい不消化物のようにうろつきまわったのだが、さっぱりききめがなかった。こんなことはいままでに何度もあって経験はいやというほどつんでいるし、飢えというじゃじゃ馬のあしらいかたにもかなりの自信があったので、はじめのうち彼はかるく見ていた。あわてることはあるまい、と思った。ところが、夜、ねぐらにもぐりこんで、暗がりのなかでいざ相手にまわしてみると、たいへんな強敵だということがわかった。今度の奴《やつ》は妙にうぶで、しつこく、そのくせコソコソと技巧的なところがあった。いきなり背骨のふるえそうなたまらなさでかみつくかと思うと、とつぜんはなれていなくなり、油断をしていると今度はいつのまにか皮膚のなかへもぐりこんで石のようにズシリともたれかかってくる。おしのけようとしてもがきにもがいていると、つぎにはふいにめまいや吐気となって霧のなかへ追いこもうとする。相手は余裕綽々《しゃくしゃく》とかまえているらしくて、そんな直撃や居坐《いすわ》りや煙幕などの正面攻撃のさいちゅうにときどき風のように擦過する熱さや川のようなけいれんなどの側面攻撃もまじえるのだ。汗がでて、眼がちらついた。フクスケは暗がりで体をまげたり、のばしたり、とつぜん起きあがってまた寝てみたり、思うまい思うまいと思ってみたり、逆にありとあらゆる皿と湯気を思いおこそうとしてみたり、必死になって悪戦苦闘したが、むなしかった。夜があけるころには、すっかりぼんやりしてしまった。公衆便所へ水を飲みにいこうと体をおこしたときには、まるで腰まで粘土に埋没していたような気がした。彼は水を飲んで帰ってくると、日なたに這いだして、厚いかさぶたのような垢《あか》とあぶらに蔽《おお》われた、薄暗い体のなかにとじこもってうつらうつら眠った。夕方ちかくまでそうやって土と日光のなかに半溶状態でいたのだが、へとへとに疲れてよこたわっていると、そのうちになんだか、孤独や斃死《へいし》という、シラミのように慣れきったはずのものが妙にドキドキした新鮮さで芝生や公園のなかをかすめて通るように思われだしたので、彼はふらつく足を踏みしめ新世界へ入っていった。

夕暮れの上げ潮にのっていつもの連中がいつものようにこの多汁質な湿疹部をめざして集まり、ぞろぞろ歩いていた。「すべてこの世は響きと怒り」というせりふはシエクスピアだったと思うが、フクスケに教えてやりたいようなものである。この、新世界とジャンジャン横町というところは、まさに、年がら年じゅう夜も昼もなく、ただひたすら怒って騒いで食うことにかかりきっているようで、栄養と淫猥《いんわい》がいたるところで熱っぽい野合をしていた。娼婦《しょうふ》、ポン引、猥本売り、めちゃな年頃の大学生、もの好きざかりの中学生。ヒロポンの切れた三白眼。ばくちに負けた奴。ひとの財布を狙《ねら》う奴。頭にいっぱい淫《みだ》らな幻想のかけらをつめこんだ工員。毛のついた内臓を生のまま頬張る人夫。なにやかやらが血と精液の充満したぼうふらの群れのようにひしめきあっている。ニタニタ笑い、コソコソささやき、ギラギラにらんでいる。

フクスケは道のはしを軒づたいにうなだれて歩いていった。ホルモン、すし、ライスカレー、ごった煮、おでん、あめ湯、大福餅《もち》、天ぷら、シュウマイ、酒まんじゅう、やきとり、カツ丼《どん》、かば焼き、にぎりめし、みそ汁、刺身。たがいにおしあいへしあい腫物《はれもの》のようにかさなりあい、くっつきあって、いっせいに匂いをもうっと吹きつける。思わず藁みたいにふるえると、麻雀屋《マージャンや》の窓でけたたましく陰惨な声が「食うてこませ！」と叫んだ。映画館の銃音。すし屋の大太鼓。パチンコ屋の軍艦マーチ。廃兵の君が代。そこへ拡声器を切符売場へもちだした劇場からは女のアクメのうめき声がたちのぼって町いっぱいにみちわたるのだ。もうすぐすればあちらこちらの壁に裂けめや穴のひらくのが見えるだろう。腸管は充血して酒精の熱い濃霧のなかでゆがみはじめるにちがいない。

はじめのうちフクスケは一軒ずつ店のまえでたちどまり、眺めたり、かいだりしていたが、そのうちにやりきれなくなって方向転換をした。彼は川のなかの石のようなものだった。せまい路地には身うごきならないくらい群衆がひしめいていたが、さすが不潔で旺盛《おうせい》で物好きな横町の連中も彼の体からたちのぼるねばねばした悪臭にはたまりかねて、みんな体をさけ、彼がのろのろと通りすぎるのを道のはしで待った。フクスケは眼がかすんでいたのでそんなことはまったく知らず、こんでいるわりには歩きやすいじゃないかと思いつつ、あいかわらず塵芥山のようにうごいていった。ジャンジャン横町をでると新世界に入ったが、そこの空地には「性犯罪衛生大展覧会」というむしろがけの小屋があった。フクスケは入口に貼《は》りだされた何枚かの写真をぼんやり見あげた。女を殺したうえにバラバラにして髪をそっくり剝《は》ぎ、山小屋へかけこんでそれを頭からひっかぶってゴム長はいたまま首を釣った男だとか、なんだとか、とほうもない情熱の持主の写真であったが、いずれも何回となく複写して現像したものらしく、ただもやもやと黒いものと白いものが映っているにすぎなかった。強姦《ごうかん》された女の裸の現場写真も一枚まじっていたが、局部には絆創膏《ばんそうこう》が貼られて見えないようになっていた。フクスケが眼をちかづけてこまかく観察すると、あきらかにそれをひっ剝がそうとしたらしい爪《つめ》の跡がいくつもついていて、絆創膏は手垢によごれて薄黒くなっていた。フクスケはのろのろと手をあげ、ヤットコみたいにのびてまがった爪で剝がしてみようと一、二度試みたが、剝げそうになかったので、すぐあきらめた。この小屋にはほかにもっとおもしろいものがあるように思えたが、入場料の十円がなかったので、すぐはなれた。

それからフクスケは舗道のぬかるみからしみだした影のようにゆっくりとうごきつつ、煮こみかカレーライスの大鍋《おおなべ》のなかであぶらの泡が浮いたり、沈んだり、重いためいきついたりするのを眺めて時間をつぶそうかと思ったが、いまの体ではそんな刺激は

（ごつすぎて……）

とてもたえられないような気がしたので、あきらめることにした。

ほかになにか飢えをまぎらすものはないかと思ってとぼとぼ歩いていると、ある人けのない路地の暗がりに二、三人の男がしゃがみこんで、クスクス笑っていた。ぼっ

と明るくなったかと思うと、すぐ暗くなる。その明滅のたびに

「さあおしまい」

「もう十円」

というような声がして、また明るくなる。八卦《はっけ》見《み》でもなければ猥本屋でもなさそうだ。が、女の笑声が聞こえて

「あっちっち、もっとはなしいな、火傷《やけど》するがな」

といったので、フクスケは

（また、やっとおる）

と思った。いままでに何度もかいま見て彼は女のそれがどうなっているかということをよく知っていたが、やっぱりのぞきにちかづいていった。この界隈《かいわい》ではそれを〝マッチ一本〟と呼んでいた。やっぱりひとりの男が食うに窮して、これまた飢えとつるみあっていた女をひとりさがしだしてきてはじめた商売である。彼と彼女は徳用マッチ一箱だけをもって、毎夜、町にでた。彼らは後暗くて襞《ひだ》の多い新世界のなかでもいちばん暗くて忘れられた場所を選びだして、およそこれ以上落ちようのない簡単な仕事をやっていた。

フクスケはこっそりちかづいた。塵芥箱のかげの、むんと悪臭のたちこめた暗がり

にひとりの中年の気ちがい女が寝ころんで膝《ひざ》をたてていた。客の酔っぱらいがマッチをすってちかづけると、黄いろくたるんだ二本の腿《もも》の奥に蟹《かに》の鋏《はさみ》が見えた。それは腐りきって変色し、だらりとひらいて、どこまで通じているのかわからないような暗い穴があいていた。酔っぱらいは体をぐらぐらさせ、十円だしてはマッチをすり、マッチが消えるとまた十円だす、というようなことをつづけていたが、彼は目的のものをちっとも見ていなかった。会社帰りの仲間らしい男たちが、マッチをゆらゆらさせている彼の手をつかまえてジッと虫食いだらけの古い果実を照らしださせようとしたが、いつも、やっとつぶさに眺められるかというときになって火は消えた。男たちは舌打ちし、女はゲラゲラ笑った。マッチがつくたびに争いあって、小さな、深い洞穴のなかへ首をつっこもうとあせる男たちのうしろから、フクスケはなにげなくのぞこうと首をのばした。が、その瞬間、いきなり

「ただ見するな!」

低い、殺気にみちた声が走って、フクスケはつきとばされた。男の顔を見ると、いまにもつばを吐こうと口のなかで舌をうごかしているらしい気配があったので、フクスケはよろよろともつれそうになりながら逃げだした。男はすぐ仕事にもどったらしく

「……家へ帰ってよう研究してみなはれ。しろうとの奥さんはこんなことになりまへんよってに、こら、ええ勉強でおます」

などという声がうしろで聞こえた。

しかたなしにまた腸管へもどろうかと思って映画館のまえの明るみへ這いだしたとき、ひとりの女に肩を叩《たた》かれた。

「兄さんよ」

女はいやに慣れ慣れしい表情でニヤニヤ笑っていたが、しばらく歩いて話を聞いているうちに、それは女が彼のあとをいままでずっとつけてきたからだとわかった。女は彼がジャンジャン横町のホルモン屋のまえでおよそ三十分は煙にいぶされていたことや、犯罪写真の絆創膏を剝ごうとしたことや、のぞきにしくじってどなられたことなど、ひとつひとつこまかく数えたてた。フクスケが見ると、女はほぼ中年と思われる年配で、男物のくたびれたワイシャツをスカートのなかにつっこみ、草履のように薄くなった下駄《げた》をはいていた。眼と眼のあいだが平目のようにひらき、瞼《まぶた》はするどく切れて、頰骨がとびだしている。ひと目で朝鮮人とわかった。目じりには皺《しわ》がたくさんあってこれまでの苦闘をしめしているが、ひくい鼻や、がっしりした肩や、つよそうな首、小作農民系のこすっからさをうかべた眼など、どの点をとっても、どのような時間のヤスリにもたえられそうな、丈夫一式という印象で、胴の長い、すわりのよさそうな体つきはいかにも子供をたくさん生みそうであった。フクスケは、なんとなく、この女はまたいだだけで妊娠するのじゃあるまいか、と思った。ナイフのようにするどいニンニクの匂《にお》いが女の体から発散していたが、むしろフクスケはそれを好ましいものに思った。

女は、しばらく、ずけずけとした口ぶりで楽しそうにフクスケの弱点を数えたてていたが、そのうちに、なにを思ったのか、彼の顔をのぞきこんで

「兄さん、なにが食べたい」

と聞いた。

口ぶりでは彼女がほんとになにかふるまってくれそうな気配が感じられたので、フクスケは、よく考えたあげく

「煮こみとモツ丼」

と答えた。どちらも新世界ではいちばん安くて、口にあい、フクスケの感じたところではいちばん力がつきそうに思えるものであったが、女は掘立小屋に入って彼が凸《でこ》凹《ぼこ》になったブリキの皿でがっつきはじめたのを見ると、いかにも軽蔑《けいべつ》したように

「ぜいたくや」

といった。店で食わせるものではそれ以下のものがないと思いこんでいたフクスケは、女の言葉にちょっとおどろいたが、とにかく空腹はせっぱつまっていることだし、おごってもらっていることではあるし、なにもいわずに臓物をかきこんだ。

女は彼が食事をすませるのを待ってから、用件を切りだした。彼女は家畜の臓物のあぶらにまみれてほとんど文字盤がかすんでしまったような柱時計を見あげて

「どうやな、兄さん」

といった。

「十時から仕事があるんやが、助人《すけっと》に来てくれへんか？」

フクスケはちょっとがっかりして、あきらめたようにつぶやいた。

「……そら、そうやろな」

「なにがいな？」

「ただでは食えんわ」

女は間のわるそうな表情でちょっとだまったが、すぐに自信を回復した。

「金はだすのやで。それに飯もでるし、服も貸すし、なんなら寝ていってもええちゅうのやが、どうや？」

「えらい、ええ話や」

「ええ話や」

「よすぎるがな」

「……」

「場所はどこや」

「城東線の京橋や」

「仕事《ごと》はなにや」

ふいに女の顔をある表情が走って消えた。女はそっぽをむいて、だまりこんだ。が、すぐに気をとりなおしたようにむきなおって、ニヤニヤ笑い、フクスケの肩や腕をじろじろ眺めながら
「兄さんならでけるこっちゃ」

といった。その言葉にはつよい確信が感じられたので、フクスケは、なにかわからないまでも、とにかくこの女は思うにはじめからそれだけを点検しながらあとをつけてきたのだろうと考えた。彼は煮こみとモツ丼が腹に入ってすっかり気持がよくなり、耳のうしろがザワザワと温かくなりだしたのにうっとり酔っていた。女の微笑はどことなくこすっからくて、仕事のことはそれ以上ひとこともいうまいという緊張がありはしたものの、暗さやするどさはないようだったので、しばらくだまっていてから

「仕様《しゃあ》ないな」
と、つぶやいた。

二

フクスケと女は新世界のモツ屋からでると、公園をぬけて坂をのぼり阿倍野橋《あべの》にでた。城東線の高架線はそこから出発して大阪の下町をつらぬき、大阪駅で終点となる。二人はそこからのって、京橋でおり、駅のちかくの貧民部落へ入っていった。塵芥山《ごみやま》のようなフクスケがどうして電車にのりこんだのか、よくわからない。天王寺でのりこむときは、女はひとりで改札口をとおり、プラットホームで待っていた。すると三十分ほどしてフクスケがどこからともなく線路を歩いてきて、プラットにあがった。電車にのるときは車掌に見えないよう、女のかげにかくれてよろよろとかけこみ、のりこんでしまうと乗客から遠くはなれて、運転室のちかくの隅っこの床へ油布のかたまりのようにしゃがみこみ、生きてるのか死んでるのかわからないぐらいに頭も足もかくしてしまった。京橋につくと、また女のかげにかくれてプラットへ這《は》いだした。女が改札口をでて待っていると、今度は十分ぐらいで、どこをどうまわったものか、駅とはまったく反対の方向の町のほうからぶらぶら歩いてきた。べつにどうやったのだとも聞きあわないで、二人はそのまま貧民部落へ入っていった。

この部落は、大阪駅から電車で五、六分かかるかかからないかというようなところにあった。が、ネオンと酒場と劇場のアミーバー的な東方的殷賑《いんしん》にそれほどちかく接していながら、まったく農村のようであった。だいたい城東線の沿線の町は、寺田町、鶴橋、猪飼野《いかいの》、玉造、森宮、すべて大阪の低湿地帯で、中小企業の町工場や朝鮮人町が集結しているところである。このあたりは、どこを歩いても、いたるところで下水溝が泥や米粒の嘔吐《おうと》をもりあげ、道を緑いろに腐らせている。ところが、フクスケがなにも知らずにひょろひょろ入っていった部落は、その低地性、貧窮、陰湿さ、ゆきあたりばったりの、まさに精粋そのもののようなところであった。

家は何軒かわからない。おそらく何十軒というぐらいのものだろう。あまり大きな部落ではない。が、それらの掘立小屋は夜のなかでくっつきあい、つるみあい、とけあって、暗がりではほとんどどれがどれとわからないまでに壁や戸の区別がつかなかった。またしてもむらむらとした湿疹部《しっしんぶ》だ。ぼろぼろの古帯みたいな道が気まぐれにわかれたかと思うとくっつき、くっついたかと思うとわかれ、豚や鶏がけたたましい声で鳴きながら平気で家のなかへかけこんでいくところを見れば、人間が床ももたずに彼らと親交をかわしているらしい気配がはっきりのみこめた。どの家も、たとえばひとりの男がドッとかけだしてぶつかればマッチ棒ほどの抵抗もできずにひとたまりもなくつぶれてしまうかと思われた。屋根にはスレートのかけらや、やぶれた波型トタンをならべ、風にとばないように石をしこたまのせているが、家そのもののたよりなさから見れば、防禦物《ぼうぎょぶつ》のはずの石がげんに最大の攻撃物となって、寝ている人間の頭をジロジロ狙《ねら》っているようだった。戸や壁からは酸性で粘液質の異臭がたちのぼり、この部落の住人の汗や尿は、いったい土のなかのどの層まで浸透したのだろうかと思わせられた。そのあわれな腫物《はれもの》のような家と暗がりのあちこちでは赤ン坊の泣声や老人のつぶやき、女の叫び、男の笑声などが聞こえ、ある放埒《ほうらつ》さを発散していた。フクスケは歩いてゆくにしたがって、こうもりのように小屋のまわりをかすめる、まるでごみ屑《くず》のかたまりに肺とのどをつけたような子供の群れや、ほとんど全裸にちかい恰《かっ》好《こう》で道のまんなかにたおれている男などを見た。男は前後不覚に酔っぱらって粘土のようにくろぐろとよこたわり、ひと嗅《か》ぎでそれとわかる、虹《にじ》のようなキムチとマッカリの匂いを全身から発散させていた。フクスケをつれてきた女は、その男をよけてとおりながら

「えらい甲斐性《かいしょう》持ちやがな」

とつぶやいたが、その口ぶりには、ひやかしと讃嘆《さんたん》と呆《あき》れがまじっていた。

「こらァ、相当なもんや」

あたりを見まわしてフクスケがぼんやりつぶやくと、女はきめつけるように
「アパッチ部落やがな」

いかにも知らないのを軽蔑した口ぶりでいったが、早口なのでフクスケには聞きとれなかった。

女はフクスケをつれて薄暗い古帯のなかをあちらへくぐったり、こちらへでたりしながら歩きまわったあげく、一軒の家のまえへでた。その家はまわりのかさぶたのなかでもかなり大きいほうで、二階建てであった。が、よろよろとみすぼらしいことはおっつかっつで、各関節がはずれかかっていびつになっていることは、夜目でもはっきり平行四辺形にゆがんだその恰好で、それと知れた。女はフクスケを道に待たせておいて、家のなかへ入っていき、土間で大きな声をあげた。

「雑魚《ざこ》つれてきたでえ」

その陽気さと口汚なさにフクスケはいささかたじろいだが、いまさらひきかえすこともできないので、女が戸口から平目のような顔をだして叱《しか》るように
「早《は》よ入りいな」

といったときは、自棄半分にずかずかと入っていった。家のなかでは五、六人の大

男が洗面器に牛の臓物を入れ、七輪をパタパタあおいでトンチャンを食っているさいちゅうだったが、フクスケが塵芥箱をかつぎこむようにして全身を裸電球のしたにあらわすと、いっせいに反応が起った。めっかち、ふんどし、若僧、ステテコ。恰好はちがうがいずれも二頭筋を露出せんばかりにたくましい男たちは、洗面器から顔をあげ、フクスケを見て呆れたようにだまりこんだ。フクスケは彼らの表情を見て、それ見たことか、と思い、ぼんやり土間にたたずんで頭をかいた。蓬髪《ほうはつ》のなかから彼が手をひきだすと、長い爪《つめ》には灰いろのあぶらがいっぱいつまっていた。男たちはだまって顔を見あわせた。が、一座のなかでもどうやら親分と思える、禿《は》げ頭の酔っぱらいが、おかゆのようなマッカリのどんぶり鉢を畳のうえへおいて、口のあたりをぬぐいつつ、ゆっくりした口ぶりで

「なんや、こう、まるでどんどろ大師みたいな奴《やっ》ちゃないか」

といったので、男たちはゲラゲラ笑いだし、箸《はし》をとりなおして洗面器のなかをつつきさがすことにもどった。彼らは、そうなると、フクスケのことなどすっかり忘れたように赤や紫の血の泡のなかをかきまわすことに夢中の様子であった。禿げ頭の酔っぱらいはもうひとくちマッカリをあおってからたちあがり、押入れを足で蹴《け》りあけて

「早よう着かえてトンチャン食うたら、どや」

といいつつ、フクスケのところへ、ズボンとシャツを湿ったするめみたいに投げた。いずれも機械油や赤錆《あかさび》でよごれきっていたが、いまのフクスケにしてみれば第一礼装とまではいかないにしても、まずありがたいものであった。禿げ頭の酔っぱらいは押入れをしめるとふたたび洗面器とどんぶり鉢にもどり、フクスケにそれ以上なにも説明しようとしなかった。ほかの男たちもがやがや騒ぎながら食うことにかかりきっていて、フクスケの名前や、経歴や、どこからどうして来たのか、これからどういう仕事をするのか、なにひとつ聞いたり説明したりしようとせず、もっぱら愉快にやっていた。ただ、途中で一度、フクスケが薄暗い土間でむこうむきになってズボンをはこうと素裸になったとき、めっかちの男が七輪から顔をあげ

「オ、おっさん、かたキンかあ」

といったが、これはフクスケがひるむすきもなくべつの男が

「そういうおまえは片目やないか！」

ときめつけてくれたので、そのままになった。台所へ消えたのか、気がつくといつのまにか女はいなくなっていた。

フクスケが部落へつれこまれたのは夜の八時頃であったが、それから二時間ほどしてから彼は妙なところへ行って妙な仕事をした。部落を出発するとき、彼は道具をあ

たえられただけで、なんの説明も聞かされなかった。禿げ頭は「掘れいわれたとこを掘ったらええのや」といったきりだったし、ほかの男たちもニヤニヤ笑うだけで、なにもいってくれなかった。のみならず、洗面器や七輪をまえにしているときはがやがや騒いで、臓物や、タレにするニンニク汁の品評などにふけっていたのに、さあ出発となると、男たちはピタリとだまってしまい、顔や筋肉のゼンマイを一触即発のギリギリに巻きしぼって行動したので、フクスケは這いこむすきがなく、なにがなにやらわからないままに彼らのうしろについてまわるだけだった。翌朝になるまで彼は自分がどんなところにいたのか、まったくわからなかった。

男たちは服を着かえたフクスケをまじえてしばらく円座になって臓物を食っていたが、そのうちに時計の針が九時半をすぎると、食うのをやめ、一人、二人とたちあがって二階へいき、服装をととのえておりてきた。いずれもズボンはよれよれだが黒か茶で、シャツもそんな色のものを選び、ひとりも白シャツを着ているものがないことにフクスケは気がついた。どこからともなくべつの男たちが外から入ってきて一団に加わったが、やはりこれもおなじ恰好で、なかにはズボンの裾《すそ》を紐《ひも》でくくっているものも四、五人いた。家にいたものとあわせて総勢十四、五人ぐらいになると、禿げ頭は押入れのなかからさまざまな道具をとりだしてきて、男たちにわたした。それは、手鉤《てかぎ》、金テコ、ロープ、シャベル、ツルハシ、玄能、懐中電燈《でんとう》、鉄鎖、チェンブロック、十キロ・ハンマー、地下足袋、金鋸《かなのこ》などで、いずれも酷使に酷使をかさねてきたらしい気配が無数の傷にうかがえた。男たちはめいめいこれらの道具をもつと土間におりて地下足袋やスポーツ靴をはいた。この一群の指揮者らしいめっかちの男は十キロ・ハンマーを肩にかつぎ、禿げ頭といっしょにカルピスの包紙をはさんでなにか相談していたが、とおりすがりになにげなくフクスケが視線を走らせると、それはなにかの地図らしく、皺《しわ》だらけのなかに鉛筆書きの線や点がのたくりまわっていた。禿げ頭が小声でつぶやくと、めっかちは才槌頭《さいづちあたま》でうなずいた。ひとしきりこの相談がすむと、めっかちはみんなをふりかえって

「さァ、ほんなら笑いにいこか」

といった。

フクスケは金テコと懐中電燈をもたされてみんなについて外へでた。外へでてみておどろいたことには、部落の道という道、路地という路地におなじような恰好の男たちがひしめくばかりあふれていたことだ。小さいもので四、五人から大きいもので十五、六人から二十人ぐらい、それぞれグループをつくり、みんなおなじように手鉤、

金テコ、ロープ、シャベル、ツルハシ、玄能、懐中電燈、鉄鎖、チェンブロック、十キロ・ハンマーをかついでぞろぞろ歩いているのだ。なかにはジープの車輪をくっつけた大八車をひいているものもあった。部落の家のなかはたいていひっそりと静まりかえっていたが、道のうえの暗がりには、みんなむっつり黙りこんではいるものの、すさまじい質と量のエネルギーがみちていた。歩いてゆくにしたがってこの奇妙な集団は人数がどんどんふえるいっぽうであった。そして、はじめのうちは一団と一団がすれちがうと、たがいに小声で二言、三言、〝犬〟とか、〝ポリ〟とか、〝ブツ〟、〝シケ張り〟、〝雑魚〟、〝カマる〟というようなあまり上品ではない暗号をかわしあっていたのが、部落の出口へちかづくにしたがってほとんど完全といってもよいくらいの沈黙に包まれ、誰ひとりとして口をきくものがなくなった。フクスケは、ちょうどよこにめっかちがハンマーをかついで歩いていたので、こっそり

「仕事《ごと》はなんだんねん？」

と聞いてみた。すると

「アパッチや」

というのが返答であった。

そこでもう一度

「アパッチて、なんだんねん?」
と聞いてみると
「笑うのやがな」
というのが答えであった。めっかちはむっつりだまって、あまりものをいいたくなさそうな様子だった。が、勇をふるって、もう一回
「笑うて……」
おそるおそる聞きかけると、トウガラシ食いにありがちな短気さで相手はかみつくように
「食うこっちゃ!」
フクスケはあきらめて、だまった。
部落をでたところに川があった。城東線の鉄橋がそこをわたっていた。川は、よくわからないが、運河らしく、水はよどんだままうごかず、おそろしい腐臭があたりにたちこめて、生温かくするどく鼻におそいかかった。部落からでてきた男たちはそこでめいめいグループ別にわかれた。ある一群は道具をかついだまま鉄橋に這《は》いあがり、ある一群は川岸につないであった伝馬《てんま》や荷足《にたり》にのり、フクスケの組はガス管をつたって対岸にわたった。大八車をひいていた連中はどうしたものかわからないが、フクス

ケたちがガス管のうえをよろよろしがみつきながらわたっていたとき、すでに対岸の暗がりのどこかで車の走る音が聞こえた。めっかちは耳ざとくそれを聞きつけて

「くそ、特車のガキ」

とつぶやいたが、フクスケにはなんのことかわからなかった。

これが夜の十時で、それから翌朝の四時まで、ほぼ六時間くらいのあいだ、フクスケは一分も休むひまなしに笑わせられた。この六時間の超重労働で、彼がその晩に腹へつめこんだ煮こみとモツ丼《どん》とトンチャンはあとかたもなく消えてしまった。そればかりか、ジャンジャン横町をただよっていたときのチューインガムの滓《かす》くらいの力まででしぼりとられてしまったのだ。朝になって川岸へ這いだしたとき、彼は体じゅうの細胞がことごとく液を流失してしまったような疲労感でものもいえなくなっていた。早朝の灰いろの光線の射《さ》す泥のうえにのびた彼を仲間は伝馬船にのせて部落側の岸へはこんでくれたが、そこでも彼は一度船からおりて、泥のうえによこたわり、三十分ほどあえいで息をととのえてからようやくおきあがって禿げ頭の家へもどった。禿げ頭は彼に二千円くれて、帰るかもう一日泊るか、それとも仲間に入るかと聞いたが、彼はなにも答えずにうめきうめき押入れのそばのやぶれた柔道畳へ寝倒れてしまった。寝倒れながら彼は、薄暗い頭のなかを、材木と人体はどうちがうかという疑いが鳥の

影のようにとんでいくのをかいま見たが、答えは

（……勝てん！）

であった。

その夜は月も星もなく、城東線が走ってはいたものの線路には電燈がついていなかったし、たまに通る電車の光線も暗がりの広大さに消されてほとんど役にたたず、明りといえば腰の懐中電燈一本のほかになにもなかった。したがって、フクスケは、自分がどんなところへさまよいこんだのか、まったく体でためすよりほかになんの方法もなかった。事実、彼はそれを実行したのだ。が、これがまたたいへんなことであった。ガス管をわたって対岸にたどりつくと、それまでおぼろげながら水面の反射でまえを歩いている人間の姿がわかっていたのに、ガス管をおりるとあたりはただもうまっ暗で、なにがなにやら、さっぱりわからなかった。そこへまた、めっかちをはじめ、ふんどし、若僧、ステテコなど、総勢十四、五人というものがいたのに、みんなアッというまに暗がりへかけこんでしまって、フクスケは彼らの足音をたよりに進む以外に手がなくなった。フクスケは彼らがフクロウのような眼をもっているのだと確信した。というのは、彼が暗がりを歩きだすと、たちまち溝におちたり、煉瓦《れんが》の山に額をぶっつけたり、穴にころがりこんだり、さんざんなめに出会ったのに、まえをいく連

中はまるで風みたいに疾走していっこうたじろぐ気配を見せないのだ。おそらく彼らは毎夜ここへくるのだろう。自由は慣れかもしれない。しかし、それにしてもこの暗さとこの凸凹と、それにまた、この広さはなんということだ。フクスケはたって背のびをしてもはるかに頭をこす、たけだけしい草むらのなかを踏み歩きながら、その竹のようにつよい草を根から順に手でさぐって折りまげ、懐中電燈で照らしてみた。すると、いまのいままで、てっきり竹だと思っていたのは、なんと、ススキであった。フクスケは茫然《ぼうぜん》として手をたらした。ススキの茂みはどこまでつづいているのか見当がつかなかった。電車の車輪の響きは空と地の、巨大な、暗い空洞に長いこだまをひいてふるえ、まわりではあらゆる音が死んでいた。大阪駅から五分と電車でかからない地点に、日本第二の大都会の中心に、こんな獰猛《どうもう》な植物を生やす空地がある。フクスケはその面積の広大さを車輪の響きのうつろさと、草のつよさと、吹いてくる風の砂みたいな味からおぼろげに想像しようとした。風にはなんの匂《にお》いも味も、町のどんな予兆もふくまれていなかった。

が、フクスケがさらに瞑想《めいそう》をつづけようとしたとき、ひとつの足音が走ってきて、殺気だった声で叫んだ。

「とろ作《さく》、明り消せ!」

足音はそう叫ぶとふたたび暗がりを走り去ろうとしたので、フクスケはあわてて声をたよりに茂みから這いだし、またしても水たまりにおちたり、煉瓦山に衝突したり、汗みずく泥まみれになって、ようやくのことで仲間のところへたどりついた。

めっかちたちは直径がどのくらいあるのか、ちょっと見当のつかないような穴の底で鋼鉄板を笑おうとしていた。穴の底には煉瓦の山があり、そのしたにコンクリートの台があった。コンクリートは地殻のどのあたりまで打ちこまれているのか、これまた見当もつかぬ深さである。が、そのコンクリートのとちゅうに、厚さ一糎《センチ》、大きさ畳一枚くらいの鋼鉄板がはさまっていた。どうしてこれを煉瓦の山とコンクリートの厚層をとおして発見したのかはわからない。しかし、げんに、懐中電燈で照らしてみると、煉瓦山とコンクリートの台の一部がこわされてそのしたに、はるか地芯《ちしん》まで食いこんでいるのではなかろうかと思えるほど深く厚く固いコンクリートの台にピタリと貼《は》りついた鋼鉄板のはしが見えるのだ。めっかちは懐中電燈を手で蔽《おお》いかくしながら、ちらとそれをフクスケに照らしだして見せて、言葉みじかく

「あいつをいてこますのや」

といった。

フクスケはたいてい息を切らす思いで走ってきたところへこんなものを見せられた

ので、すっかり肝をつぶし
「……いてこます？」

といったきり、口をあけてしまった。

「あんなもんがどないしていけまんのや？」

「煉瓦をどけてコンクリ叩《たた》き割って、ひっ剝《ぱ》がすのやがな」

「……！」

「汝《われ》はシャベル使え」

「シャベル？」

「煉瓦を食うとれちゅうのや」

「……今晩じゅうだっか？」

「あたりき」

めっかちは懐中電燈を手でかくしたまま、二、三度あたりへ光を投げた。ついいまさっきまで禿《は》げ頭のキムと、その女房のヘソのゴマのことを噂《うわさ》しあってトンチャンの七輪のそばで溶解していた男たちが、煉瓦山にたかって必死になってはたらいているのが見えた。彼らは暗がりのなかでひとこともしゃべらずにひたすらツルハシやシャベルをふるっていた。めっかちが懐中電燈の光を空へ投げると、これはまた、いつのまにどこからはこんだのか、二、三人の男が丸太ン棒を三叉に組んでチェンブロックをぶらさげようとして穴のふちを走りまわっていた。煉瓦山をどけてからコンクリート台を叩きやぶって鉄板を剝がし、滑車でうえへつりあげて、穴のそとへはこびだそうという魂胆らしい。男たちは確信にみちて夜と物に反抗していた。

「ごついことをやりはりまんなあ……」

「ポウ助、さっさとはたらけ」

それからあとはなにがどうなったのかわからない。フクスケは仲間とまじって必死になって煉瓦をとりのけた。ツルハシを打ちこみ、シャベルを使い、手で投げた。それがおわるとコンクリート台へ十キロ・ハンマーを叩きつけ、またシャベルを使い、手で投げた。つぎに金テコで鉄板をこじ起し、ボルトを金鋸で引き切り、ロープを四隅へくくりつけた。それから滑車にロープをとおし、みんなでしゃにむに綱引きし、なんとかかんとか、気がついたら穴のそとに鉄板がころがっていた。このおそろしい作業は終始だまっておこなわれ、仕事のかわりめかわりめにみじかく必要な合図をかわすだけで、ロープを引くときも背骨がふるえそうになりながらひとことも悲鳴をもらさなかった。たった一回、仕事をはじめてからまもなく、力いっぱいツルハシを煉瓦山に打ちこんだ瞬間、強烈な反撃を食って腕がしびれた。思わずフクスケがけたた

ましい声をあげて

「痛いがな」

と叫ぶと、いきなり暗がりからめっかちの刃物じみた声が走って

「さえずるな、ポリがくる!」

どうしてそこにフクスケのだらしない顎《あご》のあることがわかったのか、きわめて正確痛烈な打撃をうけて、倒された。そのはずみにフクスケがもう一度後頭部に煉瓦山の強打をうけてもがいていると、めっかちは小走りに走ってきて、助け起すのかと思うと、いきなりツルハシをひろってフクスケの体へドタリと投げた。

「はたらけ」

それだけいって消えてしまった。

穴のそとへだした鉄板はコンクリートの台のとおりに畳一枚ほどの大きさがあった。作業はめっかちからフクスケまで全員平等であったが、運搬もまた全員平等であった。一列にならんで鉄板をたて、みんなでかついだ。フクスケはかついだ瞬間、全身に兇《きょう》暴《ぼう》な重量が走るのを感じた。これまでに使ったことのない部分の筋肉の細枝までがけいれんし、背骨がミチッと、いやな音をたてた。彼の瞬間の想像では、それは背骨の椎骨《ついこつ》と椎骨のあいだに緩衝材としてはさまっているにちがいない、なにかのやわらか

いものがへしゃげたはずみにたてた響き、というように思えた。が、寒い恐怖が川のように手足のすみずみまでゆきわたらないうちに、またもやめっかちが

「……ドーンといったれ！」

と叫んだので、彼はあわててよたよたかけだした。丸太ン棒をかつぐ奴《やつ》。チェンブロックをひきずる奴。金テコ、ハンマー、ツルハシをかつぎこんだ奴。いっせいにガラガラ、ドスドスと鉄板をかこんで薄明の荒地を走った。

川岸にたどりつくと、ひとりのこらず男たちは顔いろがかわっていた。彼らは鉄板を草むらに投げだすと、めいめい岸辺の砂泥《さでい》にころがって、背中をピクピクさせながらうめいたり、鳴いたりした。なかには肺が口からとびだすのをおさえようと、エビのように体をまげたり、のばしたりするものもあった。岸にはつぎからつぎへと、いままで荒地のあちらこちらに散らばって徹夜で仕事をしていたほかの組の連中がおしよせ、獲物なのか敵なのかわからないような、すさまじいスクラップを草むらにほりだし、つみあげた。古レール、鋼管、鉄塊、鉄骨枠《アングル》などが薄明の微光のなかで怪物じみた背をまるめて横たわり、男たちはそのそばにひれ伏してものもいえずにあえいだり、もだえたりした。彼らはいずれも全身たくましく放埒《ほうらつ》な筋肉に蔽《おお》われていたが、スクラップのまえではジェリーよりやわらかく、もろく見え、あぶなっかしくぶるぶ

るしていた。

ぬれた砂、緑いろの泥、よどんだ川、そして男たちの疲れ果てた体のしたから灰いろのするどい朝がしみだし、キラキラかがやく微光が薄い水のようにひろがりはじめていた。泥棒たちは運河をわたって伝馬船がやってくるのを見ると、額を微風で切られ、あえぎあえぎ
「もう一息！」

「かあちゃん」

「バテた、バテた」

「泣きまっせ」

「ごうけつ」

てんでに口汚なくわめきあった。

この必死で陽気で下等な騒ぎのなかでフクスケは体じゅう泥にまみれて息たえだえになっていたが、めっかちが四つ這《ば》いになってよろよろとやってきて腋《わき》のしたに腕を入れてくれたので、ようやく体をおこすことができた。めっかちはフクスケが泥のうえに足を投げだし、両手をついて大きなためいきをついたのを見て
「兄さん、よう走った」

と肩をたたいてくれた。が、フクスケは答える気にもなれなくて、うめきうめき、草むらにころがったとほうもない鋼鉄板をふりかえった。

「あんさん」

彼はめっかちに呼びかけた。

「あら、いったい、貫めにしてどのくらいおまんのや?」

めっかちはのどの奥でヒィーというような息の音をくりかえしつつうなだれていたが、フクスケの質問にちらりと鉄板のほうをふりかえり
「八十貫」

と答えて、ニヤリと笑ったが、すぐに訂正した。

「八十五貫。いや、六貫か。キラキラやろ」

「キラキラて、なんだ?」

「九十貫にはならんちゅうわい」

フクスケは息をととのえるために、よろよろとたちあがったが、そのときになってようやくいままで陰惨な苦闘をつづけてきた荒地の全貌《ぜんぼう》を見ることができた。獰猛《どうもう》なススキの茂みのかなたに鉄骨の赤い森がつらなり、見わたすかぎりの視野を、雑草と、折れた煙突と、煉瓦壁、穴、裂けめ、小山、コンクリートの牙《きば》などが蔽いつくし、夜

が灰いろの光霧のなかを去ろうとしてゆっくりうごいていた。フクスケはその広大な荒廃に息をのまれた。

「……あんさん、ここはなんちゅうとこだんねん？」

めっかちは手と足で草むらのなかを鋼板のほうへ這っていきながら

「杉山鉱山や」

といった。

三

……フクスケのまえの薄明のなかにひろがっていたのは魔窟《まくつ》の跡である。大阪市東区杉山町。ここには、もと、陸軍の砲兵工廠《こうしょう》があった。戦争中、日本には七つの兵器工場があった。東京に二つ、相模《さがみ》、名古屋、大阪、小倉、朝鮮の仁川《じんせん》、それぞれにひとつずつ、あわせて七つあった。その七つのための下請工場は全国に散らばって無数にあり、無数の部分品を製造していただろう。しかし、戦争を遂行するための主力はこの七ヵ所に集中し、この七ヵ所から生みだされたのである。そしてこの七つのうち、大阪陸軍造兵廠はもっとも規模が大きかった。ほとんど日本最大といっても過言ではあるまい。ということは、アジアでおそらく最大の兵器庫だったということだ。敷地の総面積は、フクスケをたちすくませたのも当然だ。三十五万六千五百坪ある。このうち工場の建坪は十二万坪という広大さである。この十二万坪のなかには三つの大工場と、兵器研究所と技術者養成所があり、播磨《はりま》、枚方《ひらかた》、石見《いわみ》江津《ごうつ》にそれぞれ傘下《さんか》工場をもっていた。製品は薬莢《やっきょう》、弾丸、小銃、大砲、戦車、軍用車輌《しゃりょう》など、ほとんど兵器全種におよんだ。明治十二年から昭和二十年の敗戦まで、六十六年かかって築きあげたのだ。敗戦の年には約七万の人間がはたらいていた。数回の爆撃によって破壊されたが、そのさいごの決定的壊滅は昭和二十年八月十四日、終戦宣言発布の一日前、しかも白昼、すさまじい攻撃によって全滅した。公開された多くの記録によればポツダム宣言受諾はすでに一週間以前に決定されていたのだから、この三十五万坪の巨大な廃墟《はいきょ》は軍閥政治家や天皇の、面子《メンツ》意識と優柔不断そのものをさらけだしているといえよう。七万人の労働部隊のうち、何人が助かったのかわからない。しかし、八月十四日の夕方に帰るべき人間が帰らなかった家は、大阪市内とその近郊に無数にあったはずだということは想像に苦しくない。無数の父と夫と兄と娘は狂気の馬鹿《ばか》の虚栄心のためにまったくむだに四散した。

昭和二十年の八月十四日まで、大阪の市民たちはこの三十五万坪のなかがどうなっているのか、まったく知ることができなかった。何十年という永いあいだ、そこは透明で苛烈《かれつ》な法律と、そのもの自体はきわめてみすぼらしい黒板塀と、底の知れぬ運河によってかくされていた。そのなかではたらく人びとは箝口令《かんこうれい》によって沈黙を強制され、憲兵の監視のもとに技術と筋肉を提供するだけで、朝夕おびただしい人間がアルミの弁当箱をもって出入したにもかかわらず、なにひとつとしてわからなかった。城東線はこの敷地のなかを二分して横断しているが、電車は運河に沿って黒板塀の溝のなかを走るばかりであった。乗客たちは線路の左右に長い、黒い壁と、有刺鉄線と、ところどころに貼《は》られた『カメラ、写生道具ノ所持ヲ禁ズ。撮影、スケッチヲ禁ズ』の貼札を眺め、居眠りしたり、腹をすかしたり、ポカンと口をあけたりしていた。ときどき彼らはなにかの回転音を聞き、なにかの煙を眺めた。また、京橋と森宮の二つの駅に電車がつくたびに労働者が錆《さび》と油と腋臭《わきが》の匂《にお》いを発散してでていったり、入ってきたりするのを眺めた。労働者はせまい古鉄の穴でおしあいへしあい、わめいたり靴音をたてたりした。響きと怒り。それだけであった。六十六年間、それだけであった。

黒板塀が猫間川《ねこまがわ》の泥のなかへ焼け落ちたとき、人びとは大阪の中心に赤い砂漠を発見した。砂漠の地平線は一糸みだれぬ鉄骨の密林に蔽《おお》われ、電車や機械が散乱し、起重機、旋盤、砲弾山、大砲、戦車、無数の残骸《ざんがい》がベトンの平原のうえにころがっていた。見わたすかぎり鉄とコンクリートと煉瓦《れんが》のほかになにも見えなかった。煙突は折れ、起重機はうなだれ、赤煉瓦の工場は無数の暗い眼を日光と雨のなかにひらいたまま人びとの視線を吸った。やがて草が生え、土が鉄をのみこみ、運河は腐って緑いろになった。黒い壁がなくなったので、砂漠のなかを走るとき電車のなかは明るくなったが、人びとはふたたびひしめく筋肉のなかで居眠りしたり、腹をすかしたり、ポカンと口をあけたりして、新しく愚かしく苦しい季節のうえを流れていった。

戦後、この廃墟は賠償指定物件となってアメリカ軍に接収され、使用可能の兵器と資材が処理された。しかし、それでもなお、昭和二十七年に講和条約が発効して返還されたとき、そこには三万台という数字にのぼる機械があった。この地上物をもふくめて廃墟全体は国有財産となり、財務局が管理することになったが、いかに豊富な鉄があるかは、年間わずかに三十万円の人夫代で、じつに二千万円という巨額のスクラップが回収された年のあった事実をあげるだけでじゅうぶんだろう。朝鮮戦争がはじまると古鉄はトン当り三万円からときには十万円に達したことがあり、全国の都会のめぼしい川には〝川太郎《がたろ》〟と呼ばれる食いつめものたちが腰まで泥に浸《つか》って鉄屑《てつくず》をさがしまわった。しかし、〝杉山鉱山〟には地上にでているだけでも数万トンの鉄があったのだ。しかもこれらは野ざらしになって、回収されないかぎりなにがどこにあるのかまったく見当もつかない。これらはすべて国有財産である。しかし、財産目録に記帳されて所有権を最後的に確認されていないものがじつにおびただしい。したがって、官庁常識によって人びとがこの廃墟についてどんな巨額の汚職がおこなわれたか、あるいはまたおこなわれつつあるかを想像するのは、まったく自由である。

廃墟は大阪の中心にある。その周辺にあるのは府庁、放送局、大阪城、府警本部、野球場などである。大阪城は夜になると十時までカクテル光線を浴びて暗闇《くらやみ》に輝く。フクスケが十時まで家のなかで洗面器の臓物を食って待たされていたのはこの照明が消えるのを待つためであったろうと思われる。大阪城の城壁は廃墟のはしにすぐそのままそびえているのである。しかも警察学校や府警本部が眼のまえにある、そういう危険きわまりない地点でフクスケが目撃したような活動があるとは、奇怪大胆、人を食うにもほどがあろうというものだが、このことはあとで詳しくしらべてみることにしよう。この広大な廃墟をどう再生させるかということで、役人たちは番茶をすすり、酒を飲みながら、各人ブレイン・ストーミングをやって想像力のいっさいの抑制物を解除した結果、とりあえず十二万坪を公園にしようということとなった。戦争屋たちが六十六年かかってひたすら鉄筋を打ちこみ、ベトンを敷きつめ、およそ地球のうえでつくられる製品のなかでの最重量物と思われるようなものを製造する工場の全重量を支えた土、つねに時代の最新技術をつくし国家資本の可能なかぎりをかたむけて攻撃をつづけた土を根こそぎ掘り起して平らに均《なら》そうというのだ。骨の芯《しん》まで象皮病《ぞうひびょう》に犯された皮膚に毛を生やそうというのである。こうなると私たちはここでもっとも現実主義的であるがゆえにこそもっとも幻想を豊かに支えることができたという数人の奇蹟《きせき》的な作家の感性についての文学理論をいやがおうでもうのみにし、再確認しなければならなくなる。これほど都市の機能をそこなう、ただ面積の浪費というだけで、しかもどうにもこうにも度し難い広大な愚劣さというものは、日本全国をさがしてみても、この大阪の杉山町と、あとは東京の日比谷公園の濠《ほり》の対岸だけの二箇所しかあるまいということに結論がおちつく。

この廃墟のなかを城東線が横断していることはさきにいったが、その線路に沿って猫間川という名の運河がある。これは深くて、へりがほとんど崖《がけ》といってもよい急勾配《きゅうこうばい》をもち、兵器工場時代には誰もちかづくことができなかった。この猫間川は城東線に沿って荒地のなかを横断し、もうひとつの平野川という運河にT字型にまじわっている。平野川のふちは崖にはなっていないが、そのかわり底知れないほどの泥がよどんでいる。フクスケが部落からでてガス管をつたってわたったのはこの川である。この川をこして対岸の兵器工場跡へわたるためには、ガス管をつたうか、伝馬《てんま》にのるしかない。弁天橋という橋がひとつあることはあるが、これは造兵廠の正門にあたり、財務局の分遣所である詰所があって警官や守衛が監視しているから、一応、使用できないということになる。が、ガス管をつたうことも伝馬にのせることもできないような、ジープの車輪をくっつけた〃特車〃をゆうゆうと部落からひっぱりだして対岸へもぐりこんだ連中もいることはすでにかいま見たとおりだから、弁天橋が使用できないというのは、あくまでも、〃一応は〃ということにとどまりそうである。

ところで、部落だが、これもかなり奇怪なものである。いまの湿疹部《しっしんぶ》は平野川をわたる城東線の鉄橋の脚部から発生して、荒地の対岸の岸辺一帯にほぼ一〇〇軒、人数にして八〇〇人前後の人間が鶏小屋のような土の腫物《はれもの》のなかに住んでいる。もっとも、この部落の人口というのは、定数ではない。なぜなら、かなり多数にのぼる定住者もあることはあるが、さらに多数の人間は前科者、浮浪者、失業者、密入国者などであって、たえず風のように来ては水のように去ってゆき、外から見たのではなにがどうなっているのかまったくわからない。管轄《かんかつ》の東警察署と城東警察署の担当刑事の調書を読んでも、部落の内部事情についてはほとんど詳細が記されていないのである。部落の住人は刑事が入ってくるとたちまち警戒するし、工廠跡で古鉄を盗んでいる現場を捕えられて訊問《じんもん》されてもみんな黙秘権を行使するから、なにひとつとして知ることができない。そういう意味では、ここは〝大阪のカスバ〟ということができよう。が、住人の気質のなかには、飢餓線上の放浪者であるにもかかわらず定住者ではないから、横の連帯関係が発生する沈澱《ちんでん》や腐敗の痕跡《こんせき》が見うけられることはあるまいという予想が当然生まれるが、これはおいおいと観察していくこととしよう。

この苔《こけ》のような部落が、いつごろ発生したのかはよくわからない。ずいぶん人を食った挿話がひとつつたわっているが、これもどこからどこまでほんとなのか、うそなのか、さっぱりわからない。が、それよりほかに説明のしようがないので書いてみる。まだこの界隈《かいわい》が戦後間もなくて、猫一匹住んでいない煉瓦と草の荒地だった頃、どこからか虫のような老婆《ろうば》がひとりやってきて虫のように住みはじめた。いまの住人は彼女のことをオキク婆《ばあ》さんと呼んでうわさする。しかしそれは、かりにオタキであってもオハナであってもべつにかまわないような婆さんであった。婆さんは城東線の橋脚のしたにたたずんで、平野川の対岸の三十五万坪のぼうぼうとした日光と草と空を見たとき、すっかり無主物占有観念にとりつかれてしまった。彼女は古藁《ふるわら》のような手足をつかって、そのような手足を入れるにじゅうぶんなだけの小屋を建てた。そして、たまさかの通りすがりの人間にむかって郷愁を訴えはじめた。何人かの人間がうなずくのを発見して、彼女はそれをくりかえすうちに、どうやら自分でも信じこんでしまうようになった。すくなくとも聞いた人間が彼女の言葉につよい確信を感じて、彼女の言葉を金にかえるようなところまで、彼女の表現は高まった。

「……わても戦前はここでなア」

と彼女は嘆いた。

行き場所に窮し果てて影のように町をうろついていた男たちはオキク婆さんの屋敷跡と彼女のしっかり者の亭主の工場跡に住みつくこととなった。彼女は一坪いくらなどとけちなことはいわず、とにかくひとりの男が住みたいと思うだけの場所を何坪でもかためて千円ぐらいから売りはじめ、ついにさいごは二万円というところまでせりあげた。口説いて、せりあげて、値切る相手をほどよくあしらって金がたまると、彼女はそれをもって、ある夜、消えた。まったく人を食った話である。土地台帳の権利者名に署名捺印《なついん》していた製薬業者の男が戦後数年の四苦八苦をどうやらきりぬけてもとの土地に帰ってきてみると、そこにはすでにどうにもこうにもこれ以上顚落《てんらく》しようのない、惨憺《さんたん》たる男や女や子供が、フジツボのようにみすぼらしいがしかしガッチリと土にしがみつき、おしあいへしあい尿と汗の匂いをたてて暮らしていた。男は私有地占拠をかどにその何十世帯かをひっくるめて告訴したが、オキク婆さんと千円から二万円で権利の授受が完了したと思いこんでいた住人たちは各地さまざまな方言で叫びあい、ののしりあい、婆さんを罵倒《ばとう》し、製薬会社を呪《のろ》い、そして結局は居住者優先権でそこにしがみついてしまった。さらに湿疹部はゆきあたりばったりな、悪臭《わるぐさ》い繁殖をつづけて、その製薬会社の敷地からはみだしてとなりの市有地にまであふれてしまった。これだけですでに彼らは不法占拠罪を構成する。

部落の住人たちは、いずれも、フクスケと似たり寄ったりな境遇の、果して戸籍や名前や、ときには国籍もあるのかないのか怪しいかぎりというような人間ばかりで、はじめのうちはバタ屋、川太郎《がたろ》、ニコヨンなどをしてその日その日を暮らしていたが、あまりひとつのものばかり眺めていると、見ることはそのもの自体になることであるという精神の必然的傾性と飢えの相乗効果からして、ついに、朝となく夜となく眺める三十五万坪の鉄と空にたいしてオキク婆さんとまったくおなじ観念を発動するようになってしまったのである。ひとりの男がなにげなく兵器工場跡に入ってゆき、もとは旋盤かなにかだったろうと思われる鉄のかたまりを、ガンとなぐった。するとそれは雨風に朽ちて、錆《さ》びきっていたので、ひとたまりもなくガラガラとこわれた。あとにはなにものこらなかった。男はあたりを見まわして無数の鉄が土のなかへゆるやかに沈みつつあるのを知り、もっとも距離のみじかい理解をおこなった。

(むだなこっちゃ!)

この男のやったことは国有財産損壊罪と不法侵入罪であり、その理解につづく行動は窃盗罪である。さらに彼はそのとき城東線の鉄橋を歩いて対岸へわたったのであるから、鉄道営業法第三十七条「鉄道施設内ニミダリニ立入ラヌコト」にも違反している。もしそのとき誰かがそこにいたら、たちまちこの男を三つの現行犯と一つの予防措置考慮で告発することができるのである。しかしもしその誰かが哲学者であって、およそ地球上に存在するものはいっさいが有用であり効率をもつものであるという理論を証明しようと考え、その理論の成立をさまたげるいっさいのものを排除しようという情熱をもっていたら、この男の行為と、その薄暗い眼に起き上ってきたある表情を見て、いささか手荒いが生産的な実践者の誕生を知って、ちょっぴりたのもしい気持になったことだろう。

ガンとなぐった男が鉄橋をわたって部落へもどってから、部落の住人八〇〇人、子供から老婆までひとりのこさずが泥棒になるまでは、あまり時間がかからなかった。子供がドンゴロスの袋をもって鉄屑をひろいにいき、二時間ほどしてもどってきてから古鉄仲買人の仕切り屋のところへもっていくと、一貫が六十円で売れた。部落民たちは守衛と警官と財務局と法律の存在を知りぬいていたが、一日に一食かせいぜい一日に二食、それも眼が映るほど薄く心細いおかゆしか食べられない胃袋、何回経験をかさね、何度闘争しても、いつまでたっても慣れることができず、新鮮な、痛烈な傷口をひらく飢えを三十五万坪の物量のまえでだまらせておくことはできなかった。彼らは自分たちの不法行為を無主物占有観念で支え、官僚への不信で裏打ちし、すみからすみまで精神と道具で武装して荒地へかけこんだのである。その行動は、はじめのうち散発的で、各人めいめいが勝手気ままなことをやっていたが、やがて財務局の要請で警察が弾圧摘発にのりだすようになると、必然的に組織化されるようになった。部落のなかにはいくつかのグループが発生し、仕事の系はばらばらにほぐされてグループ内の各人の能力に応じた分業制が確立された。彼らはスクラップを再生させることに全精力をそそいだが、同時にありとあらゆる人間の屑にもさいごの機能をあたえることになけなしの智恵《ちえ》をふりしぼったのである。物との闘争においても、法からの逃走においても、彼らは老獪《ろうかい》で精悍《せいかん》、悲惨で滑稽《こっけい》、そしてつねにあくことを知らず精力的であった。

第二章　親分、先頭、ザコ、渡し、もぐり

ああ、彼らは無類の腕ききぞろい
獲物めぐっての争いで
ひとから邪魔さえされねばね
だが獲物、そいつあ彼らのものじゃない
――ベルトルト・ブレヒト――

一

フクスケが伝馬《てんま》にのって部落側の岸にもどったのは朝の四時半頃だった。いっしょに仕事をしためっかちやほかの仲間は鉄板と道具類をはこびわたすさいごの仕事を果たすため、あとにのこっていた。フクスケだけさきに帰ることができたのは、川泥のうえにたおれてあえいでいる彼の恰好《かっこう》があまりにみじめであったため、めっかちが助けてくれたのだ。めっかちは草むらから四つ這《ば》いで這いだしてきて、だまってかかえ起してくれた。彼はたくましい男で、片眼はつぶれて痰《たん》のかたまりのようににごって

いたが、全身は肩といわず、足といわず、松の厚板材にも似た広く強い筋肉束に蔽《おお》われていた。が、それでも、フクスケを伝馬のところへつれてゆくときには、あちらへよろめき、こちらにつまずき、まるで焼酎《しょうちゅう》を一升飲んだような歩きかたをした。彼はつまずくたびにまっさおな顔をひきつらせて苦笑し

「……ああ、歌《うと》た、歌た」

と肩であえいだ。

運河の両岸は市のたったような騒ぎであった。男たちが廃墟《はいきょ》からはこびだした、さまざまなスクラップを、四隻《せき》か五隻の伝馬がかわるがわる往復してはこんでいた。部落側の岸には各組の男や女が群がって待ちうけ、伝馬が着くとバッタのようにとびついて積荷をおろした。おろした積荷は大八車で部落にはこびこまれるか、その場で売られるかした。土堤のうえにはどこからやってきたのかトラックやオートバイがぎっしりならび、半長靴をはいた男たちが岸に積みあげられた鉄塊のまわりを歩きまわって、蹴《け》ったり、にらんだりして値をつけていた。そのそばに各組の親分株らしい男たちが値切られるのを必死になってせりあげようと大声をあげていた。フクスケが運河をわたって伝馬からおろされると、そこには親分のキムがうろうろしていて、対岸のめっかちにむかって早く鉄板をわたすよう、どなっていた。鉄を積む奴《やつ》、下ろす奴、

指図する奴、はこぶ奴。男や女が入りまじり、なにがなにやらわからないが必死になっていそいでいた。彼らはめったやたらにうろちょろ走りまわり、ののしったり、わめいたりしていたが、みんなへとへとに疲れて足が酔っているため、よろよろと走ってきてぶつかると、大男のくせに子供のようにたわいなくひっくりかえり、青息吐息でたちあがるとまたひょろひょろかけだした。その魚市場のような喧騒《けんそう》のなかで女たちの声はひときわ甲ン高くひびいた。部落の女房たちであろう。モンペをはいて腰に荒縄を巻きつけ、大声叱咤《しった》して彼女たちは亭主連中に命令を下していた。男たちは女の命令をうけて、かすんだ眼をこすりこすり、あちらに走ったり、こちらにとんだりした。フクスケはある組の連中が鯨の肋骨《ろっこつ》のようなレールを舟からおろしているのを見た。この組の連中は欲張りの短気者ぞろいと見えて、舟はしゃにむに積みこまれおしこまれたレールの重量で、すっかりかたむき、へさきを水からあげて、ついに全身沈没したところがたまたま岸であったというような恰好で運河を泳ぎわたり、岸で沈没した。ひとりの女房が水のなかに踏みこんで、沈んだ舟のへさきにたち、陽気なするどい声をあげて男を指揮していた。男たちは全身泥まみれになってレールを水からひきあげると、肩にかついで土堤へはこんだ。フクスケはその女があまり愉快そうな声をあげるので、伝馬からおりるとき、そばを通ってみたが、べつにアルコールの匂《にお》いはしないようだった。女はあぶなっかしい足どりでレールをはこんでゆく男たちの後姿をじっと監視し、ひとりが重量にたえかねてよろめくと、すかさず楽しげにののしった。

「日なた水、しっかりしい!」

男たちはふいごのように苦痛のあえぎをたてながら笑声をあげ、よたよたとレールを土堤のトラックのほうへはこんでいった。

親分のキムは禿《は》げ頭に豆絞りの手拭《てぬぐ》いを巻きつけて河岸《かし》にたっていた。つめたい薄明の灰いろの光霧にまぎれて彼の顔はよく見えなかったが、伝馬からおりて二、三歩あるいただけでふたたびつんのめり、そのまま起きあがれないでいるフクスケをやさしくかかえおこすと、手荒い口調で

「どや、うまいこと笑《わろ》たか?」

と聞いたので、フクスケは肩でしばらく息をととのえてから、めっかちのせりふを思いだして

「むちゃいいなはんな。笑うも笑わんもあるかいな、こんな歌《うと》たことははじめてや」

といった。

キムはだまって笑うと、あたりの薄暗がりの岸辺を必死になって右に左に走りまわ

っている男たちを眺め
「早《は》よせんとポリが来る」

といった。

なにげなくつぶやいただけだったが、その声には不安と殺気があった。フクスケはそれを聞いて、暗がりで煉瓦台《れんがだい》をこわしているさいちゅうに声をあげてめっかちからしたたかな殴打《おうだ》をうけたことを思いだし、ためらいためらい
「……あんさん」

とキムに声をかけた。

キムはめっかちが対岸でぐずついてなかなか伝馬に鉄板をのせられないでいることに腹をたて、せかせかとあたりを歩きまわっていた。フクスケはそのそばに寄っていって、こっそりたずねた。

「なんですかいな、わしゃ助人《すけっと》に来てくれいわれたんで来たんやが、こら、あれでっか、泥棒でっか?」

キムはいらだたしげに爪《つめ》をかんで対岸を眺めることに気を奪われていて答えようとはしなかった。フクスケがしかたなしにぼんやりたっていると、しばらくしてキムはふりかえり、いぶかしそうに

「なんや？」

と聞いた。

「これからどないしまんねん？」

「わしの家へ帰って寝とれ。金はあとからやる」

フクスケはそういわれて土堤のむこうの部落を眺めたが、部落は手のつけようもなくただれきった土の湿疹部《しっしんぶ》、といった様子で屋根と壁がおしあいへしあいつみかさなり、道も辻《つじ》もさっぱり見当がつかなかった。第一、キムの女房に新世界で拾われてここへつれてこられたのが夜で、それからあとはやたらにあちらこちらひっぱりまわされただけだから、キムの家がどこにあるのか、わかったものではない。そこでフクスケが困って、しかしあんまり相手が殺気だっているので声をかけることもできず、だらりと両手をたらして、荒い息をととのえていると、対岸からようやく漕《こ》ぎだした伝馬に声をかけつつ河岸の石畳を右に左に歩きだしたキムが、どしんと体をぶっつけた。キムはぶつかったのがフクスケだとわかると、たちまち吠《ほ》えた。

「鈍作《どんさく》、家へ帰っとれいうのに！」

「……その家がどういったらええのや、わかりまへんのやが」

「てんかん。ひとに聞きながらいったらええやないか。とろとろしてるとポリが来てド頭《たま》カチ割られんぞ」
「やっぱり泥棒だっか？」
ちょうどそのとき運河をわたりかけた伝馬が鉄板の重量にかたむいて沈みかけたので、キムはなにか叫声をあげて河岸にそってかけだし、どこかへ消えてしまった。
しかたなしにフクスケは河岸から土堤へ這いあがり、ちょうど仕事をおわって帰ろうとしていた男たちにまぎれこんで部落へもどった。男たちはみんな手に手にハンマーやツルハシを持ち、肩にはロープやチェンブロックをぶらさげていた。部落の入口の城東線の鉄橋下あたりには何台もの屋台がすかさず待ちうけていて、焼酎や煮込みやホルモン焼を売っていた。屋台のこすっからそうなおっさんが男たちに
「どや、何貫食うた？」
と聞くと、男たちの何人かは
「ざっと六トン」
とか
「三百貫」
とか
「特車三台」

などと答えた。

「水はサービスや、寄って行きいな」

こすっからそうなおっさんが雑巾《ぞうきん》のようなのれんのかげで鳴くと、男たちはたちまち肩や手の道具をどしんと投げだし

「よし、ドンといくぞ」

と吠えた。

フクスケがなにげなく屋台をのぞいてみると、七輪のまわりには串刺《くしざ》しにした内臓の山がアセチレンの灯を浴びてまっ赤な花のようにかがやき、もうもうとたちこめるあぶらっぽいけむりは火にはぜるトウガラシのたまらない香りをまじえて眼や鼻におそいかかった。屋台のかげには一升瓶がころがり、バケツのなかにはさんしょううおのような、巨大な牛の胃や腸が血の泡をたててよどんでいた。すでに酔っぱらって土にころがっていびきをたてている男もあった。放埒《ほうらつ》さと殺気と、なにやらわけのわからぬ讃歌《さんか》が屋台のまわりをニヤニヤ笑いながら歩きまわり、男たちの肩をたたいてまわっていた。

部落のなかを歩いている男たちは酒を一滴も飲まない男でもみんなガニ股《また》でよろよろしながら歩き、誰ひとりとして背を曲げず、顎《あご》をおとしていないものはなかった。

彼らの眼には疲労がよどみ、その薄暗がりのなかでは鉄とコンクリートにたいする敵意が去りがての閃《ひらめ》きをキラキラさせていた。フクスケはめっかちやキムのことを考えあわせて、その男たちのなかでも比較的トウガラシが頭の皮にしみこんでいないと思われる二、三人をつかまえて、キムの家をたずねたが、彼らはたいてい怒りっぽく不機嫌に

「右や」

「突当り」

「左」

「そこや」

顎を無精ったらしくしゃくるだけであった。その結果、フクスケはほとんど部落を一周してまわってからやっと見おぼえのある平行四辺形にたどりつくことができた。玄関の戸を足であけて入ると、家のなかから二、三人の、これまたかなり手ごわそうな眼つきの子供がとびだしてきて、フクスケの顔を見ると

「なんや昨夜《ゆんべ》のザコか」

といった。フクスケは地下足袋をぬぐと、乾割《ひわ》れて反りかえった式台の板で足のあぶらをひとえぐりぐいと削ってから、子供のひとりをつかまえ

「お母は？」

と聞いた。そこにいた子供のなかでいちばん小さな、肋骨の薄い、脹満腹の、まる で粘土細工にただ必要なだけの穴をあけたというような鼻ぺちゃの男の子であったが、嘆かわしいことにはもうそんな年で泥棒用語をおぼえてしまったと見え、まわらぬ舌で

「ブツ、食いにいきよった」

といった。

はじめにフクスケをザコだときめつけた子供は長男らしく、小学校三、四年生くらいの年恰好《としかっこう》であったが、ぼんやり玄関にたたずんでいるフクスケを見て

「おっちゃん、御飯できてるが、ざっとカチこんだら、どや?」

手に負えぬ口のききかたをして、台所に入っていった。ほかの鼻ぺちゃどもはそれを合図に埃《ほこり》を吹いたように奥へ消えた。フクスケは昨夜みんなでトンチャンを食った部屋のとなりにある四畳半の部屋に入った。そこにはふきんのかかった卓袱台《ちゃぶだい》があり、腕白小僧があぐらをかいてお櫃《ひつ》のそばにすわっていた。フクスケがすわろうとすると、小僧はすばやく部屋の隅にあったせんべい座蒲団《ざぶとん》を一枚パッと裏返して投げてよこし

「坐《すわ》ってんか」

といった。

ふきんをとると卓袱台のうえにはいろんな鉢や皿がならべられ、すぐ食事ができるようになっていた。フクスケが座蒲団にあぐらをかくと、小僧が茶碗《ちゃわん》に飯を盛ってよこした。おかずは野菜と肉の煮つけであったが、野菜はまだしも、肉のほうにはまるで歯がたたなかった。肉の表面にはたくさんのイボがあり、かむと古ゴムのように歯をはじいた。フクスケはそれを口のなかで縦にしてみたり、横にしてみたり、はしからかじったかと思うとまんなかにかみついたり、さんざん苦心したが、どうしても肉はほぐれようとしなかった。小僧はフクスケが難渋しているのをじっと見て、同情するともなく、軽蔑《けいべつ》するともなく、しかしあきらかに優位の口ぶりで、待っていたように声をかけた。

「やっぱりあかんか、おっちゃん」

「……あかんな。タイヤかんでるみたいやな。よっぽど地獄腹やないと食えんで」

「そうでもないやろ。ボクら、毎日や」

「これは、何や？」

「雑巾いうてるようやな」

「ようやな？」

フクスケが小僧のませた口ぶりに呆《あき》れて思わず反問すると、小僧は鍋《なべ》のなかからおなじタイヤのきれっぱしを箸《はし》でつまみだし、ポイと口にほりこむと、二、三度もぐもぐとやってからこともなげにのみこんでしまった。食道をつっぱりながらおちてゆくありさまが皮膚の外からありありとうかがえるような気がした。小僧はフクスケの顔を見て、ニヤリと笑い、手で口のはたをぬぐったが、それはまったく酒飲みとおなじ手つきであった。

「おっちゃん。コツはやな、かまんと呑《の》むこっちゃ。かむのはお愛想や。歯があるねんよってにな、やっぱり顔たてたらんといかん」

小僧はそういいながらフクスケの手から茶碗をとり、飯を山盛りに盛りあげてよこした。フクスケは小僧が〝雑巾〟といったので、やっとそのタイヤのきれっぱしが牛の胃であることを知ったが、小僧の口調があまりだったので、ちょっと攻撃しようと思いつき

「兄ちゃんの腹はゴミくず箱みたいなもんやな」

というと、なにを思ったのか小僧はうれしそうに笑い

「おっちゃんはルンペンやそうやないか」

といった。

フクスケはなにをいってもはじまらないとわかったので、牛の胃を皿のよこへよせつつ、野菜だけ選びだして飯を食った。小僧は卓袱台のむこうにちょこんとすわってフクスケが食べるありさまをじっと見ていたが、そのうちに
「……まあ、雑巾はまずいけれど、トトチャブよりはましや」
と、ひとりでつぶやいた。フクスケがだまっていると、小僧は重ねて
「トトチャブはかなわん！」
といった。
こんな悪たれでも負けることがあるのかと思って、フクスケが
「トトチャブてなんや？」
と聞くと、小僧は箸でかるく茶碗をたたきながら
「飯のかわりに水飲むこっちゃ」
と答えた。
フクスケがだまっていると、小僧はそれっきり座をたって台所へ行き、水を流してバケツの皿や茶碗をひとりで洗いだした。とくに感情をかくすためとは見えなかった。フクスケが食事をおわってから、薄暗い台所に見える細いうなじにむかって大きな声で

「さァ、寝てこますぞ」

といううと、うってかえすようにませた声が

「二階に蒲団《ふとん》をひいといた」

ともどってきた。

二

フクスケが正式にアパッチ族になったのはつぎのような事情によった。

腕白小僧に飯を食べさせてもらってから彼は二階へあがり、蒲団ともいえず枕《まくら》ともいえない、哀れな蒲団と枕に体をゆだねて眠ったが、眼がさめたのは午後二時頃であった。ざっと九時間眠ったわけだが、おかげで背骨の疼痛《とうつう》とキムのあがってくることがなければ、昨夜の記憶はほとんど消えたといってよい状態に回復していた。体じゅうの細胞にはいつのまにか液がもどり、日光のなかで筋肉の全繊維が温かくふくらんでいた。深く息を吸って、グッと力をこめると、力は丈夫な袋へ空気を吹きこんだように上半身から下半身へつたわり、手足のさきで一滴ももれずに止まってから、ふたたびたのもしいさざ波となって腹から胸へもどってきた。彼は寝そべったまま、まず、この部屋は傾いていると思った。それから腕白小僧のことを思いだし、いままでどん

な暮らしをやってきたのか、壁の傷や落書から想像しようとした。部屋の窓ガラスは磨《す》りガラスで、クレパスでヘノヘノモヘジが描きかけたままやめてあった。誰が描いたと、わかりきった詰問《きつもん》をされたら、あいつなら、きっと、猫が描いたんだというようなことをいって、相手が呆《あき》れているあいだにすばやく逃げたかもしれんとフクスケは考えた。そして、すぐに、これだけ他人のことを考えるのはおれの腹が足りているからだと思った。彼はそのことだけに感覚を集中したら砂の斜面に体をよこたえてたえまなくずりおちているのだというような不安感を拡大してもさしてむりではないくらいに傾斜のはっきりわかる畳のうえに腹這《はらば》いになり、窓いっぱいに射《さ》した日光を眺めて、野原で反芻《はんすう》している牛を思いだしながら、ごろっちゃらと、ゆっくり時間をかけて寝返りをうった。背骨の奴《やつ》だけが不平をもっていた。にぶい苦痛が腰のまわりの肉をにがく重くした。背骨のつぎめとつぎめにはさまったやわらかいものはへしゃげたまま、まだもとにもどっていないように思えた。なにしろ九十貫の鉄板でプレスされたのである。いくら骨が生きものだって、こいつは時間がかかる。

ぼんやりとフクスケが考えにふけっているところへ、禿《は》げ頭のキムが階段をあがってきた。キムは白いクレープのステテコをはき、あきらかに自分の体重が壁と柱にあたえる影響を計算に入れたらしい猫のようなしのび足で部屋のなかへ入ってきた。何人の男の踵《かかと》で掘られたのかわからないが、畳のあちらこちらには穴があき、ぬかるみのように凸凹《でこぼこ》になっていた。キムはその穴につまずいて大きな振動を壁にあたえないよう、そっと爪《つま》さきだつようにして歩いてくると、フクスケの枕もとにすわり、皺《しわ》くちゃの百円札を何枚かほりだした。

「……？」

「昨夜《ゆんべ》の」

フクスケが眼をあげるとキムはそれだけいって、耳にはさんだ吸いさしのタバコをとり、徳用マッチをすった。キムはタバコをふかしながら、平行四辺形にゆがんだ窓のそとの日光を眺め、朝とはうってかわったゆとりを見せた。彼は一息のタバコのけむりをおよそ五分はかかったかと思えるくらいゆっくりと吐きだし、吐きだしたのが惜しくなってまた吸いこむと今度は鼻へ通し、すっかり含有成分を吸収して空気とかわらないくらい稀薄《きはく》なものに収奪しきってからやっと窓にむかってそれを解放した。

それから彼はフクスケをちらりとふりかえって

「もう夏でんな」

といった。

フクスケが札束を眺めて手もふれずにじっとだまっていると、キムは、もう一回

「ウラ盆が近《ちこ》おま」

といった。

この男の腹の足りかげんも相当なもんだとフクスケは考えた。早朝の河岸《かし》で彼をつかまえて鈍作とか、てんかんとか、頭をカチ割るぞなどといって吠《ほ》えた兇漢《きょうかん》のおもかげはまったくなかった。よほど腹が足りて幸福らしいことは、つぎにすぐにキムがフクスケの身の上を聞こうとしたことでも確認された。キムは季題が終ると、あいかわらず眼のすみに小さな光を用心深くかくしたような、狡猾《こうかつ》そうな眼つきでフクスケをふりかえり

「……あんさん、今日はこれからどっちへ行きはりま？」

と、答えのわかりきった質問をだした。

「……」

フクスケは肘枕《ひじまくら》したまま何枚かの札束をじっと眺め、眼をうっとり半ば閉ざしていた。ほどよい沈黙をおいてからキムは、タバコのけむりの徹底的収奪をくりかえしつつ

「……なんせ、わいとこはいま猫の手もほしいくらい仕事《ごと》がいそがしゅうてなあ、ほんであんさんにも昨夜あんな無理いわしてしもたんや。誤解してもろたら、えらい行

届かんこって、悪いのやが」

といって、おもむろに要談にとりかかったのだが、これがまたどこに罠《わな》があるやら物騒なかぎりというしろものであった。

キムは、まず、自分の職業を従業員十四名のスクラップ回収業者であると説明した。看板もかけていないし、ちゃんとした店構えもしていないから、しろうとにはおわかりになりかねるかも知れないがれっきとした仲買業者なのだと彼は何度かくりかえした。そしてこの家では手狭だから部落のなかに下宿屋を二軒借りて手下を分宿させている。この部落には五つの大きな組があって、それぞれ親分と手下がおり、その手下のための下宿屋があり、雑貨商、食料品屋などもある。手下の連中は食事のときと仕事の打合わせのときだけ親分の家に集まり、あとは自由である。仕事に必要な道具いっさいは親分が貸すから、あんたはなにもいらないのだ。仕事はすべて実質主義で、賃銀支払方法にはいくつかの組によって別々のシステムがある。ある組は手下の獲物を時価からマージン引きの値で親分が買いとり、その全額を各人均等配分しているし、ある組では獲物の価格如何《いかん》にかかわらずその額を親分と子分が折半し、事情によって親分がいろをつけるということをやっている。折半か四分六か、またいろは価格の何割か、その方法はすべて親分と子分の話合いで決定し、けっして一方的な強制取引はやらない。あんたがもし私に不満があればさっさと別の組に高利潤を求めて去られても、それは私として文句のいえる筋合いのものではないから黙っているし、もしそこで不満ならまたもどってこられても私としてはいつでもあんたを迎える用意がある。飯場や、やくざとはちがうのだ。義理人情なんて爪《つめ》の垢《あか》ほども考えることはいらない。仕事の強制もない。あるとき休んだからといってつぎのときの配分にはなんの影響もないし、また、あなたがたいへん上昇志向をもっておられる方なら、組としての行動とは別に単独でスクラップを掘って勝手に仕切り屋へ売りに行かれても、さらに私は文句をいわない。スクラップは掘れば掘るほどでてくる。仕事はいつでもある。いっさいの拘束から自由にあなたははたらきたければはたらき、飲みたければ飲む。どんな放恣《ほうし》な生活もここでは許されている。だから、もうすこし清潔だったら、その質からいってここほど高級な自由を持つ集団こそは理想社会といえるものなのだ。それが証拠に日本全国から噂《うわさ》をつたえ聞いてやってくる極貧者が毎日たえないではないか……

おおむね右のようなおもむきのことをキムは述べ、フクスケに決断を要求した。話しているうちに彼は調子づいて、はじめ窓の日光にウラ盆を読んだときとはすっかりかわった、もとの早朝の口調にもどっていた。

「……どや、おっさん」

と彼はいった。

「ここは寄合い世帯や。ええか。住んでる奴《やつ》は朝鮮、日本、沖縄、国境なしや。税金もないし、戸籍もいらん。南鮮も北鮮もないのや。金庫破りもいよるし自転車泥棒もいよる。指名手配や密入国した奴もいよるし、炭礦《たんこう》で赤旗振って首になった奴もいよる。な、な、ええか」

キムは爪がこげそうになるほどみじかくなったタバコをいきなり窓ガラスにこすりつけてもみつぶすと、ちょっと耳をつまんでから、フクスケを見て
「そんな物騒な連中がやで、そんな物騒な連中が住んでながらやで、そらあいろんな文句はあるわい、文句はあるよ。人間不平をいえばキリがない。しかしやで、しかしここにはな、ルンペンがひとりもおれへん」

フクスケはずいぶん考えてから、眼のまえの札束から視線をそらし、キムのつよすぎる断定を疑問でやわらげてやった。

「つまり、あんさん、みんなルンペンやからやないかいな」

キムは度しがたい馬鹿《ばか》の顔を見た、といった表情をした。彼は提案却下を宣言するようにはげしく舌打ちして膝《ひざ》をたたき、侮蔑《ぶべつ》の衝動にたえたが、やがてどうやらこう

やら気をしずめ、下品で粗雑だがおだやかな口調で

「……あんたがどない思おうと、それはあんたの勝手や。しかし、この部落にはルンペンもおれへんし、殺人事件もないのや。せいぜいあって夜這《よば》いぐらいやが、これは男の甲斐性《かいしょう》ちゅうもんや。どこの女房もこの部落で亭主の夜這いに腹たてるような、そんな尻《けつ》の穴のせまい女房はおれへん。もっともこれは朝鮮人のとこだけかも知れんがな。まあええやないか。ええとしとこやな。話は別や」

といってから、ちょっと混乱して口ごもり、頭をたたいて苦笑した。彼はフクスケの顔を見て、小声で

「なにも、わいが夜這いしたいいうてんのんとちがうでえ」

と訂正した。

「まあ、しかし、おっさんよ、強制はせんが、いっぺんゆっくり考えてみいな。簡単なこっちゃ。おっさんはすき腹かかえて死にたいのか死にとうないのか。え、どっちや?」

キムが妙にキラリと眼を光らして答えを迫ってきたので、フクスケは追いつめられて、だまってしまった。さしあたって彼は動物園の柵《さく》の植込みのかげへもどる気持をもっていなかった。背骨はへしゃげたが、とにかくいまの環境は、キムの言葉が将来

をどれほどまで裏書きしているかわからないにもせよ、けっして悪いとは義理にもいえたものではなかった。公園で暮らそうが、ここで暮らそうが、まずまず口にだしてみれば、自殺しようとは思っていない。誰だって生きたくないと思う奴はないだろう。たとえ死にたいと思っていながらも生きているかぎり、とにかく、死にたいということそのものを目標に生きてるわけだから、あまりいばれたもんじゃない。彼は、いちばん手っとり早くて堅固な考えをとることにした。橋は川をわたるためにある。家は人が住むためにある。すると、死にたくないのなら……

「……ほんなら、あんさん、どうなりまんのや？」

フクスケは、どうやらこうやらとにかくここで線を一本ひかなければならないのだということを感じて、のろのろ体を起し、キムの顔を見た。キムはフクスケの意志を感知して、すばやくどこかでスイッチを切りかえた。彼はもしフクスケが自分の配下になってくれるのならこんないいことはないと思っている。あなたは昨日、全身的精力を投入してその能力を証明したと思う、というようなことをつぶやいてから、ちらと顔をあげ

「あんた、昨夜《ゆんべ》いたとこ、見たかいな？」

とたずねた。

フクスケが、なにげなく

「へえ、杉山鉱山とかいうて、えらい広いとこで、なんやもう、さっぱりだあ」

と答えると、キムはこういうことをいいだした。つまり、組の人間の一人として行動するなら、その行動範囲の地理とそこの仕事の方法を知悉《ちしつ》していなければ、組員として能率をあげることができない。めっかちやほかの組員も、また私自身も、あなたがたとえどれほど足手まといになろうと、すくなくともハンマー一回ふったら、それであなたが分け前にあずかる権利を完全に取得したものだということをいさぎよく認めるのだが、しかし、それではあなたも心苦しい思いをするにちがいない。あの三十五万坪のなかにはいたるところに危険な場所がある。また道具の使い方もブツによってさまざまであり、第一、警官に追われたときにはどこをどう逃げるか、また守衛の眼をどうだまくらかすか、あるいは、あの守衛のときは入って行けてこの守衛のときには入って行けないということをどうして判断するか。また、どんなブツがもっとも高く売れるか、値のいいブツはどこに埋まっているか。仲間とはどんな暗号を交わすか……その他、無数のことにあなたは完全な無智《むち》でいる。たとえばこういうことがあった。ある尼ヶ崎の失業者が食いつめて、ここへ鉄を、夜、掘りに来たところが、暗がりで地理がわからなかったので、たちまち砲兵工廠《こうしょう》時代の工業用水井戸のなかにおちて死んでしまった。また、あるニコヨンは鉄を拾うことは拾ったが三十五万坪の夜で出口がわからないまま城東線の線路を歩いて、臨時貨物列車にはねられて死んでしまった……

キムはつぎからつぎへとそんなことをかぞえあげたので、フクスケは混乱し、いったい彼がなにをいおうとしているのか、わからなくなってしまった。で、しかたなくだまってキムの顔を眺めていると、キムは薄く切れた細いひと皮眼に、針のさきほどの小さな光をうかべ、話題をかえた。

「どや、おっさん」

とキムはいった。

「あんた、下宿で腋臭《わきが》くさい若いのんといっしょに寝るか、それともわいのところで、ひとりでのうのうとこの部屋に泊るか、どないやな？」

「……どっちでもええが」

「ここへ泊るか？」

「……まア、な」

「ほんなら食費をもらわんならんな」

キムがつぶやいたので、フクスケは、やっといままでの迂回《うかい》が理解できたような気

がした。キムは敏感な男だった。たちまち話を気楽なものにしてくれた。彼はフクスケに

「いまいうたことをわいが全部教えたるよって、その授業料とかねてやな、一泊三食附二〇〇円ちゅうことにしようや。これはどこの組でも通り相場や、待遇は家族なみでな」

「……」

「食事はまァ、日によってちがうが、だいたい今朝みたいな、カロリー本位や」

「……」

「それから道具やが、これは手鉤《てかぎ》でもチェンブロックでも、なんでも好きな奴《やつ》を貸したるが、万一失われたらわいが買いなおさんならんから、保証金がほしいなア。こらまァ、必要経費みたいなもんで、仕様《しゃあ》ないわ」

「……なんぼだんねん？」

「いまのとこ、そやな、とりあえず二〇〇預かろか」

「……」

「ついでやが」

キムはそういうと、フクスケの顔は見ないで、もうすでに畳の百円札に手をのばし

ながら

「あんたは昨夜《ゆんべ》、往《ゆ》きは水道管やったが、帰りは渡しにのったやろ。あの渡しは渡しで、勝手にあそこへ伝馬《てんま》もってきて商売しとんねんさかい、やっぱり払《はろ》たらんといかんわ」

「……なんぼだんねん？」

「まえは一人一回一〇円やったが、このごろはポリが来て、よう没収さらすよってに高《たこ》なってな」

「……」

「五〇円や。もらうでえ……」

フクスケが見ていると、キムはペンチのように固くて尖端《せんたん》が曲り、金錆《かなさび》や機械油や裂傷で蔽《おお》われた、いかにも丈夫一点張りという感じの、たのもしい爪がガッチリ肉に食いついた指をのばして畳のうえに投げだしてあった百円札を何枚かすばやくとり、あらかじめ用意してきたらしい五〇円硬貨を「光」の箱のなかからとりだして

「お釣りや」

といった。

「こまかいようでもこんなことはちゃんとしとかんとな、あとでつまらんことになっ

たら、それこそつまらんわ」

キムはこれでやっといっさいがっさい、まずまず用件は果したという、満足の表情で眼の光を消し、フクスケの肩を軽くたたいた。

「毎日仕事《ごと》は夜からや。しっかり寝て力《りき》つけときや」

彼はそういうと、またしてもしのび足で畳の穴を迂回しながら部屋をでていった。

フクスケは思わず肩を落して、畳のうえを見たが、そこには百円札一枚と五〇円硬貨一枚しか落ちていなかった。彼は自分の体重が部屋の壁や柱にどんな影響をあたえるかも考えず、いっさいの筋肉を殺して蒲団《ふとん》のうえへ仰向《あおむ》けに体をおとした。

三

キムはフクスケを、ほとんどアッというまの早業でその口から吐きだすタバコのけむりみたいに稀釈《きしゃく》してしまったのだが、その後、部落に住んでさまざまな現象を見聞し、経験するにおよんで、まんざら彼が法螺《ほら》を吹いたのではないことがわかった。

部落には五つのグループがあった。

グループにはそれぞれ親分がいて、イザワ、トクヤマ、オオカワ、マツオカ、マツヤマなどと名乗っていたが、この名前はどうもでたらめのようであった。げんにイザワはその配下と部落全員から〝禿《は》げの金《キム》〟と呼ばれ、イザワといわれるよりキムと呼ばれたほうが居心地よいような表情をしていたから、おそらくこちらのほうが本名なのではないかと思われたが、はたしてほんとにそれが彼の戸籍名であるのかどうかということになると、誰も確答はできなかった。だいたい部落の人間は名前や履歴にたいしてすこぶる恬淡《てんたん》で、なかには想像力を露骨に刺激するような、〝自転車〟とか、〝金庫〟とか、〝笑い屋〟などというような呼ばれかたをしているものもたくさん、いや大なり小なりほとんどみんながそうであったが、だからといって彼らがその不本意な過去において自転車屋であったのか、金属家具商であったのか、また漫才師であったのかどうか、そんなことは誰にもわからないことであった。誰もせんさくしなかったし、興味をもつものもなかった。ただ牛の胃袋や焼酎《しょうちゅう》が彼らの体内の圧力をちょいと高めて自尊心をひけらかしたくならせた場合に、どんな錠はどういう特性をもつかとか、暗がりで仕事をするにはなにをたよりにするか、というようなことについてきわめて該博な知識の氷山の一部がニヤニヤ笑いとともにちらつくのでみんなは相手の過去とその特技についていくらかの暗示を得、そしてそのことだけで満足して、相手がいいださないかぎりそれ以上はたち入らないという謙虚さを守るのである。

「……というようなこっちゃ」

「へえ」

「どや、おもろいやろ」

「おもろいな」

「ちょっとしたもんやろ」

「ふん」

というわけである。

だからキムは新世界でひろってきた、薄汚ない半死の乞食《こじき》をその夜あらためて配下全員に紹介するときは、ちょっとその男の子供くさい頭蓋骨《ずがいこつ》の恰好《かっこう》を横目で見てから
「フクスケさんや。そないいうてくれいうたはるのや」

と勝手なことをいい、男はべつに文句もいわずに頭をぺこりとさげ、おそろしい蓬《ほう》髪《はつ》の悪臭でみんなを閉口させた。

いまあげた〝自転車〟と〝金庫〟と〝笑い屋〟の三人はフクスケの組の仲間で、みんなから〝先頭〟と呼ばれていた。ほかに〝先頭〟では、〝ゴン〟、〝タマ〟、〝ラバ〟、〝オカマ〟というような、いずれおとらないのがいた。〝ゴン〟というのは気の毒なことに劣性因子の遺伝傾性の仮説をひとりで背負《しょ》ってたっているような男で、どんな悪相の両親をもったのか、かいもく想像がつきかねるような容貌《ようぼう》怪異の壮漢であったが、

焼肉《トンチャン》のタレを配合することにかけては部落第一の繊細な神経の持主であった。つぎの〝タマ〟というのは沖縄の糸満《いとまん》の漁師だった男で、本名はタマグスク・トウケンとかいうのだが、みんなはめんどうがって呼びすてにした。この男は筋骨美のほかに容貌と肺と脳味噌《のうみそ》に注目すべき特性をもっていた。彼は彫りの深い端正な眼と鼻をもち、睫毛《まつげ》は音がするかと思うほど長く密で、くちびるは厚かった。もし沖縄人の先祖に太平洋諸島の住民の血が入っていて、そのまた太平洋諸島の住民にヘイエルダールの理論通りにインカ・インディアンの血が入っているものとすれば、タマの体のどこかにはその遠い、容貌における帝王民族の血が茶匙《ちゃさじ》に二、三杯は入っているのではないかと思えるくらい彼は美しい顔をしていた。ゴンの対立表象といってよい。が、彼の脳味噌はその美貌に完全に反逆していた。彼は四貫が十五キロという換算率をいつまでたっても暗記することができなかった。その頭の悪さを彼は肺の異常発達で補ったが、これはあとで書く。〝先頭〟のあとの二人は日本人で、いずれもほかの面々とおなじ筋肉美の持主。〝ラバ〟はなにか後暗い前歴をもっているらしいが、なにかうれしいことがあれば、すぐに手あたり次第に人をつかまえては

「兄《にい》ちゃん、ラバ買《こ》うてえな」

というせりふを何回となくくりかえすので、戦後大阪のどこかで靴の闇屋《やみや》をしてい

たことがあるらしいと見当がついた。ラバはラバー・シューズである。さいごのひとりの〝オカマ〟。これはなにか脛《すね》に傷持つ前歴があるらしくて、ラバのようにあからさまな暗示をふりかざさないが、タマとはなにやら仲がええらしいぞという噂《うわさ》をニタリニタリ薄く笑ってからかわれることを嫌《いと》わないという潜在欲求を持ち、女の尻《しり》より男の後姿に視線がいきやすい。新世界や飛田《とびた》界隈《かいわい》の男娼《だんしょう》の名前をひとりのこらず暗記しているというもっぱらの評判である。仕事がすんで獲物かついで疾走するときは、いつもこの男のことで先棒、後棒の順番について冗談がでた。

　これらの連中はキムの組織内の、いわば中核行動隊といったところであった。彼らはいずれも隆々とした筋肉にめぐまれ、脚力、握力、運搬力などに、ほとんど信じられないような能率を発揮した。彼らはこうと眼をつけたところをいちもくさんに掘りつづけ、かならず目標物を発見し、ひとりで三十貫ぐらいの鉄塊を平気で肩にかついだ。五トン、十トン、十メートル、二十メートルというようなレールを金鋸《かなのこ》でひき切り、ハンマーで叩《たた》き割って彼らがヨイヨイ、ヨヨイノヨイヨイと掛声をあげて爆弾穴も爆風山もまったく無視してひたすら走りに走る後姿を見て、監視に来た私服の刑事が逮捕するまえに、手放しで

「すごい、風速十五メートルや」

と感激したというのだ。彼らは白昼堂々と刑事の面前で窃盗を敢行し、剽悍《ひょうかん》無類であった。なにしろ三十五万坪の荒野を走るのだから、刑事ひとりでは指一本させず、アレヨアレヨというまに彼らは逃げきってしまった。ときに彼らは警察の機動部隊に襲われると、朝鮮語や沖縄語で早口に合図しながら群れをつくって遁走《とんそう》するが、その声は遠くからだと、どうしてもヒョウヒョウ、ヒャアヒャアというふうにしか聞こえなかった。その背景の広大さと、連中の行動の小集団性、およびこの掛声の疑似が、警官といっしょに取材にきた新聞記者にたいくつまぎれの〝通称アパッチ族〟という造語趣味を満足させたのではないかと思われる。

〝先頭〟の連中はいくつかのアパッチ族の仕事のなかでもっとも重要な部分を担当し、グループの最尖端にたって超重労働をやったが、グループには、ほかに、一群の〝ザコ〟がいた。ザコは老人、女、子供、不具者などで、先頭連中のような労働ができない。しかし彼らは先頭連中の許可がおりると、能力に相応の仕事をして、しかも分配金は先頭連中と同額であった。たとえば部落には、ちんば、片手、指無し、おいぼれ、佝僂《くる》などの食いつめものたちがごろごろしているが、彼らは班長や親分にたのみこんで、昼のあいだはどこにどんなブツが埋まっているか探索にでかけたり、夜間行動のまえには平野川の土堤《どて》にたって警官や守衛の情況を偵察したり、あるいはわざわざ警察署のまえにルンペンをよそおって二十四時間ぶっつづけにすわりこんで機動部隊の動静をうかがったりした。多人数の警官がかけだしてオートバイやジープにのりこむのを見るとザコはむっくり起きあがり、ちかくの公衆電話によちよち走りこんで十円玉をほうりこむ。電話は部落外の誰かの家に通じ、誰かはあたふたかけだして部落へ知らせにゆく。親分は班長に、班長は先頭連中に、そして土堤のシケ張りは荒野の全従業員にむかって、空と鉄と草にむかって

「ポリやあ！」

「犬やでえ！」

とまぬけたけたたましさで叫ぶのである。

この情報活動は、飯のタネの発掘運搬作業とおなじほどの重要さをもつもので、それに従事したザコがすべて全員均等配分主義の恩恵に浴するのは当然のことといわねばならないし、じっさい部落のどの組でも、仕事の軽重や義理人情は分配金になんの影響もあたえなかったが、やはり、ちんばや指無しは先頭連中にたいして、つねに自発的な、なにかのいろをつけることを忘れなかった。彼らは一系列の仕事が終ってブツが親分によって換金されると、めいめい焼酎やアワモリやスルメを新聞紙にくるんで、肩の皮の剝《は》げた赤肌に塩水をすりこんで手荒く体をふるわせているラバやオカマ

のところへもっていった。ラバやオカマの肩の皮膚は無数の塩水と傷の堆積《たいせき》で、色がほとんど紫いろにかわり、さわってみると松の幹のように固くなっていた。ちんばや指無しは天秤棒《てんびんぼう》で皮膚を鉋《かんな》かけたみたいに削りとられているラバの肩へ

「兄《にい》さん、よろしおまんのか。こんな無茶して、よろしおまんのか」

と何度も聞きなおしながら、おそるおそる洗面器の塩水をすりこみ、血と肉を和《あ》えて、収縮させた。その瞬間は、さすがのめちゃの額にも血管が怒張し、全身がふるえた。彼らが口ぐちに吠《ほ》えたてながら部屋のなかを半裸でかけまわるときの騒々しさったらなかった。彼らは焼鏝《やきごて》をあてられたようにまっ赤に剝《む》けた肩で風を切り、ありとあらゆる男女の性器に関する猥語《わいご》をわめきちらしながらはだしで道路へとびだした。片手が警察署前で日なたぼっこする。おいぼれが川の土堤にたつ。ちんばが小円匙で土をほじってブツをあたってまわる。なにか見当がつくとほかの組に知られぬよう、組にもどってこっそり親分に

「あそこ、臭《くそ》おまっせ」

とささやく。そこで班長のめっかちが出張し、もどってきてひとことつぶやく。

「よろし。いけま」

ついで隊が編成される。自転車。金庫。笑い屋。ゴン。タマ。ラバ。オカマ。フク

スケ。掘る。こわす。剝ぐ。切る。殴る。……

そこで〝渡し〟が登場するのだ。これがまた奇妙な手合いであった。フクスケは連中を知るにつれて、その図々《ずうずう》しさにいいかげん呆《あき》れる思いをさせられた。部落から〝鉱山〟への侵入口はガス管と平野川と弁天橋と城東線の鉄橋、この四つであったが、もっとも利用されるのは平野川であった。平野川をわたれば鉱山はすぐに対岸だし、それはさらに猫間川にも通じているから、伝馬《てんま》でいけば荒野の中心部へ上陸することができた。ガス管をつたうのでは大きなブツがはこべないし、鉄橋は電車が通るから危険である。弁天橋はいいけれど守衛と警官がいるから顔をたててやらねばならぬ。というわけで、部落側の平野川の岸にはいつも伝馬が何隻《せき》か、もやってあった。この舟は組の親分の所有に属することもあるが、たいていは〝渡し〟専業の連中のものであった。彼らは一人一回五十円の渡船料をとって先頭やザコを対岸にわたしてやり、ひまなときは家のなかで寝ていて、夜明けになるとコソコソ這《は》いだし、対岸へ強慾《ごうよく》なカモがおしつぶされそうにネギを背負って半死半生の息を吐きながらかけだしてくるのを待ちうけるのだ。彼はのろのろ漕《こ》いでいって、カモとネギを収容し、岸へもどっておっぽりだしてから渡船料を請求する。ネギが重すぎて舟が沈むと、親分にかけあって損料をひったくった。その損料は親分が払うが、いずれは均等割でつぎに子分からひとりずつピンをはねてまわることになる。共同責任というわけだ。

フクスケは、はじめのうち、渡し屋というのは食いつめた船頭が食いつめたアパッチ部落めざして集まってきて、そこに定住するようになったのかと思っていたのだが、よく聞いてみると、とてもそんなまともなものではなかった。彼らはみんなアパッチ族であった。アパッチ族のなかでいくらか舟に腕のおぼえのある、いくらかかぐうたらの、そしてかなり手の早い連中が、たとえ収入はすくなくても体の楽な仕事をと考えた結果、その欲求と能力にしたがって、転業したまでなのだ。そのいい例が、トウジヨウ・ヒロヒトである。その男がそこにいるからそれをみとめるというよりほかになんの手がかりもない、完全に過去をその呼称によって消去したこの男は、フクスケをつかまえて

「どや、ええ名前やろ。ドンとこいてなもんや。頭は使いようやぞ」

といった。

フクスケが感心して、ひとさし指をある恰好に曲げ

「……あんさんもやっぱり〝鉤の手《こて》〟でしたんか？」

と聞くと、相手はせせら笑い

「なんせポリにカマったらわいは名前いうだけであとは黙秘使《つこ》たるのや。わいがなに

をしたかはわいだけ知ってたらええこっちゃ。いわんでもええことというて、兄さん、ひとにめいわくかけたらいかんわなア」

すっかり煙幕を張ってしまった。

トウジョウは無主物占有観念の拡大解釈と行動力においてはアパッチ部落の誰にもひけをとらなかった。あるとき彼は河岸《かし》で日なたぼっこをしているうちにどうしても映画が見たくなったので、舟を岸につないだまま京橋へでかけた。そのすきに仲間をだしぬいてある組の連中が彼の舟で対岸にわたったところ、ブツを掘ろうというときになって警官隊におそわれた。シケ張りをたてることを忘れたのだ。彼らは追いまくられて必死になって走り、トウジョウの伝馬で川をわたろうとしたが、あわてたはずみに舟がひっくりかえってしまった。そこで彼らはめいめい運河にとびこんで泳ぎわたったのだが、警察は証拠物件として伝馬をひき揚げた。夕方になって水上警察のランチが運河を川口からさかのぼってやってくると、トウジョウの伝馬を曳航《えいこう》して、どこかへもっていってしまった。

「……トンちきめらが！」

トウジョウは鞍馬天狗《くらまてんぐ》の酔いを一挙にさまされてうめいたが、その晩は下手人たちをひきつれてふたたび京橋へくりだし、およそ砂漠に水をそそいでいるのではあるまいかというような浪費感で下手人たちが蒼《あお》ざめるほどの散財を強要した。彼はマツザワ組全員、親分からザコまでひとりのこさずの財布をからっぽにするのだと豪語して、酒をひとしきり飲んでは指を口につっこんで吐きだし、水を飲んで胃を洗滌《せんじょう》してはまた吐きだし、またすわりなおして飲む、というあさましいドロップをきかせた戦法にでて、下手人たちを悩ませた。そして、その夜、ひとりでどこかへ消えてしまった。

四日間、彼の姿は部落に見えなかったが、五日めにフクスケがキムに倣《なら》って買った純白のステテコをはいて河岸でぼんやり泥と草の匂《にお》いを吸っていると、ヒロヒトが大汗かいて川下から塵芥船《ごみぶね》を漕《こ》いでさかのぼってくるのが見えた。ちょうど退潮時であったので、彼は流れにさからって必死になって漕いでいた。フクスケが岸から

「どこへいってたんや？」

と聞くと、ヒロヒトは

「ひとのせっかい、やかんでもええわい」

といった。

彼はその伝馬を岸につけると部落に入っていって、マツザワ組の親分から鉋《かんな》と手下数人を借り、小山のように積みあげた塵芥を手下どもにスコップで川へ捨てさせてから、自分は鉋で所有者名の焼印を削りおとし、あらためて墨汁でマークを入れた。マ

ツザワ組の若い連中は執念深いトウジョウの収奪政策にへとへとに疲れてしまった。

「おっさんよ、どこで笑《わろ》てきたんや？」

塵芥山のうえで汗まみれになったひとりがたずねると、トウジョウは部落民特有の小さな光を眼のすみにちらつかせ
「おまえらみたいな能無しにでけるかい」

といってせせら笑うだけであった。

「日の丸」はそのようにして船籍移転手続を完了したのである。これが渡し屋だ。アパッチ部落の分業制は完全な弾力性に富んでいた。そしてその細密なことはさらに水屋ともぐり屋の登場によって一段の光彩を加えたのである。

四

ある日、部落に情けない男がやってきた。

キムの長男の例の腕白がひっぱってきたのである。腕白はその日ひとりで廃墟《はいきょ》へもぐりこんで屑鉄《くずてつ》をあさっていた。小学校でＰＴＡの寄附金を強奪されることになっていたので、なんとかして資金を工面する必要があった。おやじにいえばよいのだが、おやじは一円の余分もくれないうえに教育制度にたいする毎度おきまりの長広舌の呪《じゅ》

咀《そ》を聞かしたあげく、余力を駆って自分の脳味噌《のうみそ》にろくでもないけちをつけてとばっちりを浴びせるにちがいなかった。腕白は誰にも見つからないようこっそりドンゴロスの袋をかついで家をでた。爆弾穴や煉瓦壁《れんがかべ》のなかをあちらこちらとびまわった結果、その日の夕暮れには早くも寄附金と当座の小遣いに相当するくらいのブツを集めることができた。彼はこれだけの鉄で貸本屋の漫画が何回読めるだろうかと大いに楽しみにしながら、何回にもわけてガス管をわたってブツを部落にはこびこんだ。ブツは彼の体に相応の、ケーブル線のきれっぱしとか、ボルトやナットの錆《さ》びたものとか、工作道具類などといったものばかりであったが、それでも全部集めると、とてもひとりで一回にははこびきれなかった。彼は部落の仕切り屋専業者の「大徳屋」のおやじに、買ってくれるようにと話をつけておいてから蟻《あり》がビスケット屑をはこぶようにせっせとすこしずつはこんだ。さいごの回のときはもうとっぷりと日が暮れて、ガス管をわたると足もとがまっ暗であった。ガス管をわたりおわったとき、ひとりの男に会った。

男は暗がりをすかして見ると、かなりの老人で背がすっかり曲っていた。彼は土堤にたたずんで部落のほうをじっと眺めていたが、腕白がドンゴロスの袋をかついで通りすぎようとすると

「坊《ぼ》ん……」

と声をかけた。

腕白がふりかえると、としよりは
「坊《ぼ》ん、刑務所で聞いたんやが、アパッチ部落て、ここだっか？」

「そうや」

「大阪駅から線路づたいに歩いて来たんやが、えらい疲れた」

「……」

「ネズミが二匹レールにひかれとったけど、高架でもやはりネズミがいよるとこ見たら、なんか理由《わけ》がありゃこそいよるねんやろと思《おも》たこっちゃ」

「……？」

としよりはとんちんかんなことをいいだしたが、その口ぶりの妙な熱心さと他人への配慮の欠如の気配から、腕白はすぐに、ああこれはノースイシュやと思った。としよりの頭は平均大であったが、おとなたちの話では、アホというよりノースイシュといったときのほうがなにか重い迫力があるようにたびたび感じられたので、腕白はとしよりをそれだときめてしまった。ためしに
「おっちゃん、ボクはいそがしいねんぞ。用はなんや？」

と聞いてみると、としよりはすっかり感心したような口ぶりで

「ああ、いそがしいのはええこってす。人間ひまになったらあきまへん。いそがし、いそがしいうてるあいだが花でんのやでえ」

すこしばかにされたような気がしたが、からかってやればおもしろそうだった。しかし、腕白は「大徳屋」がスクラップの金はブツの現場渡しだといっていたことを思いだし、こんなノースイシュにかまっていられる場席《ばせき》やない、と考えた。

「おっちゃん、もう行くでえ」

「ああそうだったか、行きはりまっか、坊んはしっかりしたはる。なんせネズミが城東線で死んどるねんよってに、ここはアパッチ部落で、なんぞそれなりに理由があるねんやろ思《おも》て、ごついことやったはりまんねんてなあ？」

「鈍《どん》なこといいな。用はなんや？」

「飯食《まま》いたいんですわ」

「水飲んだら、どや？」

「もう飽き飽きでんなあ。なんせ、もう骨までカルキ臭《くそ》なりよりましてな」

「仕様《しゃあ》ない奴《やっ》ちゃな。家へおいで」

腕白は、部落に入ると「大徳屋」にさいごのブツをわたして、おやじにはだまっていてくれるようにたのんでから金をもらい、老人をつれて家にもどった。

家ではちょうど会議のさいちゅうであった。親分のキムを中心に、班長のめっかちをはじめ先頭連中がひとりのこらず下宿のねぐらから這いだしてキムの家の七輪のまわりに集まり、ねそべったり、肘枕《ひじまくら》したり、足の指の股《また》をこすったりしながらホルモンのもうもうとしたけむりをたてて、昼間〃あたり〃にでかけたちんばの報告を検討しているところだった。ちんばはその日、なにげなく土をほじっているうちに、もとの工場のスチーム・パイプを掘りあてた。スチーム・パイプは錆びていたが材質は鋼《はがね》らしく、殴ったらチーンという音がした。これは食える。おまけに見当をつけてもうすこしさきの土をほじったらパイプが何本も集結していて、そこには巨大なバルブがあった。めっかちはそれを聞いて、検分にでかけ、たしかめて帰って来たところだった。

「目算《めのこ》百貫」

と彼はいった。

「パイプはたいしたことない。しかしバルブはええもんや。バルブのなかにはパッキングに砲金が入っとる。こいつや。こいつをバルブごといてこませちゅうのや。砲金は値がでよる」

そこで集結している四本のパイプを誰が切り、誰がバルブを掘り起すか、その仕事の分担をきめているところだった。ちょうど警察がここしばらく鳴りをひそめていて、今夜あたりがどうもくさいと思われるときだったので、仕事は敏速を要した。
「……一本のパイプに三人や。二人で金鋸《かなのこ》ひいて、一人がその横から石鹸水《せっけんすい》をかける。これは交替でやれ、パイプは四本やが二本ずつ切れ。それで六人。シケ張りが一人。バルブには四人かかったらええやろ。守衛がきよったらドヤしつけたれ。相手が犬やったら、一人、二人なら顔たてて音だすのんだけはやめたれ。もし機動部隊やったら道具だけもって逃げるのや。遠くへいったらあかんぞ、どこぞその近くであいつらが帰るまで一時退避ちゅうわけや。ええか、ぜったい逃げるな」
というようなことをめっかちがしゃべっているところへ、腕白が例のとしよりをつれて入ってきた。としよりは歩いているうちに配線のどこがショートを起したのか、今度はすっかり口をつぐんでしまっていた。腕白はキムに自分の頭を指でこづいて見せ
「いかれとるのや。ボクつかまえて、飯食わせいいよってん。雑巾《ぞうきん》でもやったらどうやろ」
といってから、勝手に自分で
「仕事もさせてくれいうとるぞ」

つけくわえてから、さっさと貸本屋へかけだしてしまった。
フクスケが見ていると、このとしよりはまったく情けないことになっていた。頭がどこか狂っているうえに、右手は指が五本ともなくなり、左手はかろうじて三本、おまけに足がびっこで、狂気が運動神経まで犯したらしく、手足の動作がまったくちぐはぐ、しかもそれぞれの動きはきわめて脆弱《ぜいじゃく》であった。土間から畳へあがると、四つ這《ば》いになってトンチャンの七輪めざして這いよったが、その動きは軟体動物の蠕動《ぜんどう》といったほうが正しかった。かすんだ瞳《ひとみ》の奥でなにかが光り、早く焼肉にたどりつこうとして体のそれぞれの器官が独立的に排除しあいつつあせった。その老人がよろめいたり、ふるえたり、つまずいたりしながら匍匐《ほふく》前進をする姿勢を見ると、さすが放埒《ほうらつ》果敢なアパッチ族の戦士たちもいっせいに顔をそむけてしまった。機械か、化学薬品か、梅毒か。なにかはわからぬ。しかし老人の皺《しわ》ばんだ皮膚がひっかかっている骨格は明瞭《めいりょう》に彼が肉体労働者だったことを物語っていた。この老人の肉のうえをなにがどんな速度と深さで通過したのか、誰にも想像がついて考える気になれなかった。
キムは不幸がよろよろと牛の破片をめざしてものもいわずにやってくるのを見ると、げっそりした顔で
「おっさん、食わしたるがな」

と、だけいって、七輪と洗面器をおしやった。

ところが、こんなきれっぱしでも、アパッチ族は活用したのである。フクスケはすっかり感心してしまった。キムは老人がトンチャンをむさぼりつつ大阪駅から線路づたいに歩いてきたことと、城東線のレールにひかれていた二匹のネズミ、および金属裁断機の話をくりかえしくりかえしひとりでしゃべりだしたのを横からじっと観察して考えた結果、その夜、中核行動隊の附属物として彼を戦場に送りこんだ。老人は三本の一升瓶に水をつめ、紐《ひも》でくくって、その紐のはしを指無しの右手首にしばりつけてもらい、懐中電燈《でんとう》を腰にぶらさげた。彼は三十五万坪の夜のなかをさまよい歩いて、あっちこっちの泥棒たちに水を売ったのである。泥棒たちは老人が一升瓶を後生大事に薪《まき》のような手に抱えてこけつまろびつ夜のなかをやってくるのに出会《でく》わすとすっかり昂奮《こうふん》し、一杯五円で水を争って買ってやった。超重労働をやっているのに荒野のなかには水が一滴もなかったし、水筒をもてば警官に追われたときの荷物になるしで、戦士たちは老人を見ると、たちまち道具を投げだし

「かみさま！」

とか

「おとこいっぴき！」

などと叫んだ。

しかし、戦士たちは金をもつとジャラつくので仕事中はからっけつだから、老人はキムの指図通り、誰かが一杯飲むとすかさず懐中電燈でその男の顔を照らした。名前を聞いて、彼はその男が水を何杯飲んだかを三本指の左ぎっちょで腰の大福帳に書きとめた。大福帳は死んでもはなれないくらいしっかりと麻紐で腰にくくりつけてあった。しかし、ある晩、フクスケがなにげなしに老人が大福帳をつけているのをのぞきこんだところによると、そこには無数の人名のかわりに○や△や×しか描いてなかった。老人は字がかけなかったのだ。アパッチ戦士は三百人から四百人もいる。いったい記号がいくつあったら足りるだろう！……

「お父ちゃん、あんたそれで、おぼえられるのかいな？」

のみこんだ水がどこかでちょっと逆流を起しかけたような気持になってフクスケがたずねると、老人は一升瓶に新聞紙をまるめた栓をつめこみながら、東西南北、風はどちらか、というような顔つきで、しかしいくらかのはずかしさもまじえ
「エヘヘ、おぼえてま」

とたよりない虚栄《みえ》を張った。

これが水屋である。

さいごに部落の分業制にもっとも活潑《かっぱつ》な強アクセントをつけたのは沖縄糸満の漁師出身のタマであった。タマははじめのうちキム組の先頭の最優秀者の一人として荒野を疾走していたが、やがてそのすばらしい肺にものをいわせて、内職もやるようになった。その仕事は部落の全住民のうち誰ひとりとして引受ける勇気をもつものがなく、しかも警察の手入れがはげしくなるにつれて頻発したので、タマは先頭をやめて、もっぱらその仕事に専心することとなった。彼は部落民から〝もぐりのタマちゃん〟と呼ばれ、大いにその職業に独自性と自尊心を抱くにいたったのである。

タマの肺が全住民から求められたのは、つぎのような事情によるものであった。獲物のブツを伝馬《てんま》に積みこんで部落にはこびこむのは、たいてい夜あけであった。夏の朝はあけるのが早かった。そのため、仕事はきわめて短時間のうちに完遂する必要があった。フクスケがはじめての日の朝に見た河岸《かし》の混乱はすべてここに原因していた。そこで何十貫、何百貫という鉄をしゃにむに一挙に伝馬に積みこみ、かたむこうが、水が入ろうが、また半分沈もうが、とにかく対岸へ上陸させねばならなかった。アパッチ族たちは自分が舟にのれなくてもブツだけはのせた。このため伝馬はしばしば運河のなかに沈没した。ときには夜あけに現場を警官隊におそわれることがあると、アパッチ族たちは渡し屋トウジョウ・ヒロヒトの抗議も蹴《け》とばしてブツを積んだ舟をわざとひっくりかえしてしまった。ところが、はじめのうちは不平たらたらだったのに、あとで多額の損料がひったくれるとわかると、味をしめたトウジョウは、もともと舟は盗んできたものである。

「犬ャァ！」

の一声だけでパッと伝馬につったち

「ドンとこい！」

と大好きなせりふを叫んで、アパッチ族がなにもいわないさきからブッもろとも舟を沈めてしまった。

人がいるから仕事をつくる、という原則のひとつはよいよいの水屋にその完全な表現をフクスケは見たが、この場合はその逆であった。誰かが沈んだ伝馬とブッを引揚げる必要があった。引揚げかたはわかっていた。沈没物にもぐっていってロープを巻きつけ、岸から滑車をぶらさげた腕柱をつきだし、ロープをその滑車にとおしてみんなで綱引きすればよいのである。それはもっとも簡単な仕事であった。しかし誰ひとりとしてこの仕事の最初の部分を担当する勇気をもつものはなかった。みんな河岸へでてきて、うらめしそうにガヤガヤ吠《ほ》えたり、鳴きかわしたりしたが、誰ひとりとして行動を起すものがなかった。ここでブッが引揚げられないと、親分も、班長も、また先頭、シケ張り、水屋、ザコ、渡し屋、すべての人間の力は円を閉じなくなる。そこを二つの地獄みたいな肺で強引無比に閉じてみせたのが〝もぐり屋タマちゃん〟であった。

アパッチ族をたちすくませたのは平野川であった。そのおそろしい沈滞であった。この運河は寝屋川《ねやがわ》の一支流で、大阪湾に通じていた。海はこの運河の沈澱物《ちんでんぶつ》のうえへ潮の干満によって若干の動きをあたえた。しかし、運河そのものの質は底知れぬ腐敗と沈澱であった。あらゆるものがここに沈んで、よどんで、腐臭をあげていた。犬の死骸《しがい》。野菜屑《くず》。機械油。尿。空罐《あきかん》。すべて形を失い、とけて、くずれて、腐りきったものが、犯しあい、もつれあっていた。この河岸は石畳であった。が、運河の水はすでに水というよりはなにか得体の知れぬ、重く、粘っこい、窒息性の酸液のようなものとなっていた。だから、河岸にたつと、石のどのあたりの芯部《しんぶ》まで浸透と腐蝕《ふしょく》がおよんでいるのだろうか、というような気がしてくるのである。この川の質はひとりの溺死《できし》したアパッチ族が最下等の悲惨を全身で証明した。彼は警官に追われて川まで逃げてきたが、逃げ場に窮したあげく、水のなかへとびこんだ。岸はすぐ眼のまえにあった。しかし彼はすでに三十五万坪を全速力で走りぬけていたので、水にとびこむと、ほとんど同時に心臓麻痺《まひ》を起して、溺死してしまった。彼は〝先頭〟のなかでも、もっともたくましい男であったが、川にはあっけなく殺されてしまった。引揚げて警察病院で解剖してみると、彼の上半身の内部には泥が充満していた。鼻、口、気管、食道、肺、胃、すべて管という管、腔《こう》という腔には、緻密《ちみつ》な緑いろの泥がギッシリつまって異様に膨脹《ぼうちょう》していた。メスをいれると血が一滴もでず、絵具のチューブをおしだすように、練りに練られた泥がいくらかの水といっしょにヌラリとでた。解剖に立会った部落民のひとりはそれを見て

(……)

眼を閉じた。

ところがタマはこれに挑んだのである。

彼はみんなが河岸にたたずんでぺちゃくちゃしゃべっているところへ、昼寝からさめて、ぶらりぶらりやってきた。彼はみんなのうしろから川をちらと眺め、ちらと眼のすみで日光を見てから、だまってステテコをぬいだ。フクスケが見ていると、彼はまわりの二、三人の男にたずねて要求した。もともと彼は口数のすくない男であった。

「ブツは何かい？」

「鉄骨枠《アングル》とレールとパイプや」

「〆《しめ》て何貫かい？」

「百二十はあるやろ」

「欲張りが」

「仕様《しゃあ》ないがな」

「……ロップ持っち来《こ》」

「なにするのや？」

「潜ると」

　相手は呆《あき》れたが、そういっているあいだにも茶匙《ちゃさじ》二、三杯の帝王民族はステテコをぬいでふんどし一本になってしまった。彼の筋肉はアパッチ族の重量労働に日夜従事しているにもかかわらず、鉄塊やツルハシがまだ海を変形しきっていなかった。海がこねてもみあげた筋肉束はやわらかく、しなやかで、日光のなかでは眼をそむけたくなるくらいの魅力を発散していた。キムや部落の女たちはあらためてタマの美質を発見して眼を瞠《みは》り、ついで視線をそらして、くすぐったそうに
「なんやしらん、すけべえな！」

と讃嘆《さんたん》の声をあげた。

　タマはそこへ見物に来ていたキムの長男の腕白に潜水眼鏡をもってこいといった。腕白が部落にもどってもってきたのは赤いゴムのふちがついてガラスのはまった、た

だそれだけの、海水浴用の、おそろしくたよりないものであったが、タマは満足して顔にはめた。

「よか。もろた」

彼は胸を二、三回こすって深呼吸しながら河岸っぷちに歩いてゆくと、全住民の注視のうちに、こともなげに悪臭い液のなかへとびこんだ。川の厚い機械油の虹膜《こうまく》はいやいやながら穴をあけて彼の体をのみ、腹だたしげにふるえて騒ぎ、それからふたたび悪相で穴を閉じた。

タマは泥のなかを這いまわり、さがしまわり、あっちへ浮いては

「ロップ！」

と叫び、こっちへとびだしては

「チェンブロック！」

と叫んだ。叫ぶたびに彼はきまってまっ黒な水を口から吐いた。

岸では彼の指図どおりに男たちがかけまわり、丸太ン棒が滑車をぶらさげて川のうえへつきだされた。泥んこのイルカはロープをもって液のなかにもぐりこむと、しばらくあわただしげに浮いたり沈んだりしていたが、やがて、虹膜をやぶって跳ねあがり

「ひけ！」

と叫んだ。

タマは川を泳ぎわたると、岸に這いあがり、しばらく死んだようにじっと眼をつむってたおれていた。キムの女房がかけよって

「どや、どや、だいじょうぶか？」

と肩を叩《たた》くと、全身泥まみれで見るもむざんなありさまになった美貌《びぼう》の帝王民族は、まっ青な顔をしてうめいた。

「……酎《ちゅう》コ、持っち来《こ》」

キムの女房は笑いながら部落へ走った。彼女は焼酎《しょうちゅう》の一升瓶を抱えて走りもどってくると、もともと瓶詰の瓶だったコップを二、三回金錆《かなさび》だらけの指でぬぐってから、なみなみと注ぎ

「さアキュウッと……」

といった。

タマは鼻さきにコップをつきつけられたのでようやく体を起し、草のうえにあぐらをかくと、肩であえぎながら焼酎をひと息あおった。彼は仰向《あおむ》いて、眼を閉じ、のどをごろごろ鳴らせてから、パッと焼酎を吐いた。それはまっ黒であった。二、三回く

りかえすうちに焼酎の色はだんだん黒から灰、灰から薄ねずみとかわり、やっと透明になったところで、タマは大きな、まっ黒な痰《たん》を苦心してのどの奥からしぼりだし、ひとこと
「歌《う》たと！」
といって膝《ひざ》をたたいた。
仲間は滑車にとおしたロープをひいてブツを引揚げる仕事のあいまあいまにやってきてはタマの肩をたたいた。ラバは
「兄ちゃん、ラバ買うてえな」
といい、オカマはただ彼の体にさわってニヤニヤし、トウジョウは
「負けた！」
といって感嘆した。
さいごにやってきたキムは
「……なァ、一回二千円でブツ半分下駄《げた》はかすちゅうことで、どや。これからもさいあるこっちゃ。けっして悪うないとは思うんやがな」
草をむしりむしり横眼を使っていった。タマは焼酎にうっとり眼を閉じ、女のように長い、房のような睫毛《まつげ》をしばたいて

「よかと」

といった。

かくてアパッチ部落の体制は比類なき完全円となったかに見えた。

第三章　ごった煮、または、だましだまされつ

人生の解、諸説紛々
どうなろうとも知らぬこと。
失う人格持つ奴《やつ》に
礼儀を論議させておけ。
――バーンズ『愉快な乞食《こじき》』――

一

さて、いよいよフクスケが仲間に入ったとなると、キムはさっそく授業を開始した。その内容は複雑多岐にわたっていた。まず仲間同士の隠語や暗号から道具の使い方、獲物の種類とその値段、仕切り屋に現物を売るときの交渉法、いかにして秤《はかり》をごまかして軽いものを重く見せるか、またむこうはどのようにして重いものを軽く秤ろうとするか、それをどうして裏かくか、といったようなことや、他の組の出し抜き方、守衛の目のくらまし方、警官に追われたときの逃げ方、万一逮捕されたときの心得、部

落内の戒律、また杉山鉱山そのものの過去の歴史、というようなことまでを含んでいた。そして、こういうさまざまな技術の知識と同時に、キムはとりわけ力を入れてフクスケに、いかにしてわれわれが泥棒と呼ばれるのは当を得ていないことであり、不本意なことであるかということを説いた。宿泊料もかねて一泊三食附二百円の授業料をとるだけあって、キムのレッスンは微に入り細をうがち、きわめて実用的な知識と観念にみちており、はなはだ得るところが多かった。毎日、家のなかでも現場でも、キムは顔さえ見ればレッスンしてくれたので、それからうけた知識の有用性とにらみあわせ、なるほどこれなら授業料をとられるだけのことはあるとフクスケは思うようになった。そしてつとめて熱心に耳をかたむけ、大いに眼と手をはたらかせて励んだ結果、彼は日ならずして一人前のアパッチ族となることができたのであるが、あとで聞いたところによれば、これはひとりフクスケだけではなく、いまはAクラスの尖兵《せんぺい》となったほかの先頭連中も、はじめて刑務所や留置場や職業安定所などから追いたてられてこの部落にやってきたときはみんな勝手がわからなくて、やっぱり授業料を納めて習ったということであった。フクスケが見たところでは、ほかのどこの組でも新来者があればどしどし泊めてやって、宿泊料と授業料をとったうえでおなじような講義をしているらしい模様である。料金はどこでも均一で、待遇は大同小異だった。

「……ま、どこでもそうやろうけれど、土地には土地の特殊事情ちゅうもんがあるよってに、そこをトックリのみこんどいてもらいたいわけや。ここもちょっと変ったとこやさかい、よそでは通用せんことがあって、いきおい世間もつめたい誤解の目で見勝ちや。いいとうてもいえんちゅうことがある。そんなときは、ま、わいを木の洞《うろ》やと思《おも》て、いうだけはいうてみとくなはれ。ひょっとしてコダマせんもんでもおまへんでえ」

はじめての晩、キムは配下全員を七輪のまわりに集めると、そういう前置きをして一同にフクスケを紹介してから、おひろめの御馳走《ごちそう》をしてくれた。彼は七輪のまわりにいくつもの大皿や洗面器やバケツをならべ、どの容器にも湯気がたつかと思えるほど新鮮な、血と分泌液《ぶんぴつえき》にまみれた牛の内臓をあふれるばかりに盛りあげて

「えらいさしでがましいが、今日は御新規さんおいでやから、ひとつわいに奢《おご》らせてもらいまひょ」

といった。

めっかち、ゴン、タマ、ラバ、オカマ、自転車、笑い屋、金庫、ちんば、片手、腰ぬけ、もうろく……といった連中が、たちまち攻撃にとりかかった。彼らはてんで口ぐちにわいわいがやがやさわぎながら洗面器と七輪のまわりに群がって内臓を貪《むさぼ》りは

じめた。七輪のそばにはゴンがつきっきりで長い竹箸《たけばし》を器用に使いながら肉を焼いたり、タレに浸したりしていたが、男たちのあるものは生《なま》のまま臓腑《ぞうふ》をひきちぎって頰《ほお》張《ば》ったり、まっ赤にトウガラシをまぶしつけて食ったりした。おとなしく焼けるのを待ってちゃんとタレに浸して、箸を使って、というのはひとりもなかった。が、誰を見ても、眼を細め、眼を細め、口をつぼめて、じつにうまそうに食っているので、ためしにフクスケが半分焼けた心臓のかけらをトウガラシにまぶして食ってみると、たちまち舌がしびれ、眼に赤い霧がたちこめた。くらくらしている耳もとで、キムが大きな声をあげるのが聞こえた。

「ああ、うまい。ゴンはタレの、おおそりちいや」

この日の御馳走はほぼ牛一頭分にちかいということであった。食道から肛門《こうもん》におよぶ牛の内臓の一系列がひとつのこさずそろえられていた。めっかちやオカマは洗面器のなかを指でひっかきまわして、これはハツといって心臓、あれはマメといって腎臓《じんぞう》、心臓はやわらかくて歯切れよく、腎臓はしまってコリコリしてうまい、どんな内臓でも食って食えないものはないが、たったひとつ、膀胱《ぼうこう》だけは注意を要する……というようなことをいろいろ教えてくれたが、結局ここにないのは牛の角と皮と骨とふつうの肉だけで、あとは全部そろっていた。

「よろしいか、ホルモンちゅうもんはだいたいでりけええとなもんやから、熱に弱い。あんまり焼いたらこわれるのや。どういうか、ほんのちょっと心意気程度火に照らしてからパッと食う。サッとタレにつけて、パッと食う。それが通《つう》とされたもんです」

「毎晩、こんなもん食うたはりまんのんで?」

「甲斐性《かいしょう》あるやろ」

「そらァ、まァ、えらいもんやということはわかっとりますが」

「それがどないした」

「なんやしらん、こう……」

「文句いうな。遠慮せんとドシドシ食べて体質を変えとくなはれ」

キムはそういって焼けた内臓をかたっぱしからフクスケの眼のまえにつみあげていった。ゴンははじめからおわりまでほとんどひとことも口をきかずに肉を焼き、仲間に食べさせて、みんなが口ぐちにしゃべったり笑ったりするのをじっとよこから眺めていた。彼はフクスケのために肉をとくべつ念入りに焼いてタレに浸してくれた。彼の顔は醜かったが箸ははなはだ雄弁で繊細であった。洗面器やバケツのなかを彼の箸は水鳥のくちばしのようにとびまわり、つついたり、ひっくりかえしたり、かきわけたりしてやわらかい肉を選び漁《あさ》って金網のうえにはこんだ。誰かがよこから手をだしてフクスケの分をとろうとすると、それはたちまち活潑《かっぱつ》な攻撃に移り、相手があきらめてひっこめるまで黙々とその男の手をつっきつづけた。

ゴンの選んでくれた肉はみんなやわらかくて歯切れよく、焼き加減やタレの浸し工合などにも細心の配慮が感じられたが、フクスケにはとてもさばききれなかった。すると、ゴンは席をたって台所へいき、しばらくしてから丼鉢《どんぶりばち》になにか入れてもどってきた。

「これ、しつこない」

それだけいってゴンは匙《さじ》をフクスケにわたし、しゃくる恰好《かっこう》をしてみせてから、自分はまた肉を焼きにもどった。丼鉢のなかにはなにかみじん切りにきざんだ皮のような白いものが薄い液といっしょに沈んでいた。すすってみると、液はかすかなニンニクの匂《にお》いがするほかは、なんの味もついていなかった。が、いままでのはらわたとタレの濃厚さに疲れきっていた舌には快く感じられたので、なにげなくフクスケが三匙、四匙とすくって飲んでいると、一座の男たちがめざとく見つけて大騒ぎをはじめた。彼らは血とはらわたをしこたま食ってそれまで酔ったようにぐったりとなっていたのに、この丼鉢を見るといっせいに体を起し、口ぐちになにか叫びながら、ほとんどつかみあいをせんばかりのいきおいでフクスケにとびかかって丼鉢をとりあげた。彼らはさきを争って丼鉢にしがみつき、一匙、二匙すするかすすらないかでつぎの男に奪いとられ、いまいましげに舌うちした。鉢がとぶようにしてキムのところへまわってきたときには、アッというまにそれはからっぽになっていた。キムはせかせかと匙で鉢のふちにくっついた白い皮を一粒ずつかき集め、舐《な》めるようにしてすすりとった。

「うまいもんは少いなア……」

キムは匙で鉢をたたきながら、がっかり肩をおとして長嘆息ついた。

一座の顕著な反応とキムのこの失望ぶりにうたれてフクスケが聞いてみると、この丼鉢もまたかなりしたたかなしろものであることがわかった。キムの説明によると、これは朝鮮語でセキフェといって、豚の子宮であった。豚の子宮を解体のときにつぶさないようそっと氷嚢《ひょうのう》のようにとりだし、そのままみじんにきざんで、ほとんど味らしい味もつけず、もちろん煮たり焼いたりの加工はいっさいやらず、生のまま丼鉢に入れて食うのである。つまりフクスケがなにも知らずにのみくだした白い皮は豚の羊膜で、水のような薄い液は羊水であった。キムは説明を聞いてたじたじしているフクスケにむかって、さらにすごい話を追い打ちにかけた。彼のいうところによれば、いま食ったのはまだ序の口で、正真正銘のセキフェは胎児もろともたたきつぶしたのを骨、肉、羊膜、羊水、なにもかもひっくるめて生のままゴクリとやる。これは朝鮮料理の王様といえるもので、わけても粘液に厚くつつまれているためにつぶしきれなかった胎児の目玉が恨めしげにただよっているのをのみくだすときの快味ときたら
「……こらァ、ちょっと、ろっくふえらあにもやれんというようなもんでなあ」

キムは顎《あご》を撫《な》でながらうっとり眼を細め
「朝鮮語でセキいうたら赤ン坊、フェは刺身ちゅうこっちゃ。つまり赤ん坊の刺身やな。これをひとくちやったら、三日は俯向《うつむ》けに寝られんちゅうわ」

「そらまた、なんで？」

「日なた水。目ェ、さましなはれ。男子一生の悩みが消えますのんや」

アパッチ族たちはどっと哄笑《こうしょう》した。生蕃《せいばん》は一変して男根崇拝主義者になってしまった。彼らはキムをかこんでめいめい口ぐちに、たとえば、おまえはほんとにしないかもしれないけれどこないだおれがねころんでいてなにげなくあたまをなでたらおみずがとびだしててんじょういたにあたり、ぱりぱりというおとがした、これはうそのようだけどほんとのことなんだから、もしどうしてもうそだというのなら、いまからでもうらのあきちへいってやってみまいか……というようなたわいもない法螺《ほら》の吹きくらに熱中しはじめた。

そこでフクスケがキムをつかまえて

「ちょっと。わては授業料納めてまでこんな話聞こうとは思《おも》とりまへんのやが……」

というと、キムはげらげら笑っていたのをぴたりとやめ、さっそく仲間には背をむけて、慣用語の授受から講義をはじめた。

「……まず、おぼえといてもらうことは、ポリは〝犬〟、逮捕されるのを〝カマる〟という。つまり、つかまるの略でんな。それから、見張りのことを〝シケ張り〟。ふつうは〝シケ〟だけやが、ここでは〝シケ張り〟いうてま。獲物のことは〝ブツ〟。つまり現物の略でっしゃろ。ブツには〝ズク〟や〝イロモノ〟というのがあって、ズクは鋳物《いもの》のこっちゃ。イロモノちゅうのは熔鉱炉《ようこうろ》や鋳物工場の跡なんかによくある奴で、いろんな金属を熔《と》かした滓《かす》やな。ここの鉱山では銅のでよることが多いから銅滓《どうし》ともいうとる。これは値がええ。ふつうの鉄なら貫三十円から五十円どまりやが、イロモノやと貫五十円から八十円はする。こういうのを笑《わろ》うたら一杯飲めるな」

「〝笑う〟いうと」

「〝食う〟こっちゃ」

「つまり」

「ひとつのものをあっちからこっちへ大汗かいて移すこっちゃ。ここの仕事はごついよってに一度笑たらあとはえらい歌う。なんせ百貫もあるブツを食うねんさかい、たちょっと汚ないけど、感じがでてるわな。ええ言葉や。マエモチの奴は食うまえにいていウンコたらしよる。つまり、ヘタばってしまう」

「食うてウンコたらすとは、また」

「ちょっと汚ないけど、感じがでてるわな。ええ言葉や。マエモチの奴は食うまえに事実たらしよるようやな」

「マエモチ」

「前科者《ぜんかもん》のこっちゃ。そこらにウヨウヨいたはる。ラバ、オカマ、自転車、金庫、みんなマエがあるな。えらい神経質な人ばっかりで、仕事するまえには用を足さんことにはおちついて身軽にうごけんいうたはる。大きく食うためには大きくウンコたらさんならんし、また、大きい食うたらあとで大きいたらすのは当然のこっちゃろ」

「そらまァ、な」

「暗がりでブツ食うてるさいちゅうに足音聞こえたら、それが仲間かポリかどうして合図するかちゅうと、これは舌で二、三べん軽くチッ、チッ、と舌うちする。むこうもネズミみたいに鳴きかえしたら、これは仲間や。アホがあわてて〝泥棒か〟と聞いた奴がいとったが、こんな鈍《どん》なこともないわ。犬が〝泥棒〟やいうてとびつきよったら、それで完了《ワンラ》やないか。おまけにこれは精神がいけまへん」

「……精神？」

「ああ、まちごうとりま。えらいまちごうとる」

「そらまた、なんで？」

「われわれは、泥棒やないんです」

「泥棒やのうて、なんでんねん？」

「せっつきなはんな。おいおい話します」

二

「……鉱山は国有財産ということになっとおる。財産というからには台帳があって、どこにどんなもんがあるかをちゃんと書きとめ、ハンコをおしとくべきもんや。土地には土地台帳、家には家屋台帳ちゅうもんがあるやろ。それでこそ財産やないか。ところが、あの鉱山に埋まっとるブツはなにがどこにあるのや、さっぱりわからん。財務局にも財産目録ちゅうもんがあって、旋盤やフライス盤やミーリングなんて機械は全部、目録に入れたあるそうや。つまり、これは弁護士の先生にいわしたら、最終所有権の明文確認とかで、こういうブツを笑《わろ》たら、ほんまの泥棒で、ドッかれても仕様《しゃあ》ないわ。ところが、どや、わいらが大汗かいてウンコたらしてブツを掘り起してやな、そこへ犬がきて、カマったとしようかい。わいらは豚箱へゆく。あとへ役人が来る。

そこでブツを見て、オッこれはこれはようこそ見つけてくれはって御苦労はん、てなことといいながら、あわてて目録に書きこんでハンコ、ペタリや。御馳走《ごっつぉ》はん。

「そこで、もし、わいらが掘れへんかったらこのブツがどうなるかちゅうと、これはもう、錆《さび》の山になって土のかけらになりよるわけや。地下に埋もれとる分だけやない。ちょっと聞いた話をいうたろか。ここに〝国有財産特別措置法〟ちゅうもんがあって、国有財産になっとる中古機械のなかで、まだ使える奴《やつ》は中小企業の、つまり町工場のオンボロ機械と交換したろやないかという、一見えらいものわかりのええ法律や。そこで業者の奴がのこのこでかけてほんまでっかと聞いたら、ほんまや、という。そこで申請した。それから二年たって、そんなことがあったかいなてな頃に申請書を正式にだせと来た。写真や書類やらでこれが十五通や。そろえるのにひと月かかった。それから府の商工部へ書類がまわって、審査や、認定や、とイチャモンつけられてまたひと月。お役所のハンコが全部で三十コ近う要《い》って、その一コ一コが一週間かかってペーターリーッと、なんせ粗茶飲んでアミダしながらおすねんよってにナ。それでその書類がやっとのことで商工部から財務局へまわったら、ここでまた粗茶とアミダや。結局、払下げときまったのが、なんと申請してから二年と七ヵ月めやったという。業者はその時分にはもう待ちきれんでほかの機械を買いよったという。こうなりゃこのミーリングはもうスクラップや。粗茶とアミダと法律のおかげで、りっぱに使える機械が涙ですわ。とろ作《さく》。

「ところで、もし、わいらが泥棒やとしようか。泥棒といわれるからには証拠が要るやろ。証拠なしに豚箱入れられる理窟《りくつ》はないよってにナ。するとわいらを豚箱ほりこむ証拠て、なんや？　ブツやろ。もともと科学的にいえばブツについとるわいらの指紋や。指紋がないと泥棒とはいえんわ。そやから気の利《き》いた泥棒はみんな手袋はめて笑いにいきよる。ところがわいらは手袋なんかはめへん。それにはわけがある。指紋ちゅうもんは平面検出いうてガラスとか板とか、表面のすべすべしたもんやないとでてけえへんのや。ところがブツはたいてい錆びて凸凹《でこぼこ》になって土まみれやから指紋はぜったいでてこんわ。ほんならどうするか。所有権の確認照会ときた。つまり財務局の粗茶役人呼んできて、ブツを見せて、これはお前のか、ちゅうと、これがいまさきいうたような始末で、どうもそうらしいけど、ハッキリそうとはいえまへん、てなことになりよるナ。つまり科学捜査はできんわけや。わいら部落の八百人全部がクサイとわかって、ブツがドカンとほりだしてあっても警察では指一本だせんわけや。ああ、気持のええこと……てなことという奴もいよるけれど、こういうもののいいかたは、カマってもぜったい口にしたら、あかんぞ。

「さァ、そこで、わいらをどうしてカマえるか。八百人全部の指紋帳持って鉱山の現場をさがしまわるか。鉱山は三十万坪やぞ。三十万坪の草のなか這《は》いまわってアルミの粉まいてまわるか。これはでけんこっちゃ。被害者もないねんよってに証言固めはでけん。自白は黙秘使われたらさいごや。すると、のこった手はたったひとつしかない。つまり、現行犯逮捕ちゅう奴でナ、いちばん芸のない方法や。わいらがゆくとこを待伏せて御用ッととびだすわけや。ところがわいらはシケ張りたててまえもって情報をつかんだあるよってに、容易なこっちゃつかまれへん。そこでポリはどうするか。夜にまぎれてこっそり鉱山に入りこんで、草むらのなかでじーッと待ってるよりほか仕様《しゃあ》ないやおまへんか。草むらのなかでじーッと待ってると、どうなるか。蚊が来よる。あそこの蚊はすごいヤブ蚊でナ、刺されたら注射針みたいな奴をキリキリッとつっこみよる。そこで泣いたおまわりさんが署に帰って報告したという。いまや〝蚊が食う〟捜査であります。気の毒になァ……」

「というて、警察をバカにしたらあかんでえ。むこうさんはなんせ頭のええ人ばっかりがいたはるとこや。とうていわいらのかなうこっちゃない。アノ手コノ手と来やはるわいな。たとえばわいらがシケ張りを署のまえにたてといて、機動部隊がドッと出動するのを見たら、アイスキャンデーすててソレッと部落に電話させる。するとみんなパッと逃げる。この考えはええもんや。ところがあるとき、みごとにこの裏かかれて、たしかに機動部隊がとびだすのを眼にしましたとシケ張りが電話してきたのに、いっこうにお見えにならん。ハハン、さてはどこかでゼンガクレンが暴れたんでそっちへいきよったかと思《おも》てやな、みんながぞろぞろ夜になって鉱山へもどりよった。と、そこへ、間髪入れずに特車へサーチライトのせてドーッとおしかけて来よってナ、いやもうあのときはさんざんやった。そのつぎはそのつぎで夕方五十人ほどおしかけて来やはった。このときはみんなまえもってわかってたんもんやからいっせいにステテコはいて土堤にならんで、わあわあ笑《わろ》てやった。すると刑事部長はんが怒って、おまえらのド頭《たま》カチ割んぞと吠《ほ》えながら、帰っていきはった。たしかにそのときはゾロゾロ帰っていきよるのんをこの眼でシカと見届けたんやが、そこは素人《しろうと》のアサハカさで、夕闇《ゆうやみ》にまぎれて二十人ほどススキのなかにのこっとった。それが見えなんだわいな。もうええやろと思て出撃したら、その手は桑名の焼きハマやとかいうてパッと草むらからでてきやはってナ、どだい、えらいめに会うたこっちゃ。そのうえ、今度は、部落へジキジキに部長はんがお見えになって、今後は取締りをきつうするよってに覚悟せえと、御挨拶《ごあいさつ》や。おかしいゾと思てたら、ひとりも犬の姿が見えへんのに昼の間《ま》でかけた奴がみんなカマリよるやないか。こらまた解《げ》せんこっちゃと思て、拘留食《くろ》うてきた奴に聞いたら、考えよったなァ、失業対策のニコヨンに私服が化けて待っとった。なんせあそこでは予算つぶしのとろとろ仕事やけど失対のニコヨン使て昼の間《ま》、仕事させるよってに、それに化けられたら、こっちはお手あげや。ブツをアタリにでかけることもでけへんやないか。これは弱ったなあいうてみんなタメ息ついて考えたあげくに、よし、ドンとこいてな考えが浮かんだ。つまりこっちもニコヨンに化けたれということになったんや。なんせ職安でその日その日かき集めてきた奴ばっかりやから、おたがい顔なんかわかれへん。目印は腕章だけや。そこでわいらはサラシの布を買うてきて腕章の大きさに切って、字は表札屋へ持っていって書かせたわいナ。それを、こう、ザコのアタリ専門の奴に腕へ巻かせて送りこんだら、これは的に命中した。なんせニコヨンいうたら乞食《こじき》みたいな奴ばっかりやろ。乞食姿はこっちのほうが専門やないか。さっぱり見当がつかんようになった。私服はんが泣きよってなあ、なに食わん顔で、アパッチてけしからんやおまへんかいうたら、いやいやあいつらはおまえらより頭がええうえに、ソシキを持っとると、これはほめてくれはったんやろ。みんな実力みとめてもろて嬉《うれ》しいことやないかと、いいおうたこっちゃ。苦労するでえ。

「しかしこのおかげでもひとつうまい考えが浮かんだ。つまり、ニコヨンは犬ともちがうし守衛ともちごうて、要は賃銀さえもらえたらそれでええという連中や。そこでわいらはこいつらを買収したろやないかと相談がきまった。買収いうてもたいしたことない。おちてるタバコでもひろて吸おうかちゅうような、つめたい社会のギセイ者やよってに、煙草《たばこ》を持っていってコレコレコウコウやから、頼むッ、いうたら、ああ、あんたらも気の毒なお人や、そんなことでお役にたてるんならと、それこそ畳の目みたいにまっすぐスッとこっちのいうことをのみこんでくれはって、それからは仕事をしていてなにかブツが見つかったらみんなこっそり知らせてくれるようになりよった。なんせ鉱山は広いよってにナ、とてもこっちの手がまわりかねる。ニコヨン使《つこ》たらこいつは便利重宝や、というてこっちがホクホクしてたら、ああ、人間、金には弱いなア、このニコヨンがある日いったいブツはなんぼになるのやと聞きよって、鈍作《どんさく》がうっかりコレコレコウコウやともらしてしまいよった。するとそれを聞いたニコヨンがカッとなって、ツルハシ投げよったんや。つまりアパッチに転向したわけやナ。これには負けた。仕様《しゃあ》ないやないか。ほんならあらためましてと、授業料とって、一から十まで教えてやったわ。

「つぎの問題は守衛さんや。これもなかなか含みの多いことで、むつかしいこっちゃ。いま鉱山には詰所が二つあって、弁天橋と、もとの工場の正門入口と、地理からいえば、ええとこをおさえとる。ここさえ自由に通れたら苦労して舟を使う必要はないわ

けや。ダーッと特車もっていって、ブツ積んで、ダーッともどってこれるわけやから
ナ。そこでわいらはまたしても相談して、こいつらを買収したろやないかと考えた。
そこでいろいろと調べてみたら、いや、わいらはジャやないがジャの道蛇で、なんと
なく、この守衛にもいろいろと悩みのあることがわかった。というのは、こいつらは
財務局に雇われてはいよるが、いわゆる臨時雇員という奴で、組合がない。ひどいも
んや。二十四時間勤務で三百円ポッキリやという。わいらは昼も夜も活躍するよって
にいきおい監視のほうも二十四時間ぶっつづけにおつきあいせんならん。それが本給
も時間外手当もない、おまけに食事がつくわけやなし、三百円ポッキリで、不平不満
の尻《しり》をもちこむ組合もないのやから、これは気の毒や。ここに弱身がある。やわやわ
ゆすってみたろか、ちゅうことになって、ひとりずつうまいことつれだした京橋の串《くし》
カツ屋で飲ませたんや。守衛にもいろいろと性格があってな、いまあそこには、伍長《ごちょう》、
禿《は》げ、レロレロ、バイドク、与太、平目、薬罐《やかん》、カボチャ、ゴミ箱いうような名前の
奴がいよるが、このなかで禿げをのぞいたほかはみんな陥落しよった。伍長はガクが
あるから、落ちしなに、ああ、おまえらがこんなことせんならんのもみんな日本の政
治が貧困やからや、といいながらオチョコのなかに落ちよった。レロレロは中風で口
がきけん。バイドクはビール一本で陥落や。与太、平目、薬罐、カボチャ、ゴミ箱、

こらァ、もう号令かけたみたいに頭《かしら》ァ右ッ、や。ま、ニコヨンとあまり変らん連中なわけやな。わいはあいつらを徳利でポンポンたたきおとして気持ええくらいあっさりとなびいてきよるのをじーッと見ていて、ああ、弱いッ、と思った。どうせあいつらも別に仕事に目的があるわけやなし、財務局の粗茶役人どもに汚職で使いへらされた、ローソクのかけらくらいの予算で食わしてもろてるにすぎんのやが、せめてこれが組合でもあって生活を保障されとったらもうちょい抵抗らしい抵抗もしよるかと思うのやが、全然腰ぬけやな。伍長は政治の貧困やなどと気の利いたことぬかしてけっかるが、やっぱり徳利に張りたおされたやないか。ダラ助めが。

「ところがここにひとり、けったいな奴がいよって、どない誘うてもガンとしてなびかんちゅうのや。禿げちゅう名前の奴でな。これは監視主任、つまり守衛の大将や。大将いうたところで身分はほかの奴らとおんなじ、三百円ポッキリ組やから、不平不満はあるわけや。そやからわいらがいって、〝辛《つろ》うおまっしゃろなァ、お気の毒でんなァ、苦しい時代やおへんか〟と水を向けたら、おっさん大喜びで、いうわいうわ、コテンコテンに財務局やら政府の悪口やら、なんせ人一倍弁がたちよるさかいにクソミソにやつけよる。そこはええのや。ところがこちらがその弱味につけこんで、〝どうだ、今晩ひとつ京橋で〟と、ひとことといおうもんなら、おっさんはたちまち薬罐から湯気たてて怒りよるのや。煙草はうけつけん、金はいらん、酒なんか飲ましたら頭コツくぞと、えらいいきおいや。これが嘘《うそ》でない証拠には、わいのほかに部落の親分四人がかわるがわるに攻めてみたんやが誰ひとりとして落せなんだというわい。先頭の奴らがブツを掘りにいくと、禿げが詰所に頑張っとって、ぜったい通さんぞという。通すも通さんもあるか、ボケなす、三十万坪もあるとこをひとりで防ごうたってそらァ、でけん話や。そこで禿げをつきとばしてドッと押入ったら禿げは吠えるやら泣くやらして警察に電話しよる。財務局に電話しよる。おまけにひとりでわいらのあとを追っかけて来よるちゅうわけで、そのしつこいことときたらさっぱり原因不明や。そこで、あるときわいがでかけて、串カツ屋がいやなら道のまんなかで談判しようやないかちゅうんで禿げを鉱山のまんなかに呼びだして、ジュンジュンと説いて聞かせた。そしたら禿げがいいよった。〝なるほどおまえらは悲しい奴《やつ》ちゃ。盗人《ぬすっと》たけだけしいというが、盗人ともいえんような盗人や、政府の奴らのほうがおまえらにくらべたらよくよく悪人というべきやろう。しかし、おれはむかし修身の本で習《なろ》たことがある。なんとかいう西洋の学者は、悪法といえども法は法や、というて身にトガもないのに罪に服して毒を飲んだ。いまのおれの心境はいうてみりゃそのあたりや。おまえらの事情はようわかる。おれは財務局に忠義だてしておまえらをやっつけとるのやない。

しかしここのもんは掘ったらいかんと法律できめられた以上はこの法律を守らんならん。この法律がいややというんなら革命やってこませ。法律変ったらおれもおまえらの味方になったるが〃とまァ、ざっとこういう手口で攻めてきよった。伍長よりよっぽどしっかりしてるやないか。

「そこで今度はわいの番や。〃むかしわいらは修身の本で習たことがある。名前はちゃんとおぼえてるぞ、がりれお・がりれいちゅう西洋の学者や。このお人は地球が廻っとるといいだして時の法律に触れよった。そこで裁判にかけられて意見をひっこめエ、とドヤされた。がりれお・がりれいは口惜《くや》し涙で、生きることこそ真理やと思て、へえ、よろしおま、ひっこめまひょと、うわべはひっこめたんやがなんとしてもこれでは納まらんちゅう気持もあったよってに裁判所出しなにキッとふりかえって、それでも地球は廻ってる、と見得を切ったという。なんと、嬉しい奴ちゃないか。いまのわいらの心境はいうてみりゃこのあたりや。クソ役人どもに任せといたら鉄が土になりよる。そこをわいらがちいと手荒い方法ではあるが国家のため思て資源を回収したってるのやないか。ものごとは大きいとこから見よやないか、なァ、おっさん。わいらは法律に触れることは百も承知やが、どないぞしてこの天地神明の真理ちゅうもんを守りぬきたい。わいらは悪法といえども法は法やなんてことというて毒なんか飲むのはまっぴらや。あんたの考えはようわかるが、わいらの考えもようわかってもらえたやろ、へえ、これからもちょいちょい話しあいまひょやないか、どうだ今晩ひとつ京橋あたり……〃とまァ、ざっとこういう手口でまきかえしたんやが、禿げはとうとう承知せなんだ。

「禿げには精神ちゅうもんがあるらしい。おれは財務局の番兵やない、法律の守護者やぞ、と思いこんどるわけや。そこで、あるとき、部落の子供が三、四人、成人の日やいうので学校が休みになったんでブツを食いにいきよった。そこへ禿げがでてきて、今日はおめでたい日やねんからそんなことしたらあかん、おっちゃんがお金やるよってに家へ帰っておとなしゅう本でも読んどり、ちゅうて、子供に百円ずつわたしよった。日給三百円の野郎がえらい苦しいこっちゃ。泣く泣く子供に金わたした。するとガキのいうことが。〃ぼくらは授業料がいるよってにブツひろいに来たんや。お金いらんから、それ返してんか〃ちゅうてな、禿げの手からドンゴロスの袋とってパッとクモの子散らしたみたいに逃げよった。それを見て禿げが泣いたという。ああなんたる乱世や……

「禿げはそういうわけでカチンカチンの偏窟者《へんくつもん》や。まがったことが承知でけんちゅう性分や。そやから伍長以下の手下連中がみんなわいらに買収されて、監視の手加減ゆるめたり、見て見んふりしたり、ブツのありかを内通したりしとるのを感づいて、カンカンになって怒っとるわけやが、手下連中はみんなソッポむいとる。そやから禿げがいくらヤキモキ法律守ろうとしても、誰もついてこんわいナ。おっさんひとりでアパッチ追いかけてひいひい息切らしてるわけやな。徳山組の先頭に九州の炭礦《たんこう》で赤旗振って首切られて来よった奴がいよるのやが、こいつは禿げのことを、上級指導層の下部大衆からの浮上りとか、跳ね返りとか、なにかむつかしいことというて説明しとったが、要は脱線しとるちゅうことやろと思う。しかし、まあ、わいらとしては、先方さんの誠意もあるこっちゃし、それはそれでわからんこともないねんよってに、顔をたてたろやないかちゅうわけで、詰所のまえはあんまり通らんこと、禿げが当番の日はあんまり派手にやらんこと、守衛さんにはポリとちがうぞちゅうことを合図してもらうために暗がりをおいでになるときは笛を吹きながら歩いて下さい、そしたらわいらのほうも笛の聞こえてる間だけは仕事を中止しまひょ、そのかわり仕事がすんで金が入ったら、ま、ほんのおしるしまでに、こちらの誠意も伝えさしてもらいまひょやないかちゅうことになっとる次第や。どうもあれやこれやと神経使うことの多いこっちゃ」

三

いったい何万トンの爆弾が投下されたのか、これは誰にもわからないことであるが、廃墟《はいきょ》はまったく変貌《へんぼう》していた。いたるところに池と丘があり、あちらこちらに煙突や壁がのこっている。壁は兵器工場の壁であるが、明治以来の黒ずんだ赤煉瓦《れんが》壁《かべ》で、無数の窓の重い眼がひらいてつらなっている。が、三十五万坪を占めるのは鉄と砂と草だけで、見わたすかぎり無機物の原である。この荒野にはハエが一匹もいない。蚊は草の露を吸って生きるから、おびただしい数のたくましいヤブ蚊が発見されるが、ひとかけらの有機物もないために、ハエはまったく見られない。これほど広大な面積を日本の都会の中心部に占めていながらハエが一匹もいないという乾燥はほかの土地ではぜったいに見られないことであろう。

草は竹かとまがうばかりに獰猛《どうもう》なススキが全面積に密生している。それは乾ききった土に根を張って、繁茂に繁茂をつづけた結果、いまでは人間の身長をはるかにこえた密林となり、一メートルもぐられると、どれだけ人声が聞こえても姿はまったく見えないというまでになっている。警官に追われたアパッチ族がこの草むらのなかに逃げこむと捜査はそこで断念しなければならない。が同時に、警官がこの草むらのなかにもぐりこんで待伏せをやると、二十人、三十人というおびただしい数の人数でもらくらくとのみこんで外からまったく見えないのでアパッチ族としても油断することはできない。この草むらを中心にしたアパッチ族と警官隊の追いつ追われつはキムが描写した。

このススキのしたに土がある。土はたいてい爆風によって工場のコンクリート床のしたから噴きあげられ、まきちらされたものである。浅くつもったところもあるし、深く蔽《おお》っているところもある。が、しかし、どこを掘っても、たいていすぐに工場の床であったベトンの骨につきあたる。この骨はどれだけ深く地芯《ちしん》に食いこみ、どれだけ広い面積にわたってひろがっているのか、見当がつかない。さまざまな種類のスクラップがこのベトン床と地表のあいだの土の肉のなかに埋もれている。それはまったく無数の種類の物量で、掘れば掘るほど、でてくるのである。もとの工場の設備品であった鋼《はがね》の配水管、排気管、といったようなものから、それらを連絡する巨大なバルブ、継手、また、原材料品として被爆当時の工場に蓄積されてあったインゴット、砲身、シャフト、原鉱石、あるいはレール、車輪、電話線、金属熔滓《ようし》、その他、なにがどこからでてくるかわからない。起重機や工作機械や車輛《しゃりょう》といったような地上に露出しているものはほとんど回収されたが、地下物は放棄されたままである。ススキのしたには鋳鉄、銑鉄、銅、アルミ、鉛、砲金などの鉱脈がてんでんばらばら縦横無尽に走っていると考えるべきである。アパッチ族たちが町名をとったうえでこの地域を「杉山『鉱山』」と呼ぶようになったのはきわめて当然のことであろう。

発掘作業をするのはたいてい夜である。これは昼のあいだにザコがアタリをつけておいた地点を掘る仕事である。が、いつ襲来するかわからない警官隊にそなえて作業は速度と沈黙を必要とした。懐中電燈《でんとう》をもっていっても、それは手でかくしながらときどき足もとにすばやい円光を投げて一瞥《いちべつ》するためだけで、あとはまっ暗がりのなかでいちもくさんに、ただもうめったやたらにハンマーをふり、ツルハシをうちこむのである。作業している体のすぐよこを皮膚が接するくらいに近々と人に通られてもそれが誰であるのか、まったくわからない。そこでアパッチ族たちは足音が聞こえるとピタリと仕事をやめ、鳴りをひそめて

「……チュッ、チュッ、チュ」

舌うちしてネズミ鳴きの合図をかわしあった。

これは昼でもおなじことだった。ススキのなかをスコップを持って這《は》いまわっていると、すぐ眼のまえの茂みがガサガサゆれても、あまりにススキが密であるため、相手の姿がまったくわからないのだ。そこでまたしても口をとがらして、チュッ、チュ

ッと鳴くのである。フクスケは仲間入りをしてからしばらくのあいだは鉱山の地理に通ずるため、キムの命令によって毎日、ススキの原のなかをネズミ鳴きしながら東西南北にさまよい歩いた。

「ええか、よその組の奴に出会うたら、女の話や食い物《もん》の話なんかをしかけて、それとなくむこうがどんなブツをどこで見つけたか聞きだすのやぞ。ぜったいこっちのことをいうたらあかんぞ。全身、耳にせえ。早目早耳、早糞早駈《はやぐそはやが》け、これがわいらのもっとおや。人を見たら泥棒と思え、ちゅうわ」

キムにそういわれて探索にでかけたのだが、はじめのうちはどこがどこやら、一歩ススキの茂みのなかに入りこむと、まったくわからなくなってしまった。藪《やぶ》に迷いこんだのとおなじなのである。いま自分のたっている場所にもとはどんな工場があったのか、だからそこにはどんなものが埋まっていそうか、全然想像がつかない。おまけに、ブツは工場の跡やその近辺だけに埋もれているのではない。みんながとっくに見放してまさかこんなところはと思うような道のなかから百五十貫もある鋳物《いもの》用の釜《かま》を掘りあてた組だってあるのだ。途方に暮れたフクスケがいいかげんにススキの根もとをスコップでほじっていると、いきなり茂みのなかからぬっと盤台づらがあらわれ

「おう、兄さん、景気はどうな?」

と聞きにかかったが、その眼はすばやくフクスケの掘りかけた穴をかすめた。この男はなにを思ったのか、ズボンをぬいで首に巻きつけ、すっ裸のふんどし一本で手にはツルハシ、足にはゴム草履という奇怪な恰好《かっこう》をしていた。一見してわかるアパッチ族であった。

「兄さんはどこの組な?」

「キムさんとかいいまんのやが」

「新顔ぞい。ブツ探しかや。不案内な?」

「いや、もう、なんやしらん……」

「ブツはどこにでもあるとじゃ、どこにでも。女みたいなもんな。ススキをわけてかっぽじるちゅうもそっくりじゃ、ブツをとると笑うとじゃが、ススキのなかを夜這いしてチュウチュウ鳴きつつ笑うとじゃ、こりゃま、女そっくりな」

男はさっそくそんな話にとりかかって放埒《ほうらつ》な笑い声をあげたが、口は笑っていても眼だけはキラキラするどく光ってフクスケの掘った穴のあたりをはなれなかったので、それを見たフクスケは、キムの注意にふくまれた観察眼をいまさらながら再確認させられる思いがした。

「……いや、ほんまにそういえば女そっくりでんなア。じつはこないだの晩も新世界でマッチ一本やっとったのを覗《のぞ》いてみましたんやが」

フクスケが思いつくままに話しかけると、男はとつぜん眼の光を消し、たいくつそうにちょっとあくびするしぐさをしてから

「俺《おい》はちょっといそがしいぞ。いずれまた会うな」

さっさとツルハシを肩にかついでススキのなかへもぐりこんでいった。呆《あき》れるばかりに現金な男であった。

爆弾はあらゆるものを吹きとばし、風と土は想像もつかないようなものを想像もつきかねる場所に埋めたようである。その行方をめぐってさまざまなドノゴォ・トンカの伝説が部落に出没した。ある組の男はなにげなく草むらのなかでつまずいた土のかたまりがマンガンであることを発見し、またある老婆《ろうば》は運河のふちで切削用のダイヤモンドの破片を発見したと伝えられた。マンガン鉱は比重が鉄の十倍近くもあるので男はその形と重さの異常な不均衡に注意したから発見することができたのであり、ダイヤモンドは戦時中に家庭から供出した宝石類のなかで比較的価格の安いものが工作機械用に軍需工場へまわされたにちがいないからそれが焼跡に発見されるのは当然だ、というような、部落民にはきわめて信じられやすい言葉で伝説はくみたてられていた。これらの話は部落民に眼や耳の注意力を増す教訓としての役割は果したが、そのこと

自体はたいてい妄譚《もうたん》の類《たぐい》に属した。マンガンは二度とあらわれず、運河のふちからは泥しかでてこなかった。が、もっとも確実な金属が、ほとんど信じられないような場所から出現することは、しばしばであった。そのため三十五万坪のスキの原はいたるところ人声にみち、どんな場所を掘っても誰も怪しむものはなく、掘っている人間のまわりにはたえず猥談《わいだん》と食談義がただよっていた。

「……それも結構や。ゆきあたりばったりに掘ってそこでブツが見つかったら、それでええのや。ドンとやれ。しかしわいは一発山当てはあんまり感心せん。わいのもっとおは最小最大や。工場の跡を掘るのや。爆風で散りはしたやろが、そこにはなんかのこっとるはずや。つまり最小は絶対確実や。あとは運がよかったら最大の掘出しもんに出会《でく》わさんでもないわいな。それは運に任しとき。ええか、フクよ、工場の跡とそのまわりをうろつけ」

キムはフクスケがアナーキーなゴールド・ラッシュ気分におちて力を浪費することをいましめて、カルピスの包装紙をちらりと見せた。キムはそのよれよれになった包装紙のうらに地図を書きこみ、たえず体につけて、誰にも見られないようにしていた。彼はニコヨンやアタリ屋や守衛などからブツの所在について情報があると、いつもその地図をひろげて地点を検討し、作戦をねった。また彼は、よその組がどこでどういうものを掘り当てたかということを執拗《しつよう》にたずねて、つねに自分の地図にこそこそチクチクとマークした。そのマークと符牒《ふちょう》はキムだけにしかわからないような金釘《かなくぎ》流《りゅう》でのたくられ、キムの大げさな警戒にもかかわらず、たとえほかの人間が一時間かかって眺めても包装紙には線と点の狂騒のほかになにも見ることができないというようなしろものであった。

「……フクよ、わいはこれをどうしてつくったと思う。警察にも財務局にもこんな正確な地図はないねんぞ。どこにどういう工場があったか、むかしの様子といまの地形と、わいにかかったらドンピシャや。ええか、誰にもいうなよ。わいはみんながあっちこっち掘りまわっとおるあいだに苦心惨憺《さんたん》、もとの砲兵工廠《こうしょう》の永年勤続した工員をさがしだしてきて実地検証させたんや。どこにどんな倉庫があって、原料や製品の置場所はどこやったか、そういうことをわいはもっぱら科学的に調査遊ばした。そやから、な、わいについてるかぎり損はせえへんでえ」

キムはニタリと笑ってフクスケにどぶろくを一杯飲ませた。

が、その地図の信憑性《しんぴょうせい》についてはキムの揚言にもかかわらず、どこからどこまでを信用してよいものか、フクスケにはまったく見当がつかなかった。というのは、キムの主張する戦術にもかかわらず、組の収益はたいていの場合、ゆきあたりばったりのスコップの尖端《せんたん》と、猥談と、食談義によってもたらされたからである。キムの組だけではない。部落のすべての組とあらゆる人間は、たえず裏をかいたりかかれたりすることで暮らしていたのだ。

フクスケの場合、裏をかかれた第一歩は犬との出会いではじまった。これはまったく未知の不覚というものであった。

その日は新しく発見されたパイプを切るというので、まだ金鋸《かなのこ》を使ったことのないフクスケはアタリをやめて先頭の一員に組み入れられた。一日じゅう警察署の表門と裏門のまえにたっていたシケ張りも、また、守衛の詰所のまえをうろついて動静をさぐっていたピケからも、報告はすべて異状ナシであったので、キム組はいっせいにズボンの裾《すそ》を紐《ひも》でくくり、地下足袋をはき、泥棒道具で全身固めて出動した。渡し屋トウジョウ・ヒロヒトの伝馬船《てんません》『日の丸』丸にのって鉱山にもぐりこむと、夜はトップリ暮れて、鉱山のあちらこちらではすでに笑いにかかったほかの組の鉄槌《てっつい》ドンドン、金鋸キィキィが手にとるように聞こえた。フクスケたちはめっかちを先頭にしてススキのなかにもぐりこみ、ほかの組と出会うとチュウチュウ鳴きながら手さぐり四つ這いで暗がりをすすんだ。

パイプは鋼である。金鋸で八分切れば、あとの二分は十キロ・ハンマーの一撃で足りる。目標物にたどりつくと、めっかちの指図で一同はあちらこちらに散らばった。フクスケは石鹸水《せっけんすい》の入った一升瓶をもってパイプにまたがった。これは潤滑油のかわりである。めっかちとオカマが一本の金鋸をパイプの両側からむかいあっておしあいひきあいする、その刃とパイプの接触点へフクスケはソーダ臭い安物の石鹸水を一升瓶からドボリ、ドボリとそそいだ。およそ二十分はたっただろうか。

「よし、一発かませ」

「あいな」

めっかちとオカマがハンマーをとってたちあがろうとしたその瞬間、ふいに背後から重量物の殺到する気配があった。めっかちは倒れながら暗がりにむかって叫んだ。

「犬やァ!……」

フクスケは一升瓶を投げだして走った。たちまち夜の荒野は足音と叫声でぼろぎれのようにひきちぎられた。懐中電燈がひらめき、アパッチが叫び、警官が走り、ススキがざわめいた。フクスケは夢中になって暗がりを走ると、こけつまろびつ草むらのなかにとびこんだ。彼の体は泥の傾斜を走って水のなかにすべりこんだ。爆弾穴の池へ落ちたのだ。落ちる瞬間、彼は後頭部のすぐそばを風がかすめるのを感じた。足音は

「逃げたらブチかますぞォ……」

口汚なく吠《ほ》えながらどこかへとんでいった。水音は聞かれなかったらしい。ススキはざわめきながら遠くへなびいていって消えた。

（えらい、臭《にお》いやないか）

フクスケは一度水のなかに沈んで、したたかに水を飲んでから岸へもがきもがき這い上ると、その草むらに体をよこたえた。仲間はどうなったのかわからない。水からあがっても荒野のあちらこちらでは足音と叫声が聞こえ、追われたひとりの男は

「徳山組や、徳山組や。徳山組のミネや」

仲間をさがしつつ草むらのなかをちかづいてきた。フクスケがいるのに気がつかなかったらしい。念のためと思って

「チュッ、チュッ、チュ」

舌うちすると、足音はびっくりしたようにたちどまってから

「……わいは徳山のミネや」

小声でつぶやきつつ心細げにネズミ鳴きしてフクスケのほうへちかづいてきた。

（……なんせ、臭いこっちゃ）

フクスケが全身からたちのぼるアオミドロの腐臭に閉口しつつ、かつは寒さにふる

えていると、足音はすぐ体のそばまできてたちどまった。フクスケは、もう一度舌うちした。その瞬間、眼のまえの暗い草むらのなかからとつぜん風がおしよせ、肩をしたたかに殴りつけられた。たちあがろうとすると、今度ははげしい衝撃が膝《ひざ》へ来た。

（……こらァ、いかんわ）

あわてて両手で這って逃げようとすると、パッと懐中電燈《でんとう》を浴びせられ、尻《しり》を蹴《け》られてもう一度爆弾穴のなかへおちこんだ。

警官は池のふちにたって懐中電燈をふりまわし、水のなかでじたばたしているフクスケを見てせせら笑い

「おい、子《ね》えやん、ぼうふらの真似《まね》せんと早《は》よう上ってこい」

といった。

警察署へいってみると、すでに逮捕されたアパッチ族が何人も取調室で訊問《じんもん》をうけていた。さがしてみたところ、めっかちやほかの仲間の姿は見えないようであった。フクスケは順番を待って刑事から油をしぼられようと覚悟していたが、意外にも刑事は彼の住所を聞いただけで、あとはなにもつっこもうとせずに留置場へ彼をほりこんだ。これはまったくキムのいったとおり、証拠がないためであった。取調室には重量計がおかれ、警官が何人も汗みずくになって押収《おうしゅう》したブツの重量を計っていたが、そ

の土まみれ泥まみれの、五十貫、七十貫という、途方もない古鉄の巨塊はいったい誰がどれを掘り起したものか、さっぱり見当のつけようがなかった。もちろん指紋の検出は不可能である。第一、まっ暗ななかで仕事しているさいちゅうに不意をおそわれたものだから、発掘者の当人のアパッチ族自身が眼のまえにならべられたブツを見わけることができないのだ。アパッチ族の大男たちはみんな頭をかき、小さくなってブツを見ていた。警官たちはシャツ一枚になって、ブツと格闘していた。うっかり落すと手や足の骨をたちまち砕いてしまいそうなほど兇暴《きょうぼう》な重量にブツは充満して、警官たちをあちらへよろよろ、こちらへふらふらさせながら廊下から取調室に入って秤《はかり》にのぼり、秤からおりると、ふたたび大騒ぎを起しつつ陰気な顔つきでゆっくり廊下へでていった。警官たちは額に血管を走らせ、ありとあらゆる呪咀《じゅそ》の言葉をつばや汗にまぶして叫びつつ、必死のへっぴり腰で廊下を往復した。

その騒ぎを見ていた刑事が、うんざりした顔つきで

「やい、おまえらはこんなゴツいもんをどないして運ぶつもりやった?」

と聞くと、アパッチ族のひとりは、明るみのしたにさらけだされた獲物の大仰さと不恰好《ぶかっこう》さにわれながらげっそりした表情で

「……へえ、まァ、なんとなく」

といった。

刑事はめんどうくさそうに調書を鉛筆でポンポンとたたき
「まともに答えたら、どや」

といった。

「こんなえげつないもんがなんとなく運べるかいな。まともにいうてみ」

「……精神で、おま」

「なめたら承知せんぞ」

「いや、そんなつもりは毛頭ないんです。わいらはなんせ貧乏やさかいにブツ運ぶちゅうても体のほかにテがないんですわ。そこをなんやしらん夢中になってやりますよってに、その、どういうか、精神一到。つまり、ああ、これがないと飯食《まま》えんねんなァ、と思たら、つい思いもかけん力《りき》がでてきよりまして、やっぱりこらァ、精神一到ちゅうこって」

「講釈するな。三べんめやが。このブツはおまえが食うとったもんやろ?」

「それがどうも、ハッキリしまへんのや」

「白きるな。おまえは大川組の先頭やろ。大川組は今日は第二旋工場の裏で仕事をしとった。夕方から張込んでこっちは待ってたんや。このブツはおまえらを逮捕したあと、第二旋工場の裏から引揚げてきたんや。ええかげんに認めたら、どや」

「認めるも認めんも、旦《だん》さん、わいは暗がりへつれていかれて、なんやしらん掘れいわれたとこを掘ってただけでんのやで、さっぱりわかりまへんのやが」

男はなおも刑事とぬらりくらり押問答して渡りあっていたが、結局、きめ手が見つからないまま留置場へ送られた。刑事は毎度のことであきあきしているらしく、フクスケの番になったときは指紋をとったあと、姓名と住所、年齢、職業など、必要欄の最小事項を聞いただけではなしてくれた。〃窃盗未遂〃ということで二十四時間拘留、一晩、留置場で眠ると、翌日の夕方、釈放された。起訴猶予《ゆうよ》で、科料を九百円とられたが、これはキムが立替えてくれた。

「……ええ経験でしたやろ。日本全国広しといえども、取調室にカンカン置いたある警察署はあそこだけちゅう噂《うわさ》です。珍しいもんを見て来やはった。グッと話の幅が広うなりましたな」

キムはそういってフクスケに生卵を一コ、ただでのませた。そして、今後は犬に出会ったらたとえ自分が逮捕されてもかならず大声をあげて荒野の仲間全員に警官の存在を知らせなくてはいけないと教え、ネズミ鳴きにかわる合図を早急に考える必要があるといった。また、このあたりで〃窃盗未遂〃ということはその本質において軽犯罪法違反のようなもので、立小便への警告に毛が一本生えたくらいのことであるから、けっして気にしてはいけない、とも教えたのであった。

四

キムはフクスケに説明して守衛の主任は禿《は》げであるといった。この人物にフクスケは何度も出会うことができた。禿げはすでに六十歳ちかい老人で、背がまがり、がに股《また》であった。フクスケがブツを探してススキのなかを這《は》いまわっているのに出会《でく》わすと、老人は大きな声をあげて走ってきた。いくら追われてもススキのなかに逃げこめばそれでおしまいであるが、ためしに草むらからでて百メートル走ってみると老人は百メートル走り、二百メートル走ると、やっぱり二百メートル走った。さらにもう一度、鉱山のはしからはしまでをついてこれるような速度でゆっくり走りぬけてみると、老人は途中で息を切らして落伍《らくご》した。見ていると彼は肩で大きくあえぎ、がに股でよろよろしつつ

「アパッチィ、むこうへいけえ……」

口惜しそうにまっ赤な顔をして叫んで、石を投げた。

この老人のしたに配下が何人かいた。伍長、レロレロ、バイドク、与太、平目、薬《や》

罐《かん》、カボチャ、ゴミ箱という名でアパッチ族たちから呼ばれていた。いずれもアパッチ族とあまり変らないくらい属性を失った人物たちで、鉱山のなかを追いつ追われつして走りまわっているところを見ると、ほとんどどれがアパッチ族でどれが守衛なのか、見わけがつかなかった。人相も服装も、浮浪者なみで、その容貌《ようぼう》や言葉づかいなどからはどんな過去を想像することも困難な男ばかりであった。彼らは二つのグループにわけられ、二ヵ所の詰所に寝泊りして二十四時間勤務をしていた。昼のあいだは廃墟《はいきょ》をぶらぶら監視に歩いてまわり、夜になると、詰所の電柱が電燈の円光を投げる近辺だけ、詰所中心のほぼ百メートルぐらいの範囲を笛を吹きながら歩いてまわって引揚げた。彼らはアパッチ族をひどく恐れていた。もし暗がりからとびだして殴られたら、誰に殴られたかもわからないで完了《ワンラ》になるから、そんなのはあまり感心できないといいあって、夜の監視は口やかましい主任の禿げの手前をつくろうだけのことでお茶をにごすのがつねであった。

禿げは配下全員から敬遠されていた。バイドクと薬罐とゴミ箱が禿げの組に属し、あとのレロレロと平目と与太は伍長を長とする組に属していた。が、いつも禿げの組員たちは伍長の組員になりたがっていて、守衛全員の実質上の組長は伍長であった。伍長はアパッチ部落の五つの組の親分めいめいと取引をしてブツの情報を内通してやっていた。親分たちはよくよく大きなブツが発見された場合に検分にでかけるほかは、みずから鉱山に出向いて仕事をする、というようなことはぜったいにしない。彼はザコにブツをあたらせてその情報を検討した結果、先頭連中の班長と作戦をねって、配下を出動させる。彼は家にいて、配下が掘りだしてきたブツを買上げてやり、さらにそれを仕切り屋に転売するそのマージンで自分の収益を得ているのである。だから彼の正体は、泥棒組合の会長であると同時に古鉄故買商でもあるわけだ。

部落の親分たちはめいめい独立的に排除しあいつつ暮らしていた。彼らはどんな高価なブツが見つかっても絶対口をつぐんでもらそうとしなかった。鉱山の広大さとブツの豊富さは縄張り問題を起さなかった。したがって、暗黙の抗争をする組めいめいが鉱山の面積の部分部分についてはは権利争いをぜったいやらなかった。どこの組の誰がどこを掘ってもかまわないのである。アパッチ部落の定住者ではない失業者や浮浪者や前科者がほかの町から鉱山にやってきてブツをとっていっても、誰もとがめるものはなかった。もちろんこの寛容さはブツの埋蔵量の豊富さによって支えられているのである。地下物をめぐる部落内のたったひとつの戒律は所有権の認定法である。ここにひとつのブツがあるとする。それがその埋もれた地点から露出させられると、暗黙の占有権がその発掘者に発生する。よくよくブツがほかになくて窮迫していないかぎり、これに手をつけるものは、あまりない。が、これはあくまでも占有権であって所有権ではないのだ。もし発掘者が怠慢で、ブツを露出させたまま放棄しておくと、これはかすめとられて泣寝入りである。ところがもしこのブツが地下から発掘されてその地点から一メートルでも移動させられると、占有権ははっきり所有権に変ってしまうのである。めっかちは仕事のまえにはいつも先頭連中にいいわたした。

「ええか、ツバつけるねんぞ。五十センチでもええ、一メートルでもええ、とにかくブツは掘ったとこからうごかしとけ。うごかしさえしたら誰も手はつけんのや」

この戒律は異様に生きていた。アタリ屋がブツをスコップで掘ってまわったあと親分に報告するのを忘れたり、また掘りかけて警官におそわれて放棄したまま逃走すると、あとから来た組がさっさとこのブツを掘り起して持っていってしまい、そのことについてはどんな強欲な先頭や親分も不平をいわなかった。が、いったん掘りだして穴の外へはこびだしたブツは、どれほど人目にさらされても消えるということがなかった。この占有と所有の境界をつくるのは力の経済であった。小さなブツなら移動させてもかすめられたが、大きなブツならぜったい誰ひとりとして手をつけようとしなかった。穴に埋まったままのと、穴から外へだすのと、これには大きな労働量の相違がある。また、そのほかに、我利《がり》我利《がり》亡者《もうじゃ》ぞろいの部落民がブツを掘りだして運搬できる姿勢にしたまま放棄するということは緊迫状態以外には考えられないことなのだ。およそ部落民にしていったん食おうと決心してこれを食いきらぬものはひとりもなかった。食うことを中断するのは警官だけである。だから、移動したブツは緊急事態と労働の継続を告げてもいるわけだ。このことを知らなかったある〝流れアパッチ〟は、〝ツバ〟のついたブツに手をつけて先頭連中に発見され、全身に殴打《おうだ》をうけた。部落は前科者と浮浪者の集団であるにもかかわらず内部で殺傷事件は一件も発生しなかったが、その尼ヶ崎からやってきた失業者は脳震盪《のうしんとう》を起して気絶するまで殴られた。アパッチ族の先頭たちは自分の所有権の確保のためにその失業者の無智《むち》や弁明や、また老齢というようなことはすべて無視して、ほとんど撲殺せんばかりの迫害を加えた。

この戒律のほかに親分たちはブツを確保する規制をなにももたなかった。縄張りもなければ権利もなく、相互の協定はなにもない。彼らはめいめいばらばらに守衛やニコヨンを買収した。その買収法は誰にもわからなかった。キムはフクスケに説明して京橋の串《くし》カツ屋に守衛を一人ずつ呼びだして供応したことを語ったが、これは彼が自分でそういっているだけで、はたしてほんとうにそうしたかどうかは彼自身のほかに誰も知るものがないのだ。ほかの組の親分にしてもおなじである。彼らはめいめい守衛とニコヨンを買収したことを子分や親分仲間に匂《にお》わせあったが、どれほどの〝実弾射撃〟をやって何本の徳利、何枚の札で伍長たちを張り倒したのかは誰にも想像のつかないことであった。もちろん、その対価として守衛からどんな情報の内通を得ているのかは絶対秘密であった。

アタリ屋を実習中のフクスケにむかってキムはときどき小声で

「あそこ、臭いのんとちがうか」

とか

「こっちがええとかいう話やでえ……」

などといって鉱山の地点をいくつか暗示してみせることがあった。フクスケがいわれたとおりにいってそのあたりを掘り起してみると、思いがけぬ土のなかから思いがけぬブツのでてくることがあった。帰ってからの報告がてら、フクスケが

「……しかし、あんさん、ようわかりましたァ」

というが、キムは

「なんせ誠意を通じあうちゅうことがかんじんやわ」

と、とぼけてみせた。

しかし、しばらくやっているうちに、これもなんとなく怪しいことである事実がわかってきた。というのは、キムにいわれた地点へいってみていわれたように掘っても、

まったくブツのでてこないことがしょっちゅう発生しだしたのである。よく調べてみると、その場所にはごく最近になって発掘した痕跡《こんせき》が発見された。

「……こなクソ、アパッチ部落も人口過剰や」

報告をうけたキムはそういって嘆いた。

また、情報をうけた地点が、新旧なんの発掘の痕跡もなく、また、釘《くぎ》一本のブツもでてこないという報告をうけると、キムは

「いやあ、そんなことはぜったいないはずや。ほかの組の奴《やつ》らがわからんように抜きよったんや。このごろはどこでブツを掘ったもいわんけりゃ、掘ったブツのあとまでまぜかえしてわからんようにするのが流行《はや》っとるのや。セチがらいことになりくさった」

といって、今度は自分の組の部下にも、作業場の土を新旧まぜあわして痕跡を消すことを命じた。

が、フクスケは、これを伍長のトリックではないかと想像することにした。というのは、彼がキムにいわれた地点を掘っていると、ブツの有無にかかわらずほかの組のザコがしばしばスコップを持ってあらわれたからである。そのあらわれかた、歩いて来る足どりが、どことなく目的ある者の歩調で、フクスケの作業を見になんとなくや

ってくるというよりは、はじめからめざしてそこへやってきたというような歩きかたなのだ。相手はフクスケを発見すると、あわてて横目で
「おっ、兄さん、天気はええやないか」

といって、踵《きびす》をかえした。が、ためしにフクスケがそこをはなれて、ちかくのススキのなかにしゃがんでいると、待つ間もなくさきの天気屋があらわれ、いちもくさんにフクスケのほじった跡を掘りはじめるのであった。その後姿をじっと見て考えた結果、フクスケはキムを軽蔑《けいべつ》する気になった。

（……アホや。アパッチ部落は人口過剰やない。ほかの組の奴が抜きよったちゅうことも考えられんではない。しかし、これは、伍長の奴が一つの情報を同時に親分五人全部に知らしとるわけや。みんな自分ひとりが教えられたと思いこんどる。つまり、どうしてもそう思いこみたくなるくらいの実弾を伍長に射《う》ちよった。伍長は知らん顔して一つの的で五回射たれよった。なんとな、こすからい！）

　これは伍長本人に聞いてみるより、確認のしようのないことである。が、その後まもなく、新しい事実に接するにおよんで、フクスケは、キムが徳利で張り倒したと思いこんでいる奴そのものをまた小股すくってひっくりかえしている奴がいるのを知ったのだ。これはちょっとした発見であった。つまり、伍長の配下のレロレロと平

目と与太の三人が三人とも組長の伍長に買収された顔して情報を売っていたのである。

平目というのはほかの守衛全員とおなじように、眼と眼のあいだがひらき、鼻がぺちゃんこでホロンバイルの草原のように広びろと平たい顔をしているというよりほかに前歴についてはなんの手がかりも得られない男であるが、あるときこの男は草むらのなかでブツをアタっているフクスケのところへやって来て
「おう、ザコよ、ここ掘れわんわん」

とせせら笑った。

「わいはザコやないぞ、三百ポッキリめ」

フクスケがいいかえしてやると、平目は愉快そうな笑声をたてながら草むらのなかにしのびこんできて、いきなりフクスケのスコップを手からとって投げ
「どや、わいと握手せえへんかあ」

といって、金錆《かなさび》だらけの汚ない手をぬっとつきだした。

この男の話によれば、伍長はその部下と給料や待遇がまったくおなじであるにもかかわらず、さいきんはひどくいばりだしてきた気味があるということだった。机に足をのせるし、お茶をもってこいと椅子《いす》にもたれたまま命令する。監視の仕事にはでか

けないで、一日じゅう詰所で日なたぼっこしながら散髪屋でかすめてきた講談雑誌に読みふけり、寝るときは一人一畳割の部屋なのにひとりで二畳分もとろうとしてふとんのまわりに薬罐や茶碗《ちゃわん》を一列にずらりとならべる。どうも腹がたつのだが、こちらがむっと体のなかに圧力がこもってきた頃を見てはちょいちょい煙草《たばこ》をくれたり、映画代をくれたりするのでどうもホコ先がにぶった。レロレロも与太もみんなおなじ考えだ。どうも伍長の財源はアパッチ部落らしい。というのは、おれたちが監視の仕事から帰ってくると伍長はどこにどんなブツが埋まっていたかをいちいちこまかく聞きかじり、夕方になるとどこかへでかけてゆく、煙草や映画代はそのあとでくれるのだ。そこでためしにおれたちがでたらめを伍長にいってやったら、てきめん、翌日になるとアパッチ族がスコップ持ってうろうろしとる。こらァ、おもしろいぞ、ちゅうんで、おれたちは伍長に毎日せっせと法螺《ほら》を吹くことにした。どうだ、そうやっておいておれたちは伍長から金をせびりとるんだ。いやだといえば財務局に報告するぞとオドシをかけるからな。そこで伍長は親分から金をせびりとる。

ということにしておいて、おれたちはおれたちでおまえらと握手してほんとのブツが埋まっているところを教えてやろうじゃないか。おまえたちは勝手にそれを掘って好きな仕切り屋に好きな値段で売ったらいいじゃないか。アパッチ部落はやくざやないから義理人情もへったくれもあるもんか。さっさと親分なんか後足で砂かけてこませ……」

「そやから、おれたちの教えてやったブツが金になったら、いくらかこっちへまわしてくれたらええのや。おまえらが自分勝手に見つけた分はおまえらの分や。どや、ええ考えやろが。今夜、一晩、寝ながら股《また》に手はさんでじっくり考えときや」

平目はそういって薄く笑うと、そそくさとススキのなかにもぐりこんで、どこかへ消えた。

さらにフクスケは見るのである。

あるとき、彼とめっかちがキムの家のまえで立話をしていると、婆《ばあ》さんがひとりやってきた。婆さんは鉱山からの帰りらしく、ドンゴロスの袋に小さな鉄屑《てつくず》をいっぱいつめていた。婆さんはそれをキムに売るつもりであった。めっかちはなにげなく婆さんの袋をのぞいて鉄のかけらをつまみだすと、固い爪《つめ》で錆を落し、眼をちかづけて

「なんや。こらァ、ただのかけらやないか。ズクやイロモノ拾わんと値にならんでえ、お婆《ば》ん」

といった。

婆さんはキムの家に入っていき、しばらくするとドンゴロスの袋をからにしてでて

きた。めっかちが婆さんを呼びとめて
「おう、お婆ん、ええ値で売れたか?」
と聞くと、婆さんは
「あいな。キムは年寄りやから気の毒やとかいうて、ふつうは貫三十円やけど四十円で買《こ》うたるちゅうてナ、計ってもろたら三貫あった」
「あんなつまらん鉄屑、わいら眼にも見えんがお婆んはどこで拾《ひろ》たんや」
婆さんが拾った場所をめっかちに教えていると、そこへキムが家のなかからそそくさとでてきて、婆さんの姿を見るとちょっとうろたえたような顔つきになり
「お婆ん」
と呼びかけた。
その口調が婆さんの顔に表情を走らせた。キムはハッとして、なにげないしぐさをよそおって尻《しり》を手で軽く叩《たた》き
「……あんな奴でもええよってにまた拾たら持っといでや。どこにでも落ちてるようなもんやが、お婆んはいつもどこで拾とるのや」
これがいけなかった。キムはつとめてとぼけた口調をつくったのだが、婆さんはめっかちとキムの顔をだまってかわるがわるに眺め、ちょっと顔いろを変えた。めっか

ちはそっぽをむいてタバコをふかしていた。婆さんはなにかをさとって、無念そうにくちびるをかみ、眼を光らせてキムの顔を上目づかいに見あげた。

「……や」

彼女のいった地点はすばやくめっかちに告げたものとは変っていた。

婆さんはそのまま帰っていったが、フクスケはそのあとでめっかちから昂奮《こうふん》した口調で、婆さんの持って来た鉄片はタンガロイにちがいないということを聞いた。タンガロイは旋盤のバイトに使う金属切削用の特殊鋼で、非常に高価なものである。キムほどの熟練の古狸《ふるだぬき》が無邪気に貫で買うはずがない。キムはひと目でタンガロイと見抜いたうえで婆さんからそれを貫で買うという暴挙にでたのだ。どこの仕切り屋へいってもこんな無茶な話を聞いたら嫉妬《しっと》で歯の根が合わんだろう。婆さんからは拾った地点を聞いたから、今夜二人でこっそりでかけてみようじゃないか。というようなことをめっかちはフクスケに話した。

「……な、いまの婆さんはキムに、おれにいうたのとはちがうところを教えよった。ほんとのこと知ってるのはわいら二人と婆さんだけや。キムはきっとにせの場所へいきよるぞ、ひとりでナ。わいらはブツ拾《ひろ》て、あとからキムを笑《わろ》たろやないか」

めっかちはそういってフクスケをつれて、映画を見にでかけた。婆さんをだませるかどうかわからないが念のためにというので、めっかちは部落をでしなにあちらの家へよったり、こっちの店へよったりして挨拶《あいさつ》や立話をし、自分たち二人が映画を見にでかけることがみんなに知れるよう、それとなくふれて歩いた。婆さんに直接いえば彼女はわけがわからないままにもせよ、ますます猜疑《さいぎ》を深めるにちがいない、というので、めっかちは婆さんの家のまえを通るときだけ映画の話を大きな声でフクスケに話しかけた。部落ではブツの所在がこういう歩き話などから嗅《か》ぎつけられて、まったく自分の知らないうちにだしぬかれることがしばしばあったから、それを逆利用したのである。めっかちのつもりではそれが婆さんへの〝聞かせ〟であった。

ところがめっかちはさらに裏をかかれてしまったのだ。フクスケと二人で彼は映画館をでるととぶようにして鉱山に走った。すでに夜になっていた。懐中電燈《でんとう》は部落をでしなにポケットへねじこんでおいた。フクスケとめっかちは部落に入らないで遠まわりして鉱山にもぐりこむと、ススキのなかを狐《きつね》のようにすばやくめざす工場跡をめざして走った。が、二人が息を切らしてやっと目的地点にたどりついたとき、その廃壁の暗がりのなかでは何十人という男や女が無言のままひしめいて懐中電燈をパッ、パッ、と照らしつつコンクリート床のうえを這《は》いまわっていた。めっかちが全員を電燈で一撫《ひとなで》すると、たちまちすみっこにうずくまって煉瓦《れんが》屑《くず》の山のなかをひっかきまわしているキムの禿《は》げ頭と猫背が円光のなかにあらわれた。

「……負けた」

めっかちはひとことつぶやいて、いまいましげに息をつきつつ壁の外へ出ていった。

部落にもどってみると、婆さんは菓子屋の店さきで近所の子供といっしょに肉桂《にっけい》の枝をしがんでいた。彼女はめっかちとフクスケがやってくるのを見て、ニコニコ微笑し
「やあ、今晩は」

といった。

「今晩はもくそもあるか。お婆ん、なんでタンガロイのありかをみんなにいいふらした。キムまで来とったぞ」

めっかちが婆さんに食ってかかると、婆さんは白い前歯で兎《うさぎ》のように器用に肉桂の皮を剝《は》ぎとりつつ
「あいな。キムやんはえらい親切にしてくれたよってに御恩返しと思うてな。どうせあんさんらにいうてしもた以上は、わてなんかの出る幕やない。これはひとつ、みなさんにも知らせて、年寄りもたまには役にたつちゅうことをおぼえてもらいまひょ、と思たんや。ええことしたらええ報いがあるちゅうもんや。ガツガツしたらあきまへ

ん。みんな仲ようしまひょやないか……」

手に負えぬ無邪気な表情で笑った。

第四章　てんでばらば

イギリス人は
利口だから
水や火など使い
…………
――ロシヤ民謡『仕事の唄《うた》』――

一

はじめのうち部落には完全な分業制があるかと見えた。住民たちは部分で暮らしていた。先頭連中は肩で、シケ張りは目で、アタリ屋はカン、渡し屋は手、もぐり屋は肺で、といったぐあいである。それぞれその部分はおそるべき力を強要されている。毎夜のように先頭連中は九十貫も百貫もある鉄塊をかついで疾走するのだし、アタリ屋は三十五万坪の荒地をツルハシ一本で支配しなければならず、もぐり屋はメタンガスの充満した、硫酸のような運河のなかに沈まねばならないのである。部落の生産生活は苛烈《かれつ》をきわめている。が、ここでは失業ということがない。部落にやってくる人間にはかならず仕事をあたえられ、どんな半端《はんぱ》ものでも活用された。

フクスケはアタリ屋を実習中にひとりの男と知りあいになった。この男は前科者ではなかった。元旋盤工をしていて、ベルトに巻きこまれて腕を一本失い、さらにその後電車にはねられて足を一本落し、廃人となった。彼は手内職をやったり、廃兵をよそおって町角で軍歌をうたったりして暮らしていたのであったが、ある日、憂鬱《ゆううつ》の発作にかられて家をとびだし、女房と子供を捨てた。彼は野宿したり、残飯箱をあさったりしてあちらこちらさまよい歩いたあげく、アパッチ部落にまよいこみ、そのままそこに住みつくようになってしまった。部落の親分のひとりは彼のさいごの一本の手にスコップをもたせ、あとの一本の足でそれを掘らせた。すると何日かたつうちにこの男が部落の一歩外では石のかけらよりもむだだが、部落内では必須《ひっす》欠くべからざる、さいごの才能をその足と手に集約したことがわかった。彼はなんの手がかりもない、みんながブツの積込場所に使っている河岸《かし》っぷちの泥のなかから百二十貫もある鉄塊を掘りあてた。それはもとはいったいなにだったのか、まったく見当のつけようのない、ただばかでかく不恰好《ぶかっこう》な銹《さび》と泥の小山であったが、とにかく鉄だったので、売れた。彼は親分から金をもらうと掘立小屋の下宿にもどって金がなくなるまでぶらぶら遊んで暮らし、すっかり使い果してしまうと親分のところへでかけてスコップを借りてススキの原にもぐりこんだ。そしてとっくにみんなから見放された場所を掘ってきわめて人気のよい銅滓《どうし》のかたまりを発見した。発掘と運搬は先頭連中にまかせておき、彼は部落へもどって親分から割前をもらうと、ふたたびそれを使いきるまで日なたぼっこしたり、なんとなく立小便してみたりしてすごしたのである。フクスケが会ったとき、この男はすでに天才的アタリ屋としての名声を用心深いまなざしでゆうゆうと楽しんでいた。ひとびとはこの男がひもじくなってスコップを松葉杖《まつばづえ》がわりに片足でむこうからピョンピョンとんでくるのを見ると、いっせいに横目をつかってその行方をたしかめ、こっそりあとをつけていったが、熟練の釣師のようにぜったい彼は穴を教えなかった。ためしにフクスケが秘訣《ひけつ》を聞いてみようと、にぎりずしと蒸しずしはどちらがうまいかという話題をもちかけてみたら、相手はすばやく意図を見抜き

「……土を舐《な》めるこっちゃ」

と教えてくれた。

「銅が埋まっとったらそこの土は銅の味がする。鉛なら鉛くさいわ。化学変化ちゅうやつでな」

「……ほんなら銅の味と鉛の味はどうして区別しますのや？」

「勉強や」

「……？」

「銅を掘ったら忘れずにそこの土をひとにぎりにぎって舐めておく。鉄なら鉄で、また舐める。それで味を舌にたたきこんだら今度はなんにもないとこの土を舐めただけでちゃんとそこになにが埋まっとるのかわかるようになる」

フクスケはばかばかしくなったので、ちょっと考えてから
「ほんなら、あんさん」

と聞いた。相手をやっつけるにはまったく当意即妙の考えだと彼は思った。

「ひとつ聞きますのやが」

「なんや？」

「土のなかに鉄の板があって、それにこう銅の電線が巻きついとって、その銅の電線にもののはずみで鉛がくっついとったら、これはどんな味がしまっしゃろな？」

するとと相手はしばらく考えこんでから、顔をあげ、まじめな口調で
「やっぱり、そらあ、鉄と銅と鉛と、土には味が三つ沁《し》みとるやろ。カクテルちゅうもんでな。土はいろんなことを教えてくれる」

殺してやろうかと思っているうちに相手はすばやくスコップを杖にススキのなかへ

消えてしまった。

この男の神経叢《そう》のなかで第六感はどういう配線構造になっているのか、誰にも想像はつかないが、猥談《わいだん》と食談義をやらないでブツが発見できるのは部落のなかでこの男一人であった。そのため各組の親分はなんとかしてこの計数管を自分の配下にしようと酒を飲ませたり、金をにぎらせたりしたが、彼は応じなかった。アパッチ部落の名声が、関西、中国、九州、さらに名古屋から北陸地方まで豚箱やゴミ箱をつたって前科者や浮浪者に知れわたるようになり、人口過剰となるにつれて、ブツを発見することは次第に困難となったが、この男はいつも必要なときだけきわめて有効にはたらき、最小のエネルギーで最大の効果をあげ、あとは掘立小屋でぶらぶらして、胃のほかは誰の支配もうけずに暮らしているようであった。みんなは嫉妬《しっと》から、いくらそんなことをたよりにしていたところで部落の外へでたら一日で飢えて、そうなったらきっと太陽が黄ばんで三つに見えるにちがいないのに、とかげぐちをききあったが、相手はいっこう動じる気配を見せなかった。

しかし、この片手片足の男などはまだまだ優位者である。分業制の精粋は、あのキムの息子の腕白がつれてきた水屋にすべてをつくした。この老人は左手の指が三本しかなく、右手は五本ともなくなっている。そのうえ足がびっこで、頭が狂い、字は読むことも書くこともできないのだ。水を掛売りするときは腰の大福帳に相手の名を左ぎっちょの○や△や×で書きとめる。彼は毎日、夜になって部落の活動がはじまると一升瓶に水を入れる。一升瓶は三本である。どこか道ばたに落ちていたのをひろってきたのだ。老人は三本の一升瓶に紐《ひも》をくりつけると、それを薪《まき》のような自分の手首に巻きつけ、肩にかついで鉱山へしのびこむ。まっ暗な荒地のあちらこちらにちらばって仕事をしている連中のところへいって水を売るのが彼の仕事であるが、穴におちたり、煉瓦山《れんがやま》につまずいたり、ススキに足をとられたりしてさんざん苦労したあげくに仕事場へたどりついても、まっ暗なので誰に何杯飲まれたのかさっぱり見当がつかない。アパッチ族たちは仕事に夢中で、殺気だち、顔をたしかめようとして懐中電燈《でんとう》をつけるとたちまち罵声《ばせい》を浴びせた。老人がうろたえてよろよろしていると、いきなり叫声がおこって警官の呼笛がひびきわたる。そこで老人はなにもわからず靴音に追いたてられてあちらに走り、こちらに走り、めったやたらに

「ポリやでえ、犬やでえ、逃げなはれやァ！……」

かけまわるうちに穴におち、煉瓦山につまずき、ススキに足をすくわれてころぶと、一升瓶は粉々に割れて全身ガラス傷でずぶ濡《ぬ》れとなる。そのうえいつまでたってもひとりで叫びながら走るものだから警官にたちまち追いつかれる。警官は暗がりで相手

の姿がわからないから力いっぱい棍棒《こんぼう》をふりおろすのである。老人は子供のような声をはりあげて泣きだした。そのまぬけた、けたたましい泣声や一升瓶のこわれる音などを聞きながら、うまく逃げることに成功したアパッチ族たちは、暗がりで星空を仰いで小声でいいあった。

「……あいつがいちばん損しとるようや」

警官たちははじめのうち、この、どうにも度し難い老人をつかまえては署につれ帰って点数のなかに加えていたが、そのうちにあまりたびたびおなじことがかさなると、さすがにいや気がさして、一升瓶の鳴る音を聞いただけで方向転換するようになった。昼の襲撃のときでも老人だけは逮捕されないで見逃された。が、老人にはそういうことはわからないので、警官隊におそわれるとひとりで叫びたてながら血相変えてみんなにまじってあたりを走りまわるのであった。そして騒ぎがおさまると部落にもどってぐっすり眠り、夕方になればまたぞろむっくり起きあがって新しい一升瓶をさがしにでかけていった。

老人が運んでくれる水は、ときには油の匂《にお》いがしたり、ときには焼酎《しょうちゅう》の残香がついていたりしているが、荒野の超重労働には貴重なものであったし、また老人のつねに一方向をめざして転換を考えない脳味噌《のうみそ》は警鐘やオトリとして大いに有効であったか

ら、アパッチ族たちは水を飲む飲まないにかかわらず彼に金を払うようになった。老人の自尊心を尊重して、アパッチ族たちは
「ええか、お父ちゃん、あるとき払いのないとき催促ちゅうことでいこやないか」
といって、老人の大福帳に○や△やを書きこんでやった。老人は一人前に扱われたうれしさで、わけもわからず
「そらそうやがな、よろず商売はあるとき払いのないとき催促でいかな、あきまへんわ。ドンと飲んでや。しっかり稼がしてもらうで。いままで一杯五円やったが、これからは一杯十円や」
といった。びっくりして
「えらいまた高いな。二倍やないか。どういうこっちゃ」
と聞きかえすと、老人は軽蔑《けいべつ》しきったまなざしで相手をしばらくじっと見つめ
「……買気は釣値ちゅうやないか」
といって才槌頭《さいづちあたま》をふりつつむこうへ去るのであった。
分業制は相互排除の原則のうえにあるから部落でも当然それらが見られた。シケ張りにだされた男は一日じゅう警察署のまえの道ばたにたったり、しゃがんだり、アイスキャンデーをかじったりして機動部隊や警官隊の動静を偵察し、日が暮れて役目が

終ると部落にもどって親分に報告してからさっさと下宿の掘立小屋に帰って寝てしまう。アタリ屋はブツの所在を報告したらあとは先頭にまかせて知らぬ顔である。渡し屋のトウジョウ・ヒロヒトは一回五十円の渡船料をとってブツなり人間なりを対岸にわたすと、そのブツが警官に押収《おうしゅう》されようが、人間が必死で警官と争おうが、まったくどこ吹く風と伝馬《てんま》のもやい綱を岸の杭《くい》にむすびつけて乱闘を見物する。もぐり屋も同様である。註文があるまで小屋で昼寝していて、舟が沈んだと聞けばおもむろにたちあがってステテコをぬぐ。舟とブツを川底からひきあげると彼は親分から約束の金をもらってさっさと焼酎を飲みにでかけ、あとは野となれ山となれだとうそぶく。が、これらすべてが親分の綿密な事前の連絡によって一本の鎖となると、各部分の放埒《ほうらつ》な力がみごとな相乗効果をあげた。およそアパッチ族に一度狙《ねら》われてぶじに助かったブツはひとつもなかった。狙われたブツはかならず土をのけ、コンクリート台をひっ剝《ぱ》がされて地上にあらわれ、部落にはこびこまれた。作業に携わるものはあらかじめ能力を検査されて配当金を五分手でいこうとか、四分六にしようとかきめられるが、とくに約束がなければ全員均等配分である。片手片足の天才的アタリ屋は一時間でブツを発見しても、六時間の徹夜の重労働に携わった先頭連中とおなじ配当金を親分からうけるのだ。誰もそのことについて不平をとなえるものはなかった。

こうしたことや水屋の哀れな奔走ぶりを目にしてフクスケが部落の体制の完全さに感心すると、よその組の、炭礦《たんこう》の組合運動で首になったという男は

「……能力に応じて働き、労働に応じて支払われるば、こぎゃんよかこつ、なかたいな。ここは地上天国ぞ」

といったが、その口調にははげしい冷嘲《れいちょう》がみなぎっていた。フクスケがその言葉の意味を問いただしてみると、だいたいそれは、分相応のことをすれば分相応の報いがあるというような意味のことで理窟《りくつ》はいつもそのとおりなのだが、この世ではけっしてそうはいかない、なぜかといえば〝分相応の判断〟が誰にもつかないからで、はたらいたやつが思っている分相応と、金を払うやつの思っている分相応というものがいつでもどこでも食いちがうのだ、そこから争いが生まれるのだ、と聞かされた。

男はつづけていった。

「そいのけじめがむずかしいちゅうども、ここじゃ誰でも彼でも自分の仕事さえすればオンベコチャンに支払われるば、いっそきれいさっぱりでよかばい。ふ、地上天国ば」

ふたたびはげしい冷嘲をこめていった。

フクスケは相手の表現と内容のあいだにあるいちじるしい距離に当惑して、おそる

おそる
「……天国やといやはんねんやったら、あんさん、なにも文句はおまへんやないか」

と聞きにかかると、相手はしばらくだまっていてから、ためすように
「……汝《にしや》あ、ここに来る前、なにして食っとったな?」

「……はっきりいえば」

「うん」

「……ルンペンで、おま」

「ブツがなくなってこの部落つぶれたら、汝あ、どこ行くば?」

「……」

「ルンペンか?」

「……いうてみれば」

「うん」

「まだそこまでは考えとりまへんのやが」

相手はそれを聞いて勝ち誇った表情で眉《まゆ》をひらき、憂鬱《ゆううつ》そうにふたたびそれをしかめて
「……この部落には方向がなかなア」

と、嘆息まじりではあるが、はげしい口調で断定を下した。

二人はちょうどそのとき、河岸《かし》の草むらに腰をおろして話をしているところだった。相手はズボンの裾《すそ》を紐でくくり、右手にツルハシ、左手に十キロ・ハンマー、頭は鉢巻き、目はキリリと、単騎でアパッチ行動にのりだそうとくりだしてきたところであったが、ちょうどトウジョウ・ヒロヒトの舟がひとりの、これまたぬけがけの功名を狙ったひとりの単独行動者をのせて岸をはなれたばかりであったので、男はしかたなく舟を待つあいだ、そこでたまたま日なたぼっこをしていたフクスケをつかまえて話しかけたのであった。

フクスケが見ていると、草むらからは七月の日光の温かみが泥の匂いとともにたちのぼり、トウジョウの漕《こ》ぐ櫂《かい》が川鳩《かわばと》の声のようにするどくきしり、腐り果てた運河に陽がかがやいて波がナイフの腹のようにキラキラひかった。フクスケは草むらに体をよこたえ、自分の肉や血管が陽にふれた綿の繊維のように軽くふくらみはじめるのを感じながら、トウジョウの舟を漕ぐ動作をじっと眺めた。トウジョウの手と肩と腰は荒野の日光と河のなかで正確に動き、つかっただけの力を正確に舟の動きにつたえた。

（……窓をあけといてほしい）

フクスケはトウジョウの姿とそのうしろに広がる荒れ果てた鉄骨の密林を眺めて、

ぼんやりと考えた。

(死ぬときは窓をあけといてほしい)

彼は感じたことをそのまま口にだした。

「ちょっとええもんやないか」

「なにぞ?」

「いや、いうてみたまでや」

「なにもいうちょらんぞ」

「いや、つまり、アホなこっちゃ。死ぬときはなんやしらん、こう、部屋の窓をあけといたらどうやろ、と思たんや」

「……死ぬと?」

「……いうてみたまでのこっちゃ。気にしたら、あかん。窓をあけといたら、こう、百姓が畑仕事してるのも見えるやろし、外が川やったら舟のうごくのも見えるやろし、そんなもんを見てたら、えらい気持がええやないか。そやから窓をあけといてほしいと思いましたのや」

「なん吐《こ》くぞ!」

「……」

「そぎゃん気の弱か、きれいなこついうば、汝あ、ブチ殺っさい」

フクスケがだまりこむと、相手は自分の声の効果にすっかり満足して腰の荒縄をゆすりあげつつたちあがった。ちょうどそのときトウジョウの舟が対岸からもどってきたので、男はハンマーとツルハシをかついで小走りにかけよると、せかせかした早口でトウジョウを指図しながら、大いにはずみつつ鉱山へのりこんでいったらしい模様であった。

二

が、フクスケは部落でしばらく暮らすうちにこの分業制がまったくあやふやなものであることをさまざまな機会に知らされるようになった。親分からザコにいたるまでのアパッチ行動一式は部落の五つの組のどこでもそろえていて、どこの組へいってもおなじような仕事を分担している男たちがごろごろしていたが、この連中はけっして親分のいいなり放題にならなかった。守衛の平目はフクスケと提携することを申しこむときにキムを裏切ることをすすめて

「……アパッチ部落はやくざとちがうねんよってに、義理人情もへったくれもあるもんか。さっさと親分に後足で砂かけたれ」

といった。

そのときフクスケはまだアパッチ稼業《かぎょう》の第一歩のアタリ屋を実習中で、部落の気質の枠をのみこんでいなかったから、即座に平目の提言には応じないですませたのであるが、日がたつにつれて平目の言葉が気まぐれの放言ではなかったことがあきらかになってきた。アパッチ族たちは親分を親分とも思わず、気にいらなければさっさと裏切り、寝返りをうち、きわめて乾いた対人関係を満喫していたのである。

キム組の先頭の、めっかちとゴン、タマ、ラバの四人は部落の一軒の下宿屋にいっしょに泊って暮らしていた。彼らは先頭なので、夜しか働かない。昼のあいだはすっかり鳴りをひそめ、掘立小屋の下宿で河岸にあげられたフカのように重おもしく、だらしなくころがって泥睡《でいすい》をむさぼっていた。掘立小屋は手作りで、屋根に穴だらけの波型トタンと沢庵石《たくあんいし》をのせたものである。小屋というよりは苔《こけ》かアリ塚の一種にちかい。木戸があけっぱなしだからしょっちゅう道からネコやニワトリがとびこんできて寝ている枕《まくら》もとを走りまわる。が、四人は徹夜仕事で疲労の極に達しているから頭のうえでどれほど小動物が騒いでもいっこうに平気である。眠りに眠って夕方、目をさますと、むっくり起きあがってキムの家へ飯を食いにでかける。キムは彼らを洗面器一杯の獣のはらわたで迎え、昼のあいだのアタリ屋やシケ張りの報告を中心に会議をひらき、対策を練るのをつねとした。会議の進行係りはたいていめっかちである。悪相のゴンは黙々と肉を焼き、タマやラバやオカマはめいめい勝手な意見を述べあう。キムはそのよこでゆうゆうと丼鉢《どんぶりばち》の密造酒《マッカリ》を飲むのである。裸電燈《でんとう》のしたのこの車座は一見和気あいあいとして、団結の固さを誇るかに見える。

が、ある日、フクスケは、オカマがこの一座に欠席しているのに気がついた。どうしたのかと聞いてみようと思ったが、みんなは話と焼肉に熱中していて口をはさむ隙《すき》がなかった。誰もオカマの不在にふれようとするものはなかった。が、あとで知ったところによると、このときオカマはよその組の親分の家で会議に出席していたのである。彼はその夜とうとうキムの家によりつかず、大川組の先頭の一員として鉱山にのりこんだ。フクスケは鉱山から掘りだしたブツの積込作業で魚市のようにごった返している河岸でオカマに出会った。オカマはキム組が鯨の肋骨《ろっこつ》のように曲った、巨大な鋼管のしたでおしつぶされそうになって悲鳴をあげているのを見ても知らん顔でよそへとんでいった。

「……オカマはん、水臭いやないか。手え、貸しとくなはれ！」

鋼管につかまってよろよろしつつフクスケが叫ぶと、彼はちらとふりかえって

「あ、わいか。わいはいそがしい」

といったきり、大きすぎるビスケット片にかじりついて蒼《あお》ざめているアリの一群のようなフクスケたちを見捨てて薄青い川霧のなかをどこかへとんでいった。

四日か五日ほどのあいだ、オカマはキムの家に姿をあらわさなかった。フクスケは彼が大川組の連中と焼鳥屋の屋台で焼酎《しょうちゅう》をあおって愉快そうに圧力をまきちらしている光景を何度も目撃したが、オカマはいつも知らん顔をしていた。が、キム組の連中はこのことについてとりたててなにも苦情をいおうとしなかった。親分のキムも部下に寝返りをうたれたくせに、聞いてみれば

「……養子にいきはったんやろ。縁不縁ちゅうもんでなァ、わいの不徳のいたすとこやないわ」

とうそぶくばかりであった。

オカマはそうやって大川組で働いていたが、やがて一週間ほどすると、ある夕方、ふらりとキム組にもどってきた。彼は七輪をかこんでもうもうとキムたちがあぶらっぽい煙をたてているところへ

「……オス」

と声をかけて入ってきた。彼は誰も声をかけないうちにゴム草履をぬいで部屋へあがりこみ、七輪のそばに腰をおろして

「ああ、しんど」

といった。

キムがよろこんだことはあきらかであった。それは彼がいそいそとして自分の飲みかけていた密造酒の丼鉢をオカマに渡したことでもはっきりうかがえた。が、キムもオカマもうわべは無関心をよそおって、なに食わぬ顔をしていた。一座のほかの連中ももっぱら洗面器のはらわたの吟味に気をとられて、なぜネコの手でも借りたいくらいのいそがしさのさいちゅうに寝返りをうったのか、わけを聞こうとするものがなかった。

酒と肉が体のなかに入ってはずみがついてくるとオカマは誰にともなく弁解して、自分が大川組へ走ったのは、ぜひオカマはんの力と智恵《ちえ》を借りないことには組の浮沈に関するからと泣きつかれたためで、けっして金に誘われたのではない。おれはもともと金でうごくような人間ではないのだ。金ということで妙な想像をされると困るから申しあげるのだが、大川組の親分ははじめ自分にブツの収益金をほかの連中との比率を七分三分にしてやるからというようなことを匂《にお》わした。ブツそのものは均等配分だが、それではわざわざよその組からいそがしい人をまげて来てもらった甲斐《かい》がない、別途に親分の財布から不足分をだす、その〝下駄《げた》〟のことはぜったい秘密であるから知らん顔をしていてくれとたのまれた。そこでいわれるとおりに知らん顔で働いたら、親分は金を払うときにみんなを一列にならばせて配当金を配り、自分は気《き》を利かせて便所に入って待っていたのに、親分は予期の額の半分しか追加金をくれなかった。そこでこれは約束がちがう、下駄が一足しかないではないか、というと、親分は、鍋底《なべぞこ》景気やからという。しばらく二人でだせの、だせないのと便所のなかでもみあったのだが、あまり大きな声をだしたものだから親分の女房がとんできた。そこでおれはタンカを切った。あまり気の利いたせりふではないが、おまえらのけち臭さは小便臭いぞと。まあ、これは、なにしろ舞台が舞台だからしかたあるまい。そのままカッとなっておれはやつの頭をピシャリ、ガラガラととびだしてきたのである。なんたることだ、おれの顔が下駄一足とは……

「油断もすきもあったもんじゃない、おまえらにかかったら尻《しり》の毛が何本あっても足ることっちゃない、と一発かましたろと思たんやが、これはもう便所をとびだしたあとで考えついたせりふやから使えなんだ」

オカマはそういって肉を頰ばったのだが、彼の話はどこからどこまでがほんとうなのか、誰にもわからなかった。

「……下駄一足、下駄一足と、えらい騒ぎやが、いったいどのくらいの下駄や。一足は一足でも相撲取りの下駄やったら並の三足分ぐらいはあるでえ?」

ためしにキムがかまをかけてみると、オカマはその言葉のなかから自分の能力にたいするお世辞の部分だけぬきとって楽しみ、あとはニヤニヤ笑うばかりでなにもいおうとしなかった。

オカマは挨拶《あいさつ》もなにもせずに仲間からとびだし、ふたたびどこ吹く風ともどってきて仲間のよりをもどしたのだが、これについてとやかくいうものはひとりもなかった。そのことで親分のキムが機嫌を悪くするとか、待遇を変えるというようなことはなにひとつとして起らなかった。オカマだけではない。部落の人間はどんな意味でも定点をもたないのだ。彼らはその日その日の気分ひとつであちらの組へいったり、こちらの組にかわってみたり、しょっちゅう移動をつづけてとどまることがなかった。ある組では子分の掘りだした獲物を親分が時価から自分のマージンを差引いた額で買いあげ、その総額を子分各人に均配するという方法をとり、ある組では獲物の時価総額のうち半分を親分がとって、あとの半分を子分めいめいが均等割をするという分配法をとっていた。いずれの場合でも親分は子分とくらべたとき、その労働量に比してはなはだ有利な収入を得ることになるのだが、この不平等に正面から攻撃して制度をかえようとするものはひとりもなかった。親分は家をもち、子分は家をもたない。ブツは仕切り屋に売って換金されるまでしまっておく必要がある。親分はブツを家の裏庭や物置小屋にしまいこむ。彼はその掘立小屋ひとつで子分たちに不平等をおしつけるのだ。前科者や浮浪者ばかりの子分たちは自分で掘立小屋をたてて仕切り屋と交渉する煩《わずら》わしさに耐えられないのでこの不平等をしかたなしにのみこみ、もっぱら均等配分のほうで一円でも高くくれそうな組を狙《ねら》って渡り歩くのだが、どのような支払のシステムをとってみたところで額は労働量と比較すればどこの組でも大同小異であった。よほど軽量で高価な金属が発掘されないかぎりどこへいってもほとんどかわらないのである。子分はそむいて逃げだしてもほっておけば何日もたたないうちにもどってこざるを得ないのだ。

「……フクさん、あんた、わいに不満があったらどんどんいうてみとくなはれ。気に入らなんだらどこへいってもよろしい。また、いつもどって来やはってもわいのほうは受入態勢ができとりま。すべてあんたの自由や。好きなようにしなはれ」

キムは自分の不当利得を寛容の誇示にすりかえてフクスケに寝返りをすすめた。彼はフクスケがブーメラングのようにかならず自分のところにもどってくることを知りぬきながら飛ぶことをそそのかして恩を売りつけようとしたのだ。

めっかちとゴンとラバもまたてんでばらばらな方向を内包していた。彼らはめいめい勝手にその方向に疾走しようとしてフクスケをさそい、三人三様のしたたかな経験を彼に味わわせたのである。

はじめにフクスケをそそのかしたのは朝鮮人のゴンであった。この人物は二目と見られないくらい醜貌《しゅうぼう》の巨漢で、それを恥じてか、きわめて寡黙《かもく》である。行動を起すと彼の腕や肩はブルドーザーのような破壊力を発揮して、コンクリート台でも鋼管でも、ほとんど信じかねるような速業でひき剝《は》がし、たたき割ったが、部落にいるときは影のようにひっそりして、一日じゅうほとんど口をきかなかった。彼は、また、たいへん勤勉で繊細な男で、はたらきだせば誰よりも熱心にはたらき、部落にもどるとみんな泥睡しているうちにひとりで起きて夕方の焼肉《トンチャン》のタレをつくった。タレの材料はゴマ油やニンニクやトウガラシなど、かれこれあわせると十種類ちかくにのぼった。それを彼は部落じゅう歩きまわってあちらこちらの家で少しずつもらい、自分で調合した。夕方になってみんながやがや騒ぎつつ集まってくると彼は七輪のそばにつきっきりで肉を焼き、タレに浸してやり、むっつりだまってめいめいの皿に配ってやるのである。

この男のデリカシイは焼肉やタレの味に申分なく発揮されていたが、唖《おし》かと思うくらい寡黙なので、フクスケはもっぱら彼の醜貌の迫力を受けるだけにとどまり、いったいなにを考えているのか、さっぱり見当のつけようがなかった。口数が少いのは日本語がうまくしゃべれないせいでもある。おなじ朝鮮人でも親分のキムはその、一ひねりも二ひねりもツバをつけてひねった大阪弁に天才的な流暢《りゅうちょう》さを示したが、ゴンとくるとからっきしできないのである。一度フクスケは、彼が道を歩きつつひとりで勉強をしているところに、出会《でく》わしたことがある。ゴンは道ばたになにかおちているのを見つけてその巨体に似合わぬすばやさでパッととびつき、目を近づけてなにか朝鮮語でしゃべった。意味はわからないが、響きがあからさまな不満をつたえた。ゴンはひろったものをポンと惜しげもなく捨て、今度はおなじ内容らしいことを日本語で何度も何度もくりかえしつつ道を歩いていた。なにをひとりごといっているのだろうと思ってフクスケがさりげなく近づいてみると

「十円玉《タマ》カト思タラピル瓶《ビン》ノ栓ダッタ」

といってるのであった。ピルピンというのはビール瓶のことらしい。しきりに頭をふりつつひとりで不満を鳴らして歩いてゆく大男の後姿がなんとなくフクスケには好もしく思えた。

この大男がある日、なにを思ったのか、キムの家の二階で昼寝しているフクスケのところへやってきて、ぬけがけの功名を提案した。恰好《かっこう》のブツを発見したから二人で

とりにいこうというのである。親分のキムに報告すればコッテリ働かされて、ゴッソリ収奪されるから、誰にもいわないででかけよう、道具は金鋸《かなのこ》一本でよい、ブツは木になっているリンゴの実のようにあとはまさにただ背のびしてちぎればよいだけという状態でわれわれを待っている。というような意味のことを、ゴンはフクスケの枕もとにすわりこんで重い日本語で告げた。

「……オレガ切ル、オマエガヒロウ。オ金ハ五分五分《ゴブゴブ》、ヨシカ。オ金ハ五分五分。オマエイヤナラオレ一人デ行クヨ」

すでに用意してきたものらしく、金錆《かなさび》だらけのワイシャツのしたからぬっと金鋸をひっぱりだしてみせた。見ればズボンの裾《すそ》もちゃんと紐《ひも》でしばって準備完了の様子である。フクスケはつられて起きあがった。

現場へいってみてフクスケはがっかりした。ゴンが狙いをつけたのは工場の鉄骨枠《アングル》であった。これは一望三十五万坪の無機物の原でも、もっとも不毛な地帯である。幾棟あるのか、数もわからないくらいの巨大な兵器工場がまっ赤な鋼鉄の密林となって地表を蔽《おお》っているのだ。工場のむこうから侵入した風は無数の鉄の枝をつたい歩き、くぐりぬけているうちにこちらへとどく頃にはすっかり殺されて速度も匂いも失ってしまっている。ここでは何万トンとも知れぬ鉄の群れがベトン床に支えられて土を圧しているが、これを処理するのは酸水素吹管と、起重機と、ブルドーザーの仕事である。ぜったいにこの地域の鉄はアパッチ族の胃を通過しない。みんなはこの強大な愚行の不毛さの質と量に恐れをなして、いまだかつてひとりとしてこれを食おうなどという野心を起したものはなかった。なるほどそれは枝もたわわなリンゴの実で、あとはまさに背のびしてちぎればよいだけという状態にある。が、ただ、どれほどひっぱったところで微動もしないのだ。かつてキムはフクスケをつれて鉱山を案内して歩いたとき、赤錆の荒野を指さして

「……あそこは酸《す》っぱいでえ」

といった。

「食えんブドウは酸っぱいちゅう理窟《りくつ》や。惜しいもんやが、あそこだけは手がつけられへん」

さっさと踵《きびす》をめぐらしたものである。

フクスケは昼寝から起きたばかりなのに、この赤いブドウ畑の広大さと、おびただしい鉄群の堆積《たいせき》が生みだす静寂に衝撃をうけて、さけられぬ疲労感がこみあげるのを感じた。

「……あんさん、ここで笑おうたって、そらァ、無茶や。こんなとこで笑てたら、笑

うだけでウンコたらしてなにもならんわ」

が、ゴンは耳をかたむけなかった。

彼はまっすぐ歩いてきて密林に到着すると、ちょっとたちどまって目をあげ、鉄骨の高さを測った。彼は金鋸をバンドにはさむと、両手にツバを吐き、なにもいわずに鉄骨へ足と手をかけた。彼は鉄骨にうちこまれたボルトやナットの突起を手がかり、足がかりとして用心深くのろくさいがきわめて着実的確な力をちびりちびり使いつつカブト虫のように頂上へあがってしまった。空を背景に鉄の密林のうえへたちあがると、彼は二、三回、手と足をふってしこりをほぐし、すぐさま仕事にとりかかった。仕事をしているときの彼の動作は敏感さと力にみち、どんな困難に出会ってもかならず迂回《うかい》して突破口を発見した。彼は鉄筋の枝から枝へ渡りあるいていくつかの継ぎ目を検討し、自分が切断しようと思っている鉄骨の周辺にちらばった連結点の弱部を選ぶと、ためらうことなく力をそこへそそいだ。フクスケは石鹼水《せっけんすい》の入った一升瓶をかついでぶるぶるふるえながら鉄骨に這《は》いあがると、ゴンのいうままに指図をうけた。二人は目もくらむような高みの枝にとまって仕事をはじめた。一歩足を踏みはずすと墜落して肉と血のジェリーになる。骨も皮膚もあったものではない。フクスケは陽に焼かれ、風に切られ、あぶら汗にまみれて、ゴンのひく金鋸に一升瓶の石鹼水をそそいだ。自分の力が広大な密林のなかをどうつたわって、どこの部分でどれだけの効果を生むのか、鉄の原の全貌を見わたせばオチョコで海をかいぼりしているのではあるまいかというような浪費感で窒息しそうになった。

おまけに仕事のさいちゅうに警官がやってきたのだ、警官は二人であった。うえから見ると彼らは豆粒のように見えた。豆粒は棍棒《こんぼう》をふりあげて、鉄骨をカンカンなぐった。フクスケがそれを見て思わず笑うと、ゴンは金鋸をひく手をやめずに微笑して注意した。

「……チョウハッシタラ叱《しか》ラレルヨ」

警官はゴンとフクスケの二人が仕事をやめるどころか、ますますそこに居坐《いすわ》ってゆうゆうと金鋸をひいたり、石鹼水をかけたりするのを見て腹をたて、声をそろえて
「おりてこい！」

と叫んだ。

「……あんなことというたはりまっせ。どないしまひょ？」

「好キナコト言エ」

ゴンがいうので、フクスケは鉄骨のうえによろよろたちあがり、ふるえながら
「あがっておいでやす！」

と叫んだ。

警官のひとりは昂奮《こうふん》したしぐさでバンドとピストルをはずすと仲間にわたし、パッとシャツをぬいで地にたたきつけた。彼は鉄骨にかけよるとそれに手と足をかけた。ほんとにあがってくるらしい。フクスケはうろたえて

「えらいこっちゃ、本気にしよった。どないしたもんや、どないしまひょ?」

ゴンは金鋸をひく手をやめて、ちょっと考えてから、そこの鉄骨腕《アーム》を踏んでみたらどうかといった。いわれるままにフクスケが片足かけてみると、いきなりそれはピチン、と密度のつまった、みじかい音をたててガラガラとしたへ落ちていった。あやうくフクスケは足をすべらして墜落するところであった。彼は手近の鉄骨にしがみつき、目をつぶって叫んだ。

「わいは味方やぞ!」

藁《わら》のようになってふるえると、ゴンはふたたび金鋸をひきにかかりながら

「味方ノナカニモ敵ガイル、敵ノナカニモ味方ガイル。オマエハ味方ノナカノ味方ダカラ、ホントニアブナイコトハサセマヘン」

自信たっぷりに一発ぶったが、フクスケはすっかりくちびるが乾いてしまった。

しかし、このおかげで危険を察した二人の警官は攻撃を思いとどまって持久戦にで

た。彼らのひとりはかけだしてススキのなかに消えると、やがて守衛詰所から薬罐《やかん》をもってきた。彼らはシャツをぬぎ、棍棒とピストルをはずすと、つめたい日蔭《ひかげ》に入って腰をおろし、ゆうゆうと番茶を飲みだした。二人は番茶を飲みながら世間話にふけり、話にあきるとあくびとともにたちあがってあたりを散歩したり、草をむしって口にくわえたりした。

「……おまえらは公務執行妨害やぞォ」

「窃盗と不法侵入と軽犯罪法違反と、図々《ずうずう》しいのんと厚かましいのんと……やぞォ」

ときどき声がかかってきたが、フクスケとゴンの二人はかまうことなく仕事をつづけ、かたわら鉄骨枠を切り落したり、小便したりして、警官たちを果てしない世間話からときどき職務へたちもどらせた。

このときは、結局、午後の三時頃から夕方の六時頃まで、ほぼ三時間ちかく鉄骨のうえで頑張った。警官たちは思いだしたように石を投げて威嚇《いかく》してみたり、ひきあげるふりをしてススキの茂みに這いこんで待伏せをやってみたりしたが、彼らはだまされなかった。石を投げるとき、若い警官はピッチャーを気取ってポーズたっぷりにワインド・アップして投げ、ススキのなかに入るとたちまちしびれを切らせて口笛を吹くので、なんにもならなかった。彼ら二人はぜったいのぼってくることがないし、また、たった二人のために機動部隊を呼びつけることもあるまいと思ったのですこしも気にならなかったが、ただ、真夏の午後の日光と、灼《や》けきった鉄と、高所の緊張には二人ともすっかり衰弱してしまった。汗が流れ、のどが乾き、しまいには小便もでなくなったし、乾割《ひわ》れたくちびるを舐《な》めようにもツバがまったくわかなくなってしまった。二人はからになった一升瓶を捨てると、金鋸を投げだし、フライ・パンのように熱くなった鉄骨のうえに体をよこたえて

「……鏡のまえのガマみたいなもんで、おま」

「モウ、アカンカイ?」

「ああ、もう、こらァ、死に死にや」

「元気《ケンキ》ダセ」

「いったいあんさんはこんな思いして稼いだ金で何買いはりまんのや?」

「……女ヨ」

おきまりの扉がひらいて上の二人の話は下の二人のそれと平行線を描きつつ、よろよろ日光と風のなかを進みはじめたが、三十分もしないうちにどうにもこうにも手のつけられぬ沈滞におちこんでしまい、あらゆる言葉と発想法にマナリズムの悪臭がみなぎるように感じられた。ゴンはとぼしい日本語を総動員して、下の口から十円硬貨

をのみこんだ女が腰をふると腹のなかで硬貨がこもった音をたてて鳴った話とか、夜なかに便所に行こうと思ってキム夫婦の部屋をあけたらおまつりのさいちゅうでキムがてれかくしにその襖《ふすま》は生きてるぞといった話とか、めっかちの一物は獰猛《どうもう》な形相をしていて、銭湯で見ると平常状態においてなおかつ腰掛から床のタイルを舐めるまでの大艦巨砲主義を誇示したなどと、たわいもない話をぼそぼそ、ブツブツと執拗《しつよう》に語りつづけて必死に太陽に抵抗した。フクスケは日射病になるといけないと思い、ズボンを頭に巻いてゴンの話を聞いたが、そうなると白熱した鉄骨が薄いステテコごしにおそいかかって、いてもたってもいられなかった。彼はじっと目を閉じてよこたわり、熱と光と墜落の予感に耐えたが、しまいには骨も肉も消えて、海岸の砂のうえでじりじり陽にあぶられて水をもらしつつ消えてゆくクラゲになってしまったような気がした。

夕方になって警官が去ったあとで鉄骨をおりると、二人は草むらにたおれたまましばらく声もだせなかった。さすがのゴンも衰え果てて

「……勝ッタ！」

といいはしたものの、息がはずんで二言めがあとにつづかなかった。

三

「アパッチ族。アメリカ・インディアンの一族。性質は剽悍《ひょうかん》で好戦的。もとは北米よりメキシコ一帯にかけて居住し、野牛などを狩っていたが、やがてスペイン人の侵攻に抵抗し、西部の開拓がはじまると開拓団や軍隊にも抵抗した。つねに小集団による野戦術に才能をふるった。彼らを主題にした映画ではジョン・フォードの《アパッチ砦《とりで》》その他、記憶にのこる名画が多い。ちなみにパリの不良少年をアパッシュと呼ぶ習慣はこのアパッチ族より起った。」

その頃から新聞のあちらこちらに部落のことが記事となってあらわれはじめた。記者はいつのまにしらべたのか、鉱山の歴史とともに部落の発生やその現状を写真と記事で説明したあげく、たいくつまぎれにこんな語源の註釈まで引用した。

ラバはキムの家の夕食会の席でたまたま夕刊を発見してたちまちそれにとびついた。彼は焼肉も密造酒も忘れて読みふけり、記事のさいごの一語まであますことなく読んだあげく、昂奮《こうふん》して

「なんかってけっかる！」

と叫んだ。これは、なに吐《ぬ》かしてけっかるというべきところを、昂奮したために撥《はっ》

音便《おんびん》やらリエゾンやらが一度に作用してしまったのである。彼はもう一度くりかえした。

「なんかってけっかる!」

ラバは叫声におどろいてうろんな眼をあげた七輪のまわりの仲間にむかって

「やい、わいらは舐められたぞ」

といった。

彼は新聞の註釈記事をゆっくり声だして読んだあげく一箇所を指ではげしく叩《たた》いた。

「ここがいかんやないか、え、おい、〝《アパッチ砦》その他、記憶にのこる名画が多い〟とはなにごとや。〝記憶にのこる名画が多い〟とはけしからんやないか、ふざけるな。書くなら書くでもっと温かあい目で眺めんといかんやないか」

「……まあ、そうムキにならんでもええがな。読めば花のパリにもおなじようなお人がいたはるちゅうやないか。名前もおんなじアパッチや。やっぱりこれも、つめたい社会のギセイ者やろ。ドンと気が慰むやないか」

キムが肩を叩くようにしていったが、ラバはしばらく考えてから顔をあげた。彼はもう一度新聞をとりあげ、警官に追われたアパッチ族が川にとびこんでおぼれそうになって泳いでいるところをサラリーマンたちが鉄橋の電車の窓から見物して笑ってい

る、という図柄の写真をじろじろ眺めて
「……よっしゃ」

といった。

彼の目のなかを透明な微笑の膜がすばやく走って、光がすこし弱まった。彼は仲間を見わたしてうれしそうに目を細めた。

「いずれそのうち、記憶にのこる名場面ちゅうもんを見せたるぞ」

そういったきり彼はすっかり満足して、たてた膝《ひざ》に頤《おとがい》をのせた。

「なにをしようちゅうのや？」

キムが心配そうに聞いても、ラバは薄く笑ったまま答えなかった。

新聞が書きたてたために部落の活動は目に見えて窮屈になった。私服、制服を問わず刑事や警官たちが夜昼の区別なしに訪問しだした。アパッチ族と警官隊とは広大な無機物とススキの原のなかで追いつ追われつし、警察署の取調室におかれた重量計は酷使に耐えかねて狂ってしまった。つぎからつぎへ逮捕されるアパッチ族たちはブッをかつぎこんでは留置場で一日、二日眠って部落へもどってゆき、ふたたび生卵をのんで出撃しては釈放されたその日の夜に捕まった。悪循環はある組に前科十六犯という、短時日にしては驚異的な成績をあげる男を出現させた。新聞記事は警察をつうじて部落を外から圧迫すると、同時に内部の自壊作用を促す一つの契機としても作用した。ほかでもない。噂《うわさ》をつたえ聞いた失業者その他の地下生活者たちがぞくぞくと群れをなして部落へ流れこみはじめたのだ。部落の人口密度は日を追って上昇し、ハケ口のない力が部落のなかでさまざまな現象をひきおこした。男たちの組から組へ、仲間から仲間への寝返り、裏切り、ぬけがけ、だしぬきはますますはげしくなり、力の腐敗は発作的な喧嘩《けんか》や口論や泥酔《でいすい》などの膿《うみ》をいたるところに生みだした。鉱山へ出動する各組の人数は次第に増加したが、たえまない警官隊の出動によってブツの発掘量は反比例の減少を来たしはじめた。

フクスケは毎夜のように追われているうちに、やがて暗がりをなんのめあてもなしに疾走する方法とか、鍋《なべ》のふちのように上へ反った大阪城の城壁を手と足でかけのぼる方法とか、警官の靴と仲間の地下足袋の音による判別法とか、まぎれもない、この部落の外ではなんの役にもたたないアパッチ技術に急速の進歩を見せたが、その習熟はなんの成果ももたらさず、むなしく土にのみこまれた金属のうえを東西南北に走って散ってゆくばかりであった。ほとんど一晩じゅう、ひっきりなしに追われたり逃げたりするために、せっかく鉱山へ出動しても、結局まんじりともせずにあちらこちらのススキや爆風山のかげで夜空を仰いで帰ってくることのほうが多くなった。キムは寝不足の、はれぼったく蒼《あお》ざめた顔をして手ぶらでもどってくるフクスケを迎えて聞くのであった。

「星がきれいでしたやろ?」

彼は肩をおとして長嘆息をもらした。

「ここはほかになんにもないが、星だけは見られま。なんせ三十五万坪もあるのや、東も西もあるかいな。はしからはしまで見えるのは星だけや。つくづく地球は丸いもんやちゅうことを教えられまんなア……」

はなはだ詩的な痛罵《つうば》にとまどいながらフクスケはすごすごとせんべいぶとんのなかにもぐりこんだ。

こういう状態であったから、古レールの小山を発見したとき、キム組の男たちは頭の皮にトウガラシをすりこまれたようにカッとなりはしたものの、どうしてこれをはこびだすかということになるとすっかりゆきづまってしまった。レールは土に埋もれていたので錆《さ》びてはいるが、もともと設備資料として蓄積されたものらしく、錆を落せばそのまま使えそうな逸品であった。めっかちが警官とほかの組の連中の目を盗んで検査にいったところ、長さは一本五メートルとわかった。蹴《け》ってみたところ、脛《すね》に来た抵抗感は重量が三トン、時価四万五千円から五万円という数字を教えてくれた。

みんなは話を聞いて、いっせいにざわめき
「星を見んでもすむやないか」

といいあった。

が、搬出口がすべてふさがっていた。なによりもいつ来襲するかわからない手入れをどう避けるか。舟に積んでこちらへ渡すには重すぎるから平野川は使えない。ガス管をつたうことも不可能である。大八車にジープの車輪をつけてどんな重量にも耐えられるように設計した部落特製の〝特車〟、これならなにを積んでも大丈夫だし、力の消費はもっとも少くてすむが、ただし守衛室と詰所のまえを疾走しなければならない。守衛はみんな買収してあるから心配はないが、いまでは警官が出張してきて二六時中目を光らせているからだめだ。通ることはできない。ざっとかぞえて、運よく手入れの隙《すき》を縫ったところでこれだけの手持札がみんな切れているのだ。そしてはじめからさいごまで、いつ来襲するかわからない警官隊……

このときラバがのりだした。

彼は七輪のそばで頭をかかえたままうなだれている仲間を見わたして
「……わいに任しとき」

といった。

「任すのはいくらでも任すが、どないしようちゅうのや？」

「城東線の線路づたいにいくのや。犬はたいてい夜か昼か、どっちかに来よる。そやからわいらはそのはずれを狙《ねろ》て、夜はとっくにあけたが朝はまだ早いてな頃にいく。犬はほかの組のやつらをカマえて帰りよるやろ、そのすぐあとへドッといくのや」

「あかん。夜は暗うてなんにもわからんからソッとしていて夜明け頃にみんながブッといっしょに河岸《かし》へ集まったとこを見てパッと網打ったろと、むこうさんが考えやはったら、どないする」

「そうならんように夜のあいだにむりやり手入れさせるのやがな。こちらからむこうさんを呼べばええやないか」

「わいらがポリを呼ぶ?!」

「一一〇番の電話を使《つこ》て、呼出しかけるのや。なんやしらんえらいアパッチが暴れとりまっせと、通行人みたいな声使《つこ》てもええし、守衛のような声で、旦《だん》さん、助けとくなはれ、キャッ、来よりましたァ、と切ったら、迫力でるでえ」

「……ほかの組のやつをポリに売りつけてオトリに使うわけやな」

「どうせ毎晩、カマってるやないか。わいらの電話ごときでそのままむこうさんが信用しますか。これはお愛想や。芝居は芝居でそれなりに声色を苦心せんならんが、あくまでこれはお愛想や。気にせんでもええ」

「……」

ラバは薄笑いしながら仲間を見わたし、みんなが半信半疑ながらもどうやら顔をあげるところまで回復したのを見とどけておいて、席をたった。

「わいに任しとき」

その夜半から翌朝にかけての指揮はすべてラバが担当した。彼はたえずシケ張りを各方面に放って、部落内のほかの組と、鉱山のなかと、守衛室、警察署などの動静を、あらゆる角度から情報によって検討し、何度も自分で電話をかけにでかけた。それがどれだけの効果をあげたのかは彼自身にもわからなかったが、その夜、鉱山に出動したほかの組の連中は一箇《こ》小隊の警官に追いたてられてさんざんな目に会い、ほとんどろくな仕事もできないで、夜あけ頃、ちりぢりばらばらに部落へもどってきた。みんな道具を失い、特車を押収《おうしゅう》され、蒼ざめた影のようにこそこそと掘立小屋の寝床へもぐりこんだ。

キム組は臨時に何人かの助人《すけっと》を雇い、夜じゅう鳴りをひそめて待機していたが、鉱山がからっぽになったと知るとすかさず、全員、城東線の鉄橋をわたってかけこんだ。ラバは集団の先頭にたってあちらこちらへ刃のようなするどさでとびながら作業を指揮した。のろいやつを殴り、まごつくやつを蹴り、罵《のの》ったり叫んだりした。新米の流れ者の助人が多かったので仕事の要領がわからず、発掘するのに予想外の時間がかかったということをのぞけば、すべてはラバの計算どおりに事がはこんだ。男たちはレールを掘りだすと荒野をよこぎって一本ずつ線路ぎわへはこびだし、線路づたいに部落へそれを持って帰った。ラバは線路のまんなかにたちはだかってみんなが四人一班となってぞろぞろ線路をわたってゆくのを大声叱咤《しった》で指図し、フクスケはシケ張りとなって最後衛の監視役をやらされた。

城東線は荒野のなかを運河の猫間川に並行して横断していた。運河は深い崖《がけ》になっている。線路のすぐよこが崖である。線路と崖ぎわのあいだには田んぼの畦《あぜ》くらいの小道が細々とついている。みんなは一列になってそこを通ろうとしたが、道はひとりしか通れず、レールは一本三トンもあって四人でかつがねばならぬ。一歩足を踏みすべらすと崖から顚落《てんらく》する。みんなは荒野からこの道にさしかかって立往生した。レールをかついで足踏みするうちに見る見る顔が蒼ざめはじめた。

「やい、ぼやぼやするな。そんな狭いとこ歩かんとこっちへあがってこい。線路のうえを堂々と歩け。遠慮するな」

ラバは線路に気がねしてうろうろしている男たちをむりやり追いあげて歩かせた。

男たちは一組、一組、ぞろぞろ、ひょろひょろとレールをかついで線路のうえへあがった。

するとそこへ、朝の出勤時のサラリーマンをたらふくつめこんだ超満員電車がやってきたのだ。電車は線路をよこぎるアパッチ族を発見してたちまち警笛を鳴らしたが、線路のうえへあがったアパッチ族たちはレールの重量におしひしがれて身動きがとれなかった。電車はしかたなく徐行してそこに止まり、アパッチ族全員が渡りきるまで待つことになった。七輛《りょう》連結の超満員電車の窓という窓がいっせいにおしあげられ、ところてんをおしだすように昂奮《こうふん》した顔がぬっとつきでて、事情を知るといっせいに口ぐちに叫びはじめた。いま、七つの古鉄の箱のなかには筋肉と骨と、汗と息と新聞紙の匂《にお》いがむっと充満しているにちがいなかった。人びとは罐詰《かんづめ》イワシのようにギュッとおしこめられ、無数の小さな、行方のない憎悪《ぞうお》をおたがいの目のまえにおしつけられた耳の穴や、うなじの毛などにむかっていらいら、むらむら燃やしているにちがいなかった。

窓の顔はめいめい叫んだ。

「早よう渡ってくれやァ」

「会社に遅れるやないか！」

「カチまわしたろか！」

そしてひとつの声がとうとう叫んだ。

「……ここは西部やないぞ、牛の真似《まね》なんかするなァ」

ラバはゆうゆうと線路のうえにたって仲間を一組ずつ線路のうえにひっぱりあげては渡らせ、電車の警笛にも運転手の罵声《ばせい》にも、蚊の鳴くような小さな声で
「すんまへん、すんまへん、ほんのちょっとのご辛抱で……」

といいつつ運搬を指揮していたのであるが、その車窓の声を耳にするやいなや、ちらとふりかえり、フクスケを見て
「どんなもんや」

と大きな声をあげた。

「いわしたったぞ。牛の真似するなといいよったぞ。江戸の仇《かたき》を長崎で討った。なんかってけっかる！」

よこをぞろぞろ歩いてゆく仲間にむかってはもっとゆっくり大事に大事をとって歩くようにと指図しながら、彼は相好をくずして、誰にともなく
「……ブン屋がおれへんとはくやしいやないか。しばしば白人の家畜を暴走させて汽車をとめた。記憶にのこる名場面が多い。ああ、ブン屋がなんで見に来《け》えへんねんや

ろか」

と肩で長嘆息をついてみせた。

電車の運転手が窓からのりだしてラバをののしったが、ラバは誰にも聞こえないような小声で口のなかであやまり、運転手にむかっては大げさな恐縮の恰好《かっこう》で頭をさげたり、手をあわせて拝んでみせたりしておきながら、いっぽう仲間にむかってはますますゆっくり歩くように命令し、列車のダイヤを完全な混乱におとしいれてしまった。いつまでたってもアパッチ族が線路を渡りきらないので、電車の窓という窓には大小さまざまな顔が公団アパートのおむつのようにおしあいへしあいつきだして叫びはじめ、ついにたまりかねた乗客のひとりは窓から線路へとびおりた。彼は一度かけだそうとして行手にたちはだかったラバの姿をちらと見ると、あわてて踵《きびす》をめぐらし反対の方向へ電話をかけにとんでいった。

おそらく乗客は一一〇番へ急報したのであろう。それは鉱山の守衛詰所で寝ていた警官へ連絡されたにちがいない。まもなくススキをかきわけて三人の警官がシャツをズボンのうえにひらひらさせつつ走ってくるのが見えた。そのときラバとフクスケはさいごの一組を通過させることにかかっていた。フクスケは乗客たちの騒ぐ声で警官の姿を発見し、ラバにつたえた。

「来やはりましたでえ」

「よし、逃げたれ」

ラバはいきなり踵をかえすと、部落とはあべこべの鉱山へむかってパッとかけだした。そのいきおいが余りにはげしかったのでフクスケは判断している余裕もなく、そのままラバのあとを追ってよろよろと走った。線路から小道へとびおり、鉱山へかけこむと、ちょうどむこうから走ってきた三人の警官と正面からバッタリ、顔をあわせてしまった。フクスケは背後で七輛の電車が拍手でいっせいにどよめいたように思った。警官はすっかり悦に入ってピョンピョン跳ね、両手をひろげてとびかかってきた。

（ああ、もう、これは……）

彼はラバの真似をして体をかがめると警官の腕のしたを間一髪でかいくぐり、ススキの茂みのなかへとびこんだ。

「くっつくな、くっつくな、べつべつになれ！」

「そんな、あんた、薄情な」

「なにを、人情もへチマもあるか」

二人は哀願したり、せせら笑ったりしながら息をはずませてススキのなかを四つん這《ば》いでおしあいへしあいすすんでいった。うしろの茂みのなかでは三人の警官の足音

と声が
「そっちや」

「こっちや」

「まるで兎《うさぎ》狩りや」

などといいかわしつつ追ってくるのが聞こえた。

ススキの茂みのなかには工業用水の井戸や、爆風の山や池、もとの工場の熔鉱炉《ようこうろ》跡などがあったが、すっかり土と草に蔽《おお》われて、顔をちかづけてみるまでなにがなんだか見当がつかなかった。二人はこけつまろびつ這いすすんでゆくうちに煉瓦《れんが》で築かれた穴を発見し、夢中になってそのなかへ這いこんだ。穴のなかはまっ暗で湿った土の匂いがしたが、どうやら手をついて這うだけの高さがあったので、二人はそのまま奥へどんどん這っていった。

あとでわかったことだが、これは兵器工場の煙道であった。穴のなかは床も壁も煉瓦でつくられ、出口は巨大な煙突が爆撃のときに倒壊したのですっかりふさがっていた。二人はすすめるだけすすんだところでたちどまり、苦心していま来た入口のほうへ体の向きを変えた。

入口はぼんやりと青白い光の霧になっていたが、二人の姿はとうてい外からは見えなかった。警官の足音と声がしきりに二人をさがしてあたりを歩きまわっているような気配であったが、土と煉瓦の厚い層にさえぎられてなにも聞きとれなかった。

二人はまっ暗ななかに腹這いながら小声でボソボソとささやきあった。

「……フクよ、わいがなんでみんなとあべこべに走ったか、わからんやろ」

「飛んで火に入る夏の虫でしたな」

「アホいえ。みんなを助けてやったんじゃ。わいらがオトリになってるあいだにブツは部落へぶじに入ったやろ」

「……」

「わいは温かあい目の持主や」

「いまさき人情もヘチマもあるか、いいはったんやなかったかいな」

「急場のせりふや。本気にしてるのか？」

「いや、もう、なにいわれても、慣れてま」

「よし、晩に一杯飲まして女抱かしたるぞ」

「……女より風呂《ふろ》のほうがうれしおま」

ラバはひくい声で笑った。

二人はそれからしばらくのあいだ満員電車を立往生させたことや、みごとに逃げきったことや、晩に天王寺公園へ買いにゆくはずの女のことなどを話しあった。ことにラバは自分のたてた綿密な計画によって恣意《しい》をすみからすみまで満足させた直後であったので、その余力を駆って女の話にはきわめて活性の即物描写をおこなった。彼の話は鉄骨のうえで日乾《ひぼ》しにされたときのゴンとはちがって、放埒《ほうらつ》な形容詞や擬音詞で満艦飾であったし、はずんでくると手をのばして腹をこづいたり腋《わき》をくすぐったりするものだから、まっ暗な、湿っぽい穴のなかでフクスケはどうして寝返りをうったものかと苦しんだ。が、気まぐれな警官たちの思いつきが、まもなくラバを沈黙の狂騒のなかへ蹴落《けおと》してしまった。

警官たちは二人を見失ってススキのなかをあちらこちらさがしまわっているあいだに穴を発見したのだ。あたりをつぶさに調べてみた結果、穴のまわりのススキがいっせいにおしひしがれ、ふちの煉瓦の厚い苔《こけ》が削りおとされていた。苔の傷は新しくて、煉瓦の赤い地肌がのぞいていた。それがアパッチ族の這いこんだ結果できたものかどうかはわからない。穴のなかはまっ暗で、ひっそりし、人声などは聞こえなかった。そこで相談してみた結果、念のためにいぶしてみようということになった。警官たちは枯草を集めて穴のまえにつみあげ、火をつけた。彼らは新聞紙をうちわがわりにして交替であおぎ、したたかに追いこんだ煙がゆきづまりに出会って穴から逆流するのを何度もたしかめてから、なにもでてこないことを見とどけて、たち去った。

警官が去ったあと、草むらは静かだった。夏の朝の日光がスススキの茎に射《さ》して水のように踊り、トンボは草にとまってしなやかにそれをたゆませてから軽くはずみをつけて飛びたった。遠くを電車が走り、草の息は葉のなかにとどまり、穴のまえの枯草は香ばしくいぶっていた。

あたりはひきしまって若く、ひっそりと透明であった。そのまんなかへ穴は衰え果てて悪臭にまみれた二人の体を吐きだした。

フクスケは穴から手、頭、肩とそろそろだし、あたりを用心深くうかがってから腹這いで這いだしたが、全身を穴からぬかないうちにそこへ顔を伏せてしまった。彼はうつ伏せにたおれたまま肩で、二、三度息をつき、穴のなかへ声をかけた。

「……よろし。でてきなはれ」

彼はつぶやいたきり目を閉じて顔を土に埋めた。声をかけてしばらくしてから精根もつき果てたラバがでてきた。彼は穴のなかからじりじり這いだしてくると、半身のりだしたきりたおれているフクスケの体をよけるゆとりもなく、そのままおりかさなってたおれた。フクスケがゆっくり肘《ひじ》を起して、ぐいとゆすると、ラバの体はたわいもない材木のようにドタリと、彼の背から落ちてころがった。ころがったはずみに彼の体からは煙と熱のしぼりだしたおびただしい分泌液《ぶんぴつえき》の悪臭が発散し、あたりはたちまちだらしなくにごってしまった。いままでするどく透明であった空気は汗とあぶらと、腋臭《わきが》、体臭など、穴の奥で苦闘の際に全身からにじみだしたにちがいない二人の体液ですっかり混濁し、朝はとつぜん薄汚なく老《ふ》けてしまった。

二人は涙と洟水《はなみず》にまみれた顔を土に落したきり、しばらくのあいだ死んだようにそこにころがっていた。ラバのたくましい筋肉はあらゆる襞《ひだ》がのびきって土によこたわり、煙が細胞のすみずみまでしみこんだように思われた。彼はゆっくり手をあげてまぶたをこすり、涙でよごれた、まっ赤な目をひらいたり、細めたりしてから

「……朝帰りや。お陽様《ひさん》が黄いろう見えよる。豪勢なこっちゃないか」

やっとそれだけつぶやいて、大きな吐息をつき、あとはなにもいわなかった。

第五章　銀　が……

いざ出陣ぞ、皆の衆！
聞けよ、車の音ひびく
攻撃の時近づきぬ、
武器をとれ、男子《おのこ》らよ
――ジョン・ゲイ「乞食《こじき》のオペラ」
第二幕第一場、泥棒の合唱――

一

ゴンとラバは嗜欲《しよく》のさす方向のままに走ってフクスケをしたたかなめに会わせたが、めっかちのやったこともけっしてそれらに劣るものではなかった。かねてから彼はフクスケからゴンとラバの陋劣《ろうれつ》で必死な敢闘ぶりを聞かされても動ずる気配を見せず

「……そんなこと、まだまだ甘いわい」

とせせら笑っていた。

彼の説によればゴンとラバの両名の行動は偶然に左右されているものであるから高く評価することはできないというのであった。フクスケの見解は別である。彼はラバがはげしい侮蔑《ぶべつ》の感情を動力としてうごきながらけっしてそれを衝動のまま浪費することなく、綿密な計画をたてたあげくに遂情《すいじょう》したその抑制力と手ぎわにたいへん感心していたので、煙道のなかでいぶされたのは語るにおちた失敗とはいえ、もともと仲間のためにオトリとなってやるためにしたことなのであるから、そのために流した涙と洟水《はなみず》のだらしない塩味はぐっと割引してやらねばならぬと思っていた。が、めっかちの価値基準は、はなはだ密度が高くて、彼ら両名を容赦しようとしなかった。

「……ゴンは鉄骨のうえにいとった。地上十五メートルや。誰もあがってこられへん。そやから助かった。ラバは煙道にもぐりこみよった。あてがあってもぐったのやない。たまたま穴がそこにあったからというだけのこっちゃ。みんな、たまたまや。たまたま助かっただけのこっちゃないか。穴も鉄骨もたまたまもなかったらどないする。どないもでけへんやないか」

ラバはこれを聞いて膝《ひざ》をたたき

「なんかってけっかる！」

と大きな声をあげて鼻白んだ。めっかちはそれ以上なにもいわず、だまって薄笑いをうかべていた。

何日かたってめっかちはこれを裏書きした。彼はそのために大量の泥水を飲み、ずぶぬれで、そのうえ全身に打撲傷をうけねばならなかったが、自分の足と腕のほかにはなにひとつとして防禦物《ぼうぎょぶつ》と〝たまたま〟の援助なしにそれをやってのけたのである。彼はフクスケといっしょに鉱山でブツをあたっているさいちゅうに警官隊に包囲された。合図の叫声で草むらからとびだしたときはすでにおそかった。警官隊は東西南北から円陣を張って迫ってきた。彼らひとりひとりの間隔はたっぷりあいていて円陣は隙《すき》だらけに見えたが、アパッチ族にはそこをすりぬけることができなかった。彼らは来襲の知らせを聞くとそれまでてんでばらばらに散らばっていたのがいっせいに走りだしてかたまった。先頭、ザコ、シケ張り、アタリ屋、女、子供たち、これらの連中が足と肺と心臓の強さの順で長い列をつくり、おたがい前を走る者の背だけを目標にして右へ左へ走りまわった。蹴《け》るやつ、突くやつ、ころぶやつ。彼らは口ぐちに叫びながら、おしあい、へしあい、わけもわからず方角も知らずに、ピッタリ一団となって走った。それはイワシの群れの回遊現象そのままの光景であった。この光景を見るたびにフクスケは、つくづく、人間は逃げるときだけしか団結しないものであると思うのである。しかも、みんなは隙だらけの網にかこまれ、しばしばその隙のすぐそばを走りながらそこからぬけだそうとはせず、ただ仲間のあとについてわいわいがやがやと網に沿って右回りに走ってみたり、左回りに走ってみたりしながらじりじりと輪をちぢめられていくのだった。めっかちは仲間の群れがちかくへやってくるまでじっと草むらのなかで待ち、警官隊の様子をこまかく観察しておいてから、とつぜんススキのなかからとびだした。彼は仲間の先頭にたつと右回りから左回りへ移ろうとしていたのをそのままひきずって、一直線に走った。彼はあらかじめ見当をつけておいたらしいひとりの若い警官をめがけてとびかかり、その男ひとりだけに全力を集中した。あとにつづいた仲間がひきずられてこの網の破れめにおしかけたとき、めっかちはすでに網のそとへとびだしていた。彼は警官の腰にしがみつくとしゃにむに相手を押していった。警官はよろよろしながら棍棒《こんぼう》で彼の背や肩を殴ったが、めっかちはいっさいさからわず、殴られればなしに殴られながら草むらのなかをこけつまろびつして押しまくった。仲間が背後で警官にとりかこまれてけたたましい悲鳴をあげても彼は一度もふりむかなかった。フクスケが助けようとして彼の肩ごしに警官の腕をとらえようとすると、彼はものもいわずに肘《ひじ》でフクスケを突いた。めっかちの肘はおそろしく固くて、フクスケはまるで材木にぶつかったのではあるまいかと思うような衝撃を感じた。肋骨《ろっこつ》のたわむきしみが耳の底にひびき、彼はめまいをおこしてたおれた。めっかちはふりかえろうともしなかった。彼はそのまま警官にしがみついて狂ったように草むらをよこぎると坂をいっしょにころげおち、抱きあって運河へとびこんだ。坂からおちて河岸《かし》にたったとき、若い警官は化学廃液を満々とたたえた平野川の水を見て狼《ろう》狽《ばい》し
「わかったがな、わかったがな、もうええかげんに離しいな！」
と叫んで、めっかちから逃げだそうとしたが、めっかちは猿臂《えんぴ》をのばして相手をつかまえ、腋《わき》へかかえこむようにして川のなかへとびこんだのである。とびこむ瞬間は二人ともひしと目と口を閉じていた。水のなかでめっかちははじめて警官の体をはなし、ひとりで川を泳ぎわたった。彼は部落側の岸に這《は》いあがると、一度犬のように身ぶるいして水をきってから、なにごともなかったような恰好《かっこう》でさっさとどこかへ消えていった。
　この日の手入れで助かったのはめっかちとフクスケのほか二、三人だけで、あとは一斉検挙で警察へ送られてしまった。逃げることのできた連中はみんなめっかちのつくった穴に便乗したからで、彼らはめっかちの果敢さを大いに多として、その日の夕方、掘立小屋で寝ている彼のところへスルメと焼酎《しょうちゅう》をもっていった。めっかちはだまってそれをうけとると、番茶でも飲むようにして焼酎をペロリとたいらげた。飲んで

しまうと彼はつまらなそうな顔をして肩を二、三度ポリポリと掻《か》いてから、壁ぎわにたおれ、膝を抱いて眠りこんだ。ぬれたシャツやズボンをみんな小屋の屋根にひろげて乾かしていたので彼は全裸のまま寝ていたが、その体は肩といわず背といわず、棍棒が走ったとおりの青や赤のあざでいちめんに蔽《おお》われていた。フクスケはめっかちのあとにつづいて平野川を泳ぎわたったが、そのとき川水をしたたかに飲んだので、夜になるとはげしい下痢におそわれ、二、三日は床についたまま起きあがることができなかった。が、めっかちは不銹鋼《ふしゅうこう》の内臓でももっているらしく、その日もその翌日も、平然として大量の臓物を食って活動をおこなった。

しかし、このようにしてアパッチ族たちが満員電車を立往生させたり、警官と抱合い心中をしたりして放埒《ほうらつ》にはねまわるのを警察側はけっして黙過していたわけではない。むしろ、アパッチ族たちの行動は必死のあがきのあらわれと呼んだほうが正しかった。毎日、警察の摘発ははげしくきびしくなるばかりであった。不景気に追いまくられた失業者や浮浪者や前科者たちがどんどん流れこんで部落の人口が増すにつれて、いままでの分業体制は崩れだし、日を追って混乱が部落を支配するようになった。新来者たちは部落にやってくると、鉱山になんの縄張りも規制もないことを知って、ろくすっぽ知識ももたずに単独で発掘にでかけた。彼らはどこの組にも属さず、なんの

〝授業〟もうけないで行動するため、さまざまな小事件が発生した。ある男は合図のネズミ鳴きをしなかったために暗がりでアパッチ族に殴られて半殺しになり、ある男は白シャツを着て鉱山にもぐりこんだために私服刑事とまちがえられて、これまた半殺し同様に殴られた。部落の人員の移動ははげしく、出たり入ったりはしばしばのことなので誰もが部落民全員の顔を知っているわけではなかった。殴られた男ははじめのうちなにが原因なのかわからなくてとまどっていたが、そのうちに白シャツが夜仕事の部落の装束に反していることを知ったので、彼はパッとシャツをぬぎすて、裸になってあたりを走りまわりつつ

「……ちがいま、ちがいま。わては泥棒です。ぜったいわては泥棒で、おま。刑事やおまへん。ぜったいわては新米の泥棒で、おまんのや」

と泣くように叫んだが、みんなは納得しなかった。彼らは裸の男を暗がりのなかで追いまわし、その男が部落にやってきたばかりの、首を切られたパチンコ屋のサンドイッチマンであることが判明するまでかわりがわり休息をとりつついたぶった。

新来者たちはどこかの組に所属する者もあり、所属しない者もあり、人数が急増するにつれてだんだんどこのグループにも入らない一人狼《おおかみ》の者のほうが多くなったので、組に入っている連中は彼らに反感を抱いた。彼らはブツをあたっているまわりを

うろついてちょっと油断をすれば鳶《とんび》のようにブツをかすめとるくせに、警官におそわれたときはいっしょについて走ってはなはだ足手まといとなるのみならず、うるさいので警官に売りつけてオトリに使ってやろうとしてあらかじめシケ張りから警官出動の情報を得てあるときに出撃をそそのかすと、いつのまに聞きこんだのか、そんなときにかぎってちゃっかり部落にこもってでようとしない。そうしてこちらが安全をたしかめてから誰にもわからぬようにとこっそり出動すると、そのあとからニヤリ、ニヤリ薄笑いしながらついてきたりするのだ。彼らはシケ張りをただで雇っているようなものである。こちらはブツを換金するとシケ張りにも割前金をだしてやらなくてはならないから各人の配当金が減るが、彼らにはなんの負担もかからないのだ。おまけに運悪く警官におそわれると、彼らは地理がわからないものだから必死で部落へ逃げこむ。するとそのあとから追手がドッと侵入し、部落は蜂《はち》の巣をつついたようなめくら滅法の大騒ぎとなるのだ。まったく厄介きわまる連中であった。

キムがはじめフクスケに説いて聞かせたアリバイ理論も、いまや、破綻《はたん》に瀕《ひん》していた。キムの確信のもっとも大きな根拠は指紋の検出の不可能にあった。指紋は平面に附着した場合には検出できるが、凸面では散逸して検出できない。泥まみれ、土まみれの巨大な赤錆《あかさび》のかたまりであるスクラップから指紋はでてこないのだ。だから、アパッチ族たちは検挙されてもつねに微罪で釈放される。せいぜいが体刑らしい体刑といって四十八時間拘留、九百円の科料で、起訴猶予《ゆうよ》となってしまうのだ。ところが、警官はこの証拠不十分の不利を現行犯逮捕の強化でカヴァーしはじめた。刑事は失業対策の人夫に化けて鉱山をうろつくほかに、失業者たちの哀れな潮にのって部落へ入りこんだ。この、私服刑事がアパッチ族に化けたらしいという情報は部落民全員に頭をかかえこませてしまった。彼らは新来者を猜疑《さいぎ》の目で眺めるばかりか、いままでずっといっしょにやってきた仲間をも疑いだし、仕事の失敗や事故にたいしてははなはだ神経質になった。誰が刑事で誰が刑事でないかは誰にも判断がつかず、仲間のなかに警察に買収されたスパイがいるのではないかという疑いと恐怖が彼らに身上話を禁じた。めっかち、ラバ、オカマ、自転車、金庫、笑い屋といったキム組の優秀戦士たちはすべて前科者であったので、彼らはやがて酒を飲んでもよくよく安全と見当のついた世間話か猥談《わいだん》のほかにはなにひとつとしてしゃべらないように厳戒をはじめた。が、それでも部落の行動はどこからともなく事前にそとへもらされていることがわかった。どれほど優秀なシケ張りを警察署のまえに出張させておいてもしばしば裏をかかれて手入れを食うばかりでなく、いままでは鉱山のなかだけでやっていた追いつ追われつが部落にまでもちこまれたのだ。警官たちはアパッチ族をいままでにない執《しつ》拗《よう》さと綿密さで追って、穴にかくれ、草にもぐり、川をわたってもどこまでも飽くことなく食いさがってきた。アパッチ族たちは状況の変化に気がつくと、逃走の方針を変えた。彼らは出動前に申しあわせて何枚かの百円札をズボンのポケットにしのばせ、手入れを食うと、いままで部落のほうに逃げていたのを反対の方角の、大阪城のほうへ逃げ、その城壁をかけあがってすぐうえの警察学校のグランドにでてからタクシーをひろって部落へ帰ることにきめた。それもすぐには部落へ帰らず、あちらこちら道草を食ってたっぷり時間をおいてからもどるようにという注意がついた。警官は機動部隊の集団行動だけでなく、しばしばぬきうちに部落へパトロールすることもやりはじめた。そのパトロールが、なんの目的もなしに訪れるのではなく、親分の家の物置小屋や裏庭にブツが積まれてあるときを狙《ねら》ってやってくるのである。彼らがどうしてそこにブツのあることを知るのかは誰にもわからなかったが、彼らは無関心のぶらぶら歩きをよそおいながらも、いつもきわめて正確にめざす家に入っていってブツを押《おう》収《しゅう》した。ただブツがそこにあるということを知っているだけではない。あるときキムは押収を食いそうになったので

「旦《だん》さん、無茶いうたらあきまへん。わいはあれを盗んだのやない。あれは杉山鉱山からもってきたもんやおまへんのや。よろしか、あれは道におちてたのを拾てきただ

けや、第一、旦さん、あんたはあれがどんなもんや知ったはりまんのか？」
彼は自信たっぷりにせせら笑ったのであるが、警官はさらに自信たっぷりにせせら笑い、門口にたって裏庭のブツを一瞥《いちべつ》もしないのにその形状と金属の名前をピタリといいあててしまった。キムは色を失って口をあけたが、まもなく回復し
「……しかしやな、しかしやで、よろしいか、旦さん、あれが杉山鉱山のものやといやはんねんやったら、ちゃんと台帳にのってんといかんが、その点はどうでおますかいな。これはコレコレコウで国家のものやとハッキリわかるようやったら、そらァ、いくらまちごうてどこの阿呆《あほう》が拾てきたにしても、これはりっぱな泥棒ちゅうことになりよるよってに、わいも横車押せんわ」
彼は再度の抵抗を試みたのであったが、警官はそれを聞くとなにもいわずにさっさと去ってしまった。キムは喜色満面で相好をくずしたが、念のためにフクスケに警官のあとをつけさせたところ、警官は部落のそとの駄菓子屋から電話をかけた。その呼びだした相手が財務局で、話の内容が、財産目録のコピーをもってやってくるようにというようなおもむきであったことをフクスケが立聞きさせた駄菓子屋のおかみさんの言葉のまま家へ帰ってつたえると、キムは蒼《あお》くなってとびあがった。彼は配下全員を呼び集めると裏庭に積んであったレールを家からずっとはなれた道路へ一本のこら

ず投げだしておくようにと命令してから、自分はそそくさと裏口からどこかへ消えてしまい、夜おそくまで帰ってこなかった。警官は財務局員を呼びよせてレールと書類を照合させたあと、鉱山の守衛に大八車でどこかへ運ばせてしまった。夜ふけにキムは泥酔《でいすい》してどこからともなく帰ってきて、裏口からぬき足さし足で家のなかへ入ってきた。フクスケが介抱しようとして抱きあげると、キムは禿《は》げ頭をゆらゆらさせつつ

「……ライオンの腹のなかに回虫がいよるぞ。こら、フクよ、飼主の足をうしろから嚙《か》む犬がいるぞォ」

といった。

私服の潜行とスパイとパトロールのほかに警察は鉱山の守衛詰所へ警官を常駐させて監視にあたらせた。このためにはなはだ仕事がやりにくくなった。いままで鉱山の監視は守衛だけにまかされていたので、部落の親分たちは彼らを買収し、守衛もまたアパッチ族と共謀してブツの所在を教えてくれたり、監視をゆるめたりしてくれたのだが、それがまったく今度は不可能になってしまった。警官たちは弁天橋の橋のたもと、ちょうど鉱山の正面入口に陣取って、昼となく夜となくあたりをうろつきはじめたのだ。キムやほかの親分たちはこっそり警官にちかづいて、小当りに当ってみたが、まったくなびくそぶりは見えなかった。そればかりか、彼らはアパッチ族たちがツル

ハシやスコップをもってあたりを歩いているのを見ると、ただそれだけの理由で不法侵入をかどに追い散らしはじめたのだ。キムは道具を捨てて逃げ帰ってくる部下から道具代の金をすかさずまきあげながらもにがにがしげにうめいた。

「……ああ、せちがらいこっちゃ。なんやしらん、もう、つめたい時代やなァ」

さらに事態の憂鬱《ゆううつ》さは強化された。

警察の活動に刺戟《しげき》された財務局がとうとう腰をあげて鉱山の封鎖に着手しはじめたのである。このときまでにアパッチ族たちは部落から鉱山へ侵入するのに弁天橋を封じられて痛手を食っていたうえ、さらにラバが満員電車をとめてからは城東線にも鉄道公安官の詰所ができて、まったく通ることができなくなっていた。のこされた方法はたったひとつである。伝馬《てんま》で平野川をわたるよりないのだ。アパッチたちはもっぱら渡河工作に専念しはじめた。この弱味につけこんで渡し屋のトウジョウはすかさず伝馬の乗船料を値上げしたが、ほかに方法がない以上、要求をのむよりいたしかたなかった。アパッチ族たちはいやいや金を払って伝馬にのりこむと平野川をわたり、さらに猫間川と平野川の合流点から猫間川へ入って鉱山にもぐりこんでいった。ところがこれに気がついた財務局は、この猫間川と平野川の合流点へ十本の乱杭《らんぐい》をうちこんでしまったのだ。アパッチ族たちはのどもとをしめつけられてすっかり蒼くなってしまった。緊急の目標はこの乱杭をぬきとってもとどおりに舟が通れるようにすることであった。部落の親分たちはホルモン屋の屋台に集まって相談した結果、もぐり屋のタマに働いてもらおうということに衆議一決した。彼らはタマに支払う金の半分をおたがい分割して等分にだしあい、あとの半分は部落民全員で均等にもとうということに相談をきめた。これは部落の死活に関する問題である。フクスケはまわってきたボール紙の破れ箱のなかへ百円札を一枚ほりこんだ。タマは親分たちの来訪をうけると昼寝の体を起し、話を聞いてしばらく考えてから

「……また川太郎《がたろ》か、よかと」

といった。

タマは共同募金の金をうけとるとどこかへでかけて、おなじ仲間の沖縄人らしい、睫毛《まつげ》の長い、筋骨たくましい、美貌《びぼう》の暴れん坊を何人か狩り集めてきた。彼らは毎夜人が寝静まってからロープと滑車とスコップをもって川にでかけた。彼らは河岸《かし》の草むらに焼酎《しょうちゅう》の一升瓶と茶碗《ちゃわん》を何箇《こ》かならべておいて川にもぐった。入れかわり、たちかわり、乱杭の根もとをスコップで掘ってはロープを巻きつけて岸から右へ左へ引張ってゆさぶったのである。水からあがると彼らはかならず焼酎を飲んでうがいし、イカの墨のような川水を口から吐いた。あまり毎日もぐるため、しまいにタマたちの膚《はだ》

には泥が浸《し》みこんで、毛穴のひとつひとつがまっ黒になってしまった。彼らはまっ暗な深夜の泥水のなかでビーバーのように勤勉に働き、ある夜、とうとう十本の乱杭を一本のこらずひっこぬいてしまった。アパッチ族たちは意気揚々と杭をかついで川からひきあげてくるすっ裸のタマたちをくすくす笑いと焼酎で迎えた。大宴会のあと、杭を材木屋にもっていくと、それはいずれも松の新材だったので十本が十本ともいい値で売れたので、タマたちはもう一度、ワルプルギスの夜をもつことができた。

しかし、財務局はこれでひっこんでしまわなかった。乱杭がぬかれたとわかると、それから三日もたたないうちに平野川の岸一帯に労働者と角材と有刺鉄線の山があらわれたのである。労働者たちはいいかげんなニコヨンではなかった。彼らは平野川の岸へ一メートルか二メートルおきぐらいに正確な、深い穴を掘り、ま新しい、頑丈な角材をそのなかへうちこむと、有刺鉄線を張った。鉄線は角材の杭の上から下まで這《は》いこむ隙《すき》なくビッシリ張りつめられたので、岸にはえんえんと、刺《とげ》だらけの鉄の壁がそびえるという結果になった。おまけにこの鉄の壁はがっしりした支柱と腕柱によって川面《かわも》へつきだすようにして建てられたので、ネズミ一匹も這いあがれないかと思われた。労働者たちは日光に白い歯を光らせながら休むひまなくはたらき、監督員はジープでやってくると、すみからすみまでをつぶさに点検して歩いた。アパッチ族たちは土堤にならんで、毎日じりじりとのびてゆく鉄の壁を眺めて深い吐息をついた。キムはタマをつれて土堤にたつと、対岸の工事を観察させたが、はじめのうちは得意のロープやスコップや金属鋏《ばさみ》をかぞえあげていたタマも、やがてそれらの道具をひとつずつ消去してゆき、しまいには眉《まゆ》をしかめたきりなにもいわなくなってしまった。労働者たちは平野川の対岸のうち猫間川との交叉点《こうさてん》から右一帯を完全に封鎖してひきあげた。この地域は広大で、いつかゴンとフクスケが攻撃を試みた十数棟の厖大《ぼうだい》な兵器工場の鉄骨の密林をそのなかに含んでいた。キムはそのあたり一帯を手のつけようがないので、酸《す》っぱい、と表現していたが、たとえ略奪はできないにもせよいまのいままで風と土にゆだねられて野放しになっていたのが、こういう刺だらけの壁で所有権を力説されてみると、心理的圧迫感はとつぜん密度を高めて迫ってきた。脳の表皮に描かれていた三十五万坪の無機質で栄養に富んだ空白部がとつぜん半分に減ってしまったのだ。部落の男たちは皮質に新しくきざみこまれたにがにがしい溝を口ぐちにののったあげく、誰いうともなくそれを

「……まさにアパッチ砦《とりで》やないか、くそ」

と呼ぶようになった。

二

部落の人口がどんどん殖えてゆくと、下宿屋がいっぱいになったので、ラバやオカマたちは新来者に下宿をゆずって親分のキムの家へ移ってきた。キムは彼らを歓迎し、下宿屋とおなじ料金をとって部屋を提供した。それまでフクスケは二階でひとりで寝ていたのだが、彼らが移ってくると、階下の部屋にかわらせられた。これはキムにいわせると

「重石《おもし》になっとくなはれ」

ということであった。家は掘立小屋に毛の生えたようなトントン葺《ぶ》きで、二階建てではあったがすっかり傾いていた。その傾斜は肉眼でもハッキリ見えたし、部屋のなかに寝ころんでいる人間の皮膚にもありありとわかるような性質のものであった。家を支えるために何本かの丸太ン棒がそとからたてかけられてあったが、はじめは気休めにたてかけたにちがいない棒もいまでは家の全重量を支えてたわむばかりになっていた。棒の両端は壁と土にしっかり食いこんで、蹴《け》っても押しても微動さえしなかった。むりやりその一本をはずせば家はたちまち崩壊してしまいそうであった。そこでキムは二階だけに住人の重量が集まれば危険だと思ってフクスケの体重を錘《おもり》に利用す

ることを考えたのであった。二階のラバやオカマが大きな、重い踵《かかと》で容赦なく歩きまわると家全体がびりびりふるえ、フクスケはいまにある日の気ままな瞬間に昼寝しているやわらかい腹部へ天井の角材や支柱がおちてめりこんでくるにちがいないという、あきらめのまじった恐怖を抱くようになった。そこで彼は、寝るときにはつとめて簞《たん》笥《す》のかげとか壁ぎわでうつぶせの姿勢をとるようにしたが、恐怖はすこしも消えようとしなかった。ラバとオカマは前科者なので夜でなければ部落のそとへでることを好まず、家にこもったきりで、仕事がないと昼間から焼酎を飲み、平行四辺形に歪《ゆが》んだ窓から空を仰いでは

「おう、世間のやつらはウロチョロ働いとるぞ」

などとうそぶいては、あてもなく部屋のなかをどすどすと歩きまわるのであった。

毎日、夕方になると仲間はみんな集まってきて、焼肉を食いながら仕事の相談をしたが、ちかごろは仕事そのものよりも警官をどうしてだしぬくとか、誰か警察に情報を売っているらしいぞとか、天王寺公園の女の値があがったので弱るとかいうような話のほうが多くなっていた。キムは壁ぎわに陣取ってみんなの話を聞き、ときどき女房が一座の仲間になった。彼女はどぶろくをつくる名手で、話の仲間に入るときには丼鉢《どんぶりばち》一杯のどぶろくをまずはじめに自分が半分ほど飲んでから亭主のキムにあとの

半分をまわした。キムは女房が飲んでいるあいだおとなしく膝《ひざ》に手をおいて待ち、そ知らぬ顔をしていて、女房が飲み終るとそそくさと丼鉢にとびついた。多くの貧しい朝鮮人夫婦がそうであるように彼らもまた嬶《かか》ア天下であった。キムはすべてのことにおいていつも女房に一目おいて、たとえばラバやオカマが彼がいつも寝室で女上位の姿勢をやむなくされているのではないかというようなことを指摘して嘲笑《ちょうしょう》しても、けっして否定しようとしないし、感情を害しようともしなかった。貧しい朝鮮人たちは女房も亭主もおなじように働かねばやっていけない。女の労働量は質においても量においても男のそれに完全に匹敵するのである。そのうえ彼女たちは子供を生み、台所ではたらき、密造酒をつくり、寝室で壁もふるえるような叫びをあげ、じつに三面六臂《さんめんろっぴ》の大活躍をするのである。キムの夫婦のみならず、部落の朝鮮人家庭を知れば知るほどフクスケは彼らあるいは彼女らの勤勉さに舌を巻くのがつねであった。フクスケがキムから聞いたところによれば、なんでも彼らの出身地の済州島《さいしゅうとう》はそこの石ころを一箇ずつならべると優に地球を何周かしてなお余りあると学者がいうほど、世界一の不毛地なのだそうで、そこの貧乏で鍛えられると、たとえばこのアパッチ部落のごときは極楽の蓮《はす》にのっかっているようなものだという見解であった。部落には済州島出身者が多い。石ころのあいだから這いだしてきた連中が鉄を食い、土地を掘るのである。彼らの貪欲《どんよく》と勤勉さはおどろくべきものである。彼らの手と肩でやれないことはブルドーザーでももってこないかぎり、ぜったい不可能なのである。しかもその労働にはしばしば女が加わり、男もたじろぐような膂力《りょりょく》をふるう。キムが女房に酒をゆずり、いくらか自分の趣味もあって女房に組み敷かれたとしても、それはまことに当然のことといわねばなるまい。三日にあげず起る隣室の雲か雨かというキムの女房の陽気な騒ぎを聞くたびにフクスケは簞笥のかげで目をパチパチさせながら、生産関係と性の間柄について思いを新たにするのである。

キムが好んでもたれたがる茶の間の破れ壁にはビール会社の古ぼけた美人ポスターとカレンダーがかかっている。ほかには雨のしみがあるほか、装飾物はなにもない。ところどころ穴があいて竹の骨組みがのぞかれる、まったくむきだしの粗壁である。ここにカレンダーがかかっている。カレンダーは大福帳のような日めくり式のもので、二、三年前のものである。それは日めくり式になっているばかりか、日々の楽しみをもあたえてくれるものである。日附のうえに大きく

「こころの暦」

という字があり、勘亭流《かんていりゅう》まがいの太い字で

「四月一日」

とあって
「合掌の手で働けば無尽《つきせぬたから》の宝を出《いだ》す」

という諺《ことわざ》が見える。

このカレンダーには毎日、古今東西の諺が入っていて、よくよくたいくつしたとき、みんなに話題を提供してくれるのである。たとえばラバは鉱山で手入れを食らって、殴られたり、道具を失ったり、目がつぶれるばかりにいぶされたりして帰ってきた日は大酒を飲み、みんなにさんざん毒づいたあと、壁からカレンダーをひっぱがし
「……おう、絶望する勿《なか》れ、而《しこう》して汝《なんじ》働けよ、カーライル」

大きな声で読みあげて、壁へ投げつけるのである。投げつけるときにはきっとせりふがつく。

「なんかってけっかる」

というのである。

「この日めくりは働かしてばっかりやないか、ひとをなんやと思《おも》てけっかる、顔洗わしたろか!」

たいていそんなことをいうのである。

が、キムは投げられたカレンダーをひろいあげると、そっと「四月一日」のところ

をひらいてもとどおりに壁へかける。四月一日をひらくのはそれがいちばん上にあるからだが、フクスケはキムがなんとなくその諺を壁にかけておきたいという気持をもっているらしいことを知っている。あるとき彼が便所にいこうとしてなにげなくそれをやぶろうとしたら、あわててキムが別の紙をだしてくれたことがあるのだ。ラバが投げつけたはずみにそれがちぎれそうになると、翌日、フクスケはちゃんとそれが厚紙で裏貼《うらば》りされてもとにもどっているのを見た。そこで、あるとき、なにげなく愛着の理由を聞いてみると

「とりあわせがよろしいやおまへんか」

というのがキムの答えであった。

「四月一日ちゅう馬鹿日《ばかび》とこの諺と、まるでウラハラで、そのウラとハラが、ピッタリしとりまっしゃないか。ああ、ええ言葉や。よういうてくれはった」

キムは相好をくずしてせせら笑った。

夜な夜なアパッチ族たちはこの壁のしたで対策を練っては出動していたのだが、事態は八方行きづまりで打開策がどこにも見つからなかった。獲物がないので彼らはやむなく親分のキムに借金したり、下宿代を延期してもらったりしていたが、その金額は日に日にかさんで二進《にっち》も三進《さっち》もとれなくなっていた。彼らのあるものは強盗の前科

をもち、あるものは自転車泥棒であり、金庫破りであり、指名手配で逃走中の殺人容疑者もなかにまじっていた。それらの記憶は彼らを廃墟《はいきょ》の発掘にかりたてて土と鉄にむかって力をふるわせる衝動のバネをつくった。彼らは部落のそとにでて町の視線と日光に自分をさらすことを避け、できるかぎり部落のなかにひきこもって暮らすことを考えたがっていた。それに、たとえ、部落のそとへでたところで、行き場所はどこにもないのである。毎日のように部落へ流れこんでくる失業者の群れを見ればわかることである。フクスケはキムの嘲笑を愛した。やはりあの格言の日附はあのとおりでなければならないのだ。

追いつめられたキム組一同は、ある夜垢《あか》じみた首を集めて相談した結果、火急の難を排除するために、やむを得ずある行為にでることを決意した。それは純然たる非合法の窃盗であった。彼らは鉱山のちかくにある工場の作業場の変圧器《トランス》を盗むことを思いたったのである。工場は新設の鋼板工場で、まだ完成していないためにさまざまな資材や機械が作業場に積まれてあった。変圧器は作業場の建築事務所のすぐそばの空地におかれてあり、夜は事務所の奥で人夫たちが寝泊りするために危険をきわめていた。変圧器は見たところ新品で二十貫か三十貫は軽くありそうだ。そんな重量物を物音ひとつたてないで、ラバの表現をかりると〝春さきのかげろうみたいに蒸発させ〟

なければならないのだ。人夫の寝ている鼻さきでそれをやるのだ。キムはみんなが計画をたてはじめたのを見ると狼狽《ろうばい》してぼんやりしたまなざしになり

「なんやしらん、変圧器のなかには銅板がこってり入ってるちゅうでえ……」

といったきり、自分は逃げだして屋台へ中華そばを食いにでかけた。

ラバは相談がきまると、部落の別の組にでかけて〝特車〟を借りてきた。これは大八車の車台に特別厚い板を張ってジープの車輪をつけ、どんな重量にも耐えられるよう設計したアパッチ部落独特のもので、車輪のゴムが厚いから物音はしなかった。この車は鉱山で手入れを食うとしばしば押収《おうしゅう》されたが、みんなでだしあって、金を一万五千円だすとふしぎに翌日にはどこからともなく中古のような新車があらわれる仕組みになっていたから、誰か大阪のどこかでアパッチ族のためにこんな車をつくって生計をたてている連中がいるにちがいないと思われるのである。ラバは物音がしないようにというので、車軸と車輪の連結点へ油をたっぷりそそぎ、サンドペーパーとボロ布で錆《さび》を落してピカピカにみがきあげた。変圧器は部落へもちこむと万一パトロールの警官がやってきたときに部落民全員が嫌疑をうけるから、部落のそとの空地で解体してから部品を物置小屋へ運びこもう、ということに相談をきめて、ラバとオカマとめっかちとフクスケの四人は特車に丈夫なロープを積んで出発した。ラバはあいかわ

らず綿密な男で、出発にさきだってフクスケに竹箒《たけぼうき》を一本もたせた。これは、もし現場の土がやわらかくて車輪のあとがついたら尾行されるから、車のあとについて消して歩けということなのであった。フクスケがその配慮の周到さにうめくと、ラバは、さらに

「ええか、車のあとについてうしろむきに箒で掃きつつついてくるねんぞ。消すのは車のあとだけやない。わいらの足跡も消してもらわんならん。あんまりきれいに掃いたらかえってめだつよってに、ごくごく自然にやるねんぞ。任務重大や」

といった。

フクスケはいわれたとおりに竹箒をかついでふるえつつみんなのあとについてゆき、心臓の破れそうな沈黙の積込作業が終ると、うしろむきになって一心に車輪と足跡を消しつつ部落へもどった。はじめのうち車は物音をたてないよう虫の這《は》うようなのろさで進んでいたが、そのうち現場を遠くはなれると、あっけにとられるような速さでどこかへとんでいってしまった。そのためフクスケは深夜の道路にひとり竹箒をもってとりのこされる結果となった。彼は、もし警官に見つかっていまごろなにをしているのだと聞かれたらどういう弁解をしたものかと思い悩みつつ、汗だくになって道を掃いた。

このときの労働はいままでのどの仕事よりも緊張と注意力を要し、終ったあとはみんなへとへとに疲れてしまったが、結果は芳《かん》ばしいものではなかった。変圧器は最新型のものであったので、キムのいったような銅板はあまり入っていなかったし、解体してスクラップにしてしまうとたいした金額にならなかった。みんなは金をわけあうとそれぞれキムに借金を返し、古電車のようにきしむ骨と筋肉をかかえてふとんにもぐりこんだ。作業場では騒ぎが起っているにちがいなかったが、翌日も、またその翌日も、警官は部落へやってこなかった。ところが、いつのまにかこのことが部落のなかに知れわたって、ひとつの事件が起った。というのは、なにも知らない何人かの新顔の連中がこの噂話《うわさばなし》に刺戟《しげき》され、変圧器の盗まれたすぐあとのおなじ作業場にもぐりこんで、アルミのインゴットを盗みだすということをやってのけたのだ。インゴットは原料資材である。熔《と》かして型に流しこめばそのまま製品になるという、きわめて純度の高いものだ。スクラップ屋へ捨値で売ってもたいへんな額になる。盗んだ男たちはまるで散歩から帰ってきたようなのんきな顔つきで道路のまんなかに重量計をもちだして人目はばからずインゴットの目方を計っていた。キムがたまたまその現場に行きあわして、日光にピカピカ輝くアルミ棒の山を見ると、すっかり蒼《あお》ざめてしまった。彼は部落のなかをとびまわって親分たちを呼び集めるとこの光景を見せた。部落はたちまち蟻《あり》の巣をあばいたような騒ぎにおちこんだ。もし作業場のほうでインゴットのなくなったことが発見されたら警官はその足で部落へやってきて徹底的捜査をやるだろうし、たとえ仕切り屋にこれを売って出所を口外しないという約束をさせたところで、インゴットは熔解《ようかい》して形でも変えてしまわないかぎりたちまち足がついてしまうにちがいない。そうなればふたたび徹底的捜査である。逃げる方法はたったひとつしかない。もとへ返すことである。もとへ返してもとの場所へもとどおりに積みあげるのだ。部落の親分たちは新米の泥棒たちが変圧器を口実に反抗しようとするよりさきに部落全員を動員した。アパッチ族たちは命令をうけて掘立小屋からぞろぞろ這いだすと東西南北に散った。彼らは部落から作業現場までの道にずっと五メートルか十メートルおきにたってピケを張り、夜になるのを待ってインゴットをむしろに包むと、それをつぎからつぎへリレーして盗まれた現場へもどした。もしこの作業をとちゅうで発見されれば部落は全滅するはずであった。作業がどうやらこうやら完了すると、アパッチ族たちはひとりのこらず肩で深呼吸をした。

キムは犯人たちがこの仕事のあとでまたしても変圧器を口実に不平をとなえようとするのを見て、その噂は完全なデマだと主張し、そんな噂だけで頭のわるい行動にでる彼らの軽薄さとまずさかげんを口をきわめて罵倒《ばとう》して相手をだまらせてしまった。

彼は家に帰ってくると、疲労のためすっかり不機嫌になり、しばらく壁にもたれたきり、ものもいわなかった。女房がどぶろくをもってくるのを見て、彼はようやく体をおこし

「……不甲斐《ふがい》ないこっちゃないか」

といった。

「わいらの誠意は誰にもみとめてもらわれへんのや。こんだけひとさまのために苦心してやってもわいらは泥棒やといわれる。術《じゅつ》ないなア」

キムはそういって嘆きながら、大量の密造酒をけちけちと何度も息をついたり、舌を鳴らしたりしながら飲みこんだ。そして、飲むまえはみがきニシンのようにか細くやせていたのが、飲んでしまうとまるで産卵期のタラのように腹をふくらませてたちあがるのであった。

このように不首尾な毎日がつづくにつれて部落のなかの圧力はどんどん低下をはじめ、焼酎《しょうちゅう》や密造酒によって皮膚の内側へ追いこまれたのはきわめて自然のなりゆきであったが、ある日、とつぜんそれは血管のなかをぐるぐるまわることをやめた。みんなは、それまで、傾いた部屋のなかを酔っぱらってさまよい歩いたり、屋台でふさぎこんだり、道の溝ぎわに顔を埋めて眠りこんだりしていたのだが、ひとつの噂が発生

すると、いっせいにコップが口からはなされた。その噂は、いままでのどれよりも活《かっ》潑《ぱつ》に部落のなかをとび歩き、孤独や嘆息がうそうそと戸別訪問している家々の戸の隙《すき》からガスのようにもぐりこんで酔漢の肩をたたいたり、目をさまさせたりした。フクスケもまたエビのように体をまげてもぐりこんでいる壁のかげから起きあがって噂が家のなかへ入ってくるのを迎えた。彼が接したとき、それはすでに人目をはばかりながらもはっきりした手足をそなえ、何度もためされたあげくの堅固な体をもっていた。みんな部落にひそんでいるにちがいない情報屋やスパイをおそれ、またtotal いめいたがいにだしぬかれることを警戒して、ひさしぶりのこの幸運の息子を、わざとせせら笑って相手にしなかったり、アラさがしをしたり、つきはなしたりして虐待《ぎゃくたい》したが、息子はつぎからつぎへと家から家へ、屋台から屋台へ、またコップや丼鉢《どんぶりばち》からつぎのコップや丼鉢へと歩いていき、生まれてから三日もたたないうちに、全部落民の信望と名声を得るにいたった。フクスケは七輪のまわりといわず、屋台のかげといわず、路地の奥でも電柱の暗がりでも、いたるところでひとびとがコソコソ話の粘土のかけらですばらしい彫像をつくっているのを見た。

とりわけ、話題の中心人物となったのは、あの片手片足の天才的アタリ屋であった。彼はススキのなかをスコップでなにげなくほじっているうちに木箱を掘りあてたというのである。木箱は厚い鋼鉄帯《スチール・バンド》で密封されていたが、彼が苦心してそれを叩《たた》きやぶったとき、守衛の隊長の禿《は》げが警官といっしょに巡視にやってきたので、やむなく彼は逃げた。ちかくのススキの茂みにもぐりこんで見ていると、禿げたちは木箱をもってひきあげてゆき、去ったあとへすかさずかけよってみると、陰気な、深い穴があるばかりで、すでに木箱は影も形もなかった。アタリ屋は用心深い、口の固い男であったが、その後何日もつづけざまに鉱山が手入れされてじっと部落で鳴りをひそめているよりしかたがなくなっているあいだにとうとうがまんできなくなって、ひとりの親分の家へでかけ、自分が瞥見《べっけん》した木箱の内容を告げた。それから三日たつと、九百人ちかい全部落民がひとりのこらずうしろむきになって拍手喝采《かっさい》していたのである。アタリ屋は自暴自棄になり、ひとに聞かれると、今度は低声ではあるが自分からすすんで話をはじめ、微に入り細をうがって、どんな疑り深い男でも納得せざるを得ないような即物描写をおこなった。彼はすでに獲物をひとり占めする気持を失い、全員に話をぶちまけて獲物と自分の落胆を分散させようとかかっているように見えた。ひとびとはこの情勢を見て、彼がもっとも公平な証人とならざるを得ない、哀れな位置におちこんだことを知ったのだ。アタリ屋の話は苦もなく信用された。

フクスケが「新生」を一箱もっていって電柱のかげへ呼びだすと、相手はこそこそ

あたりを見まわして声をひそめ、すっかり話し慣れた口調で
「……銀や」

といった。

「鉄の帯で締めた角箱でな、大きさはざっと縦が六寸、横が一尺、色は国防色や。蓋《ふた》をやぶってみたら油紙があって、そのうえに〝銀板五十キロ入り〟と書いたあるのが見えた。油紙をやぶろうとしたとこへ犬が来よったので中身は見られへんかったのやが、なんやしらん、こう、ドスンと、ありがたあい重さがした。箱は四つほどあったよってに、〆《しめ》て六十貫、時価百五十万は堅いちゅうわい。あとはおまえらの勝手にせえ」

アタリ屋は早口にそれだけいうと、いかにも失望したように肩をおとし、松葉杖《まつばづえ》をついてピョンピョンとどこかへとんでいった。

このあとフクスケは部落のなかを四方八方にさまよい歩いて情報の蒐集《しゅうしゅう》に努めたが、ブツそのものについてはニュースの発生源が一人である以上、どこへいっても大同小異の話ばかりであった。アタリ屋はすべての人間に均一平等の情報をあたえ、自分ははやくも匙《さじ》を投げて身をひいていた。誰かが日なたぼっこしている彼のところへいってそれ以上のことをつっこんで聞こうとすると、彼はせせら笑って、腹だたしげに

「信用でけへんねんやったら、はじめからひとに聞かんでもええやないか。わいがなにをいおうとわいの勝手じゃ。責任はない！」

といって、ふてくされてしまうので、手がつけられなかった。いくら金額に圧倒的な迫力があるとはいえ、絶対沈黙を約束で話したのに親分がその日のうちに約束をやぶってしまったので彼はひどく気をわるくしていた。

ブツの真偽についてはこのように誰も判断中止をおこなわざるを得なくて、ぐいとうのみにするか、鼻さきで嗤《わら》いとばしてしまうか、二つに一つというしろものであったが、なにしろ、八方行きづまりの不況がはなはだしい性質のものになっていて、みんな孤独が白い、いやな歯をむきだして薄ら寒く嗤っているのを正面から眺め、なんとかして顔をそむけたいと思っていた矢先のことであったから、話がこのことにふれると、口ぐちに、いままであの片手片足のアタリ屋がいかに正確な情報をもたらしてくれ、いかに思いがけぬブツを発掘してくれたかということを何度も話しあって、希望の彫像をたんねんに磨きあげた。と、同時に、さて二百キロ、百五十万円の銀板が押収されてからそれはどこへいったか、ということについて議論が百出した。悲観主義者たちはおそらくそれは頑迷固陋《がんめいころう》な正義派の禿げの手によってむざむざ財務局へ送られて役人たちに着服されたにちがいないといい、楽天家連中はいやきっとそれはいままでに没収された物件すべてとおなじように守衛室のよこにある倉庫へほりこまれて眠っているにちがいないといい、また計算のこまかい男たちは、ブツは財務局にも倉庫にもなく、すでに禿げの目をくらました守衛どもが勝手に売りさばいて金をわけあってしまったにちがいないのだ、という説を主張した。このことをめぐって、毎夜、どこの家でも騒々しい会話が交わされて、容易に決着しなかったが、各組の親分たちが守衛を串《くし》カツ屋へ呼びだして徳利で頰をかわるがわる愛撫《あいぶ》したために、ようやく結論らしいものが這いだしてきた。伍長《ごちょう》、レロレロ、平目、バイドク、薬罐《やかん》、という、例の連中を、禿げをのぞいて一人のこらず親分たちはめいめい飲み屋へ誘いだして、箱の中身を気取られぬように用心しつつさぐりを入れたところ、連中の大部分はなにも知らず、かろうじて二、三人だけが、倉庫のよこの壁ぎわで道具箱のようなものがいつからともなく雨ざらしになっているようだという答えをあたえてくれたのである。フクスケは用心深く部落を歩きまわって各組の配下連中が親分からうけた内命をさぐってみると、どうやらどの組でもおなじ結論に到達しているようで、念のためにキムに聞いてみると、やっぱりこれも、返答はおなじであった。キムはフクスケの情報活動を知ると、あらためて全員を七輪のまわりに集め、銀板略奪の命令を発動した。と同時に、よその組の連中にはぜったいしらをきって知らぬ顔をするか、それとも、銀板は行方不明になったというあらゆる種類のデマをとばして悲観主義をよそおうか、あるいは銀板の存在そのものを否定してあのアタリ屋を罵《ののし》るか、この三つを臨機応変、ごちゃまぜに使ってキム組の行動いっさいを煙幕に包んでしまえと宣言したのである。事情はほかの組でも完全に同様であった。ひとびとは右往左往しておたがい嘲笑《ちょうしょう》と法《ほ》螺《ら》の吹きくらに熱中し、アタリ屋と道で出会うとすかさず鼻でせせら笑った。つねに着実で、正確で、どんなときでも嘘《うそ》をいったことのない、たのもしい男は、たちまち目のかすんだ、いいかげんな、誇大妄想の、でたらめ八百で不景気のため頭のおかしくなった、たとえ嘘をついてでもひとの注目をひくよりしかたのない愛情乞食《こじき》の不具《かた》者《わ》、ということにされてしまったのである。アタリ屋はどこへいってもこんな奇怪な風がとつぜん吹きはじめたのに肝をつぶし、いままで銀の話をせせら笑っていたのが、今度は逆に自分からのりだして過去の業績をひきあいに復権運動を開始したが、誰ひとりうけつけようとしなかった。彼はしゃべるのに疲れて、とぼとぼもとの日なたへもどり、以前よりひとひねり複雑にひねくれて寝そべってしまった。通りがかりの誰かが声をかけても、彼は

「……今日はええ天気や」

というばかりで、日光に目を細めたきりふりかえろうともしなくなった。

この陋劣《ろうれつ》にして混沌《こんとん》とした情宣活動のいっぽう、各組のアパッチ族たちの行動もまたいままでにない活気を帯びて混沌をあらわしはじめた。すでに分業制は崩壊した。先頭、ザコ、アタリ屋、シケ張り、女、子供はもちろん、もぐり屋のタマは水中眼鏡をかなぐり捨て、渡し屋のトウジョウは舟から陸へあがり、みんないっせいに倉庫をめざしてうごきはじめたのだ。警官がいようが、守衛がいようが、かまうことはなかった。木箱は四つで合計六十貫。とすれば一箱は十五貫で、アパッチ族ならどんな弱いやつでも一人で一箱はじゅうぶんかつげるではないか。特車もいらなければハンマーもいらない。どうしてこれが見のがせよう。みんなは手ぶらで夜となく昼となく、徒党も組まねば見張りもおかず、川をわたり、ガス管をつたって鉱山へ四方八方から侵入した。詰所の警官たちはたえまなく詰所のまえをぞろぞろ歩くアパッチ族たちに手をこまねいた。彼らはいままでのような泥棒道具をなにひとつとしてもたず、どこも掘り荒そうともせず、ただ日光を浴びて散歩しているだけなのだ。詰問《きつもん》すると、なにやらこすっからそうな薄笑いを浮かべて踵《きびす》をめぐらすが、しばらくたてばまたどこからともなくあらわれてうろうろする。そうして守衛詰所や倉庫のあたりを歩きまわってはは窓からのぞきこんだり、なんとなく空を仰いだり、立小便をしてみたりというありさまで、かいもく見当のつけようがないのである。そのくせ、この不可解な群れは古顔、新顔をふくめてかつてなかった人数に達し、つとめて隠微平穏をよそおいながら執拗《しつよう》な決意を目に光らせているではないか。ためしに部落へいってみると、おどろいたことには全員総出動と見えて、人影らしい人影は見当らず、鍋《なべ》や釜《かま》は洗いかけたまま投げだされ、閑散な掘立小屋のまわりで豚や鶏がうろうろしているばかりであった。夜になると、三十五万坪の鉱山はまっ暗になり、巨大な静寂が土を圧する。が、警官詰所と守衛詰所のまえにたつ電柱の青白い円光のすぐそとの暗がりにはひそやかな足音やつぶやきがざわめいて右に歩き、左にうごくのである。その足音やつぶやきはあきらかに昼間の大群集そのものであると思われた。警官たちは薄い板壁ごしに、この、なんの集団的意志をもたない大集団の足音に耳をかたむけ、おびただしい水銀の粒がくっついたりはなれたりしながらぶるぶるふるえてどこかへ流れだそうとしている光景を想像した。そう、たしかに流れだそうとしているのだ。それはあの目の光を見ればわかることだ。なんのために、どこへ、どうして？……

アパッチ族たちは日がな夜がなうろつきまわって、隙をうかがったが、容易に目的は果たせなかった。彼らは草むらにひそみ、暗がりにかくれて、何時間も青白い円光と、そのむこうの暗がりを眺めた。警官や守衛が窓の灯を消すのを待って彼らは後頭部にただよう濃霧のような眠りとひそかな苦闘をたたかい、暗がりに何メートルおきかにひそむ仲間の気配に神経をとがらせた。一人が走りだせばたちまち九百人が走りだすにちがいなかった。土の匂《にお》いをかぎながらフクスケはじっとこの崩壊の瞬間を待ちうけた。彼はその瞬間、失敗するだろうし、九百人全部が失敗するにちがいなかったが、しかし、いまの場所にそのままとどまるものは一人もないにちがいなかった。夜があけると、つめたく蒼白《あおじろ》い光霧のなかを三人、四人と、泥酔者《でいすいしゃ》のような哀愁に犯されて見える影が草むらのなかを去っていったが、そのあとについて歩きながら、彼は愚かしさと苦痛になす術《すべ》のなさを感じた。

この新活動に接するにおよんで詰所の警官たちは不可解さと恐怖から何度となく電話で機動部隊を呼んだが、アパッチ族たちはなにひとつとして抵抗せず、つかまえられるままにジープへつみこまれた。警察署ははじめのうち彼らをひとりずつ四方八方から訊問《じんもん》したが、誰一人として本音を吐くものがなかった。しかも彼らを拘留する理由は不法侵入罪のほかになにもなかったので、手を焼いたあげく留置場にほりこむと、つぎからつぎへひっきりなしにやってくる老若男女の群れでたちまち留置場はいっぱいになってしまった。彼らはせまい留置場のなかでおしあい、へしあい、ひしめくようにしてつめこまれると、たいくつして浪花節《なにわぶし》をうなったり、流行歌をうたったりしてはしゃぎまわるばかりか、なにごとを告げるのか、釈放されるときには同房の浮浪者やすりやかっぱらいたちまで語らっていっしょに部落へもどってゆくので、鉱山の散歩者はますます殖え、留置場にやってくる人間の数もまた増加の一途をたどり、どうにもこうにも始末に負えないありさまであった。で、署では、いたしかたなく、詰所に連絡して、ただの徘徊者《はいかいしゃ》には警告だけにとどめるように通達せざるを得なくなった。守衛や警官たちは、アパッチ族の態度の急変ぶりに毎日頭をひねっていたが、原因がどうにもわからなかった。アパッチ族のあるものは夜なかになにをたくらんでか詰所のちかくへ這《は》いよって電話線を切ったり、水道の鉛管を切ったりしたが、これはそれらのものを盗むというよりはなにかのまちがいでやったとしか思えないことであり、しかもなにをめざしてやっている途中の過失なのか、さっぱりつかみようがなくて、守衛たちは窓や床から噴きこむ水にただ大慌《おおあわ》てでかけまわった。アパッチ族はアパッチ族で、仲間をだしぬくつもりで詰所へしのびよったのがこの始末なのですっかり狼狽《ろうばい》し、やったものもやらなかったものもひとしく泡を食って一目散に逃げだした。

部落の親分たちは配下一同が毎日なんらなすところなく留置場へ歌をうたいにいったり、ルンペンをつれてきたり、またこんな頭のわるい、軽薄な失敗を徹夜がかりで演じたりしているのを見ているうちに、ある日、ついに部落はじまって以来の決断をくだすこととなった。彼らは配下全員が自分になんの利益をもたらそうともしないで行動しかけている危機を感じた結果、全部落の大同団結を思いたったのである。ひとつの組だけではない。イザワ、トクヤマ、オオカワ、マツオカ、マツヤマ、部落の五つの組が五つとも合流して事に当ることを提唱しあうにいたったのである。新聞のはさみこみの、靴屋の特売大安売りのチラシの裏に宣言文が書かれ、回状となって、手から手へまわされた。


『各位、御清栄のこと、喜びます。

近頃の部落は困ったことであります。

これはめいめい勝手なことをしているからなのであります。

めいめい勝手なことをすれば、損をするのはめいめいです。

事態は憂《うれ》うべき秋《とき》なのである。

腹を割って相談し、よく目をひらき、力をあわせて生活改善の打開策を見つけようではないですか。

今夜七時、うどん屋の二階においで被下度《くだされたく》、伏して御待ち申上げる次第である。

有志一同』

この回状がまわってくると、キム組は親分のキムからフクスケにいたるまで、全員一人のこらず、夕方になるのを待って、会場のうどん屋めざしてぞろぞろと歩いていった。

三

うどん屋へは各組の親分たちがそれぞれ腹心の配下二、三人ずつをつれて集まってきた。ちかごろの部落では誰でも彼でもが情報屋に見えてしかたないので、この会議に出席したのは、よくよく気心の知れた、どこをどう踏んでもアパッチ族以外のなにものでもないという連中ばかりであった。狭いうどん屋の土間にずらりとそろった顔を見ると、いずれも各組選りぬきの精鋭で、その経歴のうしろ暗さや、膂力《りょりょく》、悪智恵《わるぢえ》の敏活さ、また目の光、手の速さ、口の悪さなどにおいてかねてより抜群の噂《うわさ》の高い男ばかりであった。仲間がそろうのを待つ間ももどかしく、彼らはうどん屋にやってくると、さっそくばくちをはじめた。ジャンケンをするものもあれば、サイコロを茶《ちゃ》碗《わん》でふるものもあり、なかにはそんなことをどこ吹く風とメザシをさかなにカルピスを飲むものもある。カルピスは薬罐に入っていて、白く、すこしばかり甘酸《あまず》っぱい雑《ぞう》巾《きん》のような匂いがするが、飲むと顔が赤くなり、大きな声をあげて笑いたくなる。キム組の四人がさいごにやってきて員数がそろうと、彼らは拳《けん》や丁半をやめ、テーブルを土間のまんなかに集めて、みんなそのまわりにドカドカと坐《すわ》りこんだ。

「……壁もついでに叩《たた》いといてや」

「なんでや」

「耳があるかも知れん」

キムの言葉で二、三人たちあがると、店の戸をピッタリとしめ、念入りに鍵《かぎ》をかけた。そのうえ昆布《こんぶ》のようにくたびれたカーテンまでもすみからすみまでひいたものだから、裸電燈《はだかでんとう》一箇きりの店のなかはまっ暗になってしまったが、もともと暗がりはなによりの好物ではあるし、外から覗《のぞ》かれることもなくなったので、みんなは満足して会議をひらくことができた。

結果から見ればこの会議はなかなか円滑敏速におこなわれ、短時間のうちによく多種の意見の交換と結論の一致を見ることができて、大いに得るところがあったというべきであった。出席者の乱雑きわまる個性にもかかわらずそういう成果があがったのは、ひとえにキムとラバのはたらきによるものである。いざ話がはじまって、どうして警察をごまかし、どうして該当物件を移動させるかという主題にさしかかると、みんなはいままでにたくわえた記憶と経験を総動員して、思いつくまま、気のつくままを手あたり次第にしゃべりちらし、まったくとりとめがなく、一時はどうなることかと思われたほどだったが、キムとラバの二人がのりだすにおよんでようやくこれはおちついた。二人はあらかじめ申しあわせてきたのではあるまいかと怪しみたくなるほどピッタリ呼吸をそろえてチーム・ワークをおこなった。キムはタバコをふかしながらみんなの話に耳をかたむけ、話がはずむあいだははずむだけはずませておいて、一度暗礁《あんしょう》にのりあげたとなると大急ぎにかけつけてみんなを主題にひきもどす役をひきうけた。その際、彼は、猥談《わいだん》や気まぐれやハッタリなどというガラクタの衝動をかたっぱしからとりのぞいて、もっぱらかんじんなことだけをひろいあげ、それをきわめてみじかい言葉に要約してみんなのまえへ提案としてすえつけた。するとラバがほどよい沈黙をおいて、みんなが頭をひねっているうちに鉄砲をとりあげ、この提案にたいして当意即妙、しかも現実味たっぷりといった解答のコルク弾を放つ。あるいは鞭《むち》をピシャリとあてるのである。たいてい的はバタリとおち、独楽《こま》は頭をふっておきなおった。おまけにこの二人は、みんなの自尊心をおもんぱかってか、ときどき自分の意見のあまり重要ではない部分に誰でもすぐそれと気のつくような欠陥をつくっておいて出席者一同に食いつかせてやるというようなことも忘れなかったから、絶対多数の満足と賛意による共同決議というものがここにできあがることとなったのである。みんなは話がきまると、いくらかずつだしあってうどん屋の亭主に大薬罐《おおやかん》一杯のカルピスをもってこさせ、ちびりちびりと飲みながら作戦方針を再検討し、あちらこちらにちょっとした装飾を加えた。なにしろ出席者のなかには年がら年じゅうサラシを体に巻きつけている男がいる。しかもそれが刺身庖丁《ぼうちょう》をかくしていて、半酒乱の短気者だというのである。キムとラバはよくよく桁《けた》はずれのものでないかぎり仲間の幻想は大幅にみとめることとした。二人の忍耐のうえにつくられた見取図は、おおむねつぎのような内容のものであった。

まず問題は警察であるが、これはいままでよりも大規模に、そして計画的にオトリを放つことで第一歩を踏みだすこととする。オトリには女、子供、不具者、非前科者などを使い、手に手に道具を持たせ、あたりかまわず鉱山を掘らせるのである。そして、かつて、試して卓効なきにしもあらずと思われる一一〇番の電話で頻々《ひんぴん》とこちらから署へ通報し、どんどん逮捕させる。逮捕される連中には事前によく因果をふくめ、追われたときは逃げるような逃げないような逃げかたをさせる。棍棒《こんぼう》でどのくらい殴られるかは各人の判断の自由というものである。こうして一一〇番の通報がつねに正確であるという印象をあたえることに成功したら、ついで、さらに頻々と、今度はデマばかり通報し、先方を空騒ぎと奔命に疲れさせる第二歩を踏みだす。なお、親分連中は各組のオトリが拘留されたときはかならず科料を立替えて払ってやり、食物の差入れなど、万全を期すべきである。そしてこの費用が各組でどれだけ要ったかを正確に記しておき、後日、銀板を略奪して換金した折、払戻しを受けるものとする。いうまでもないことだがこの事業は参加者全員の協力によるものであるから、配当は全員均分制をとる。〝特車〟を駆って銀板を積みこむ作業をする者のことを〝特攻隊〟と呼び、シケ張りを〝歩哨《ほしょう》〟、オトリを〝歩兵〟と呼びたいが、仕事に軽重はあっても報酬はビタ一文かわらぬ。だから、みんなそれぞれ気合いを入れて仕事に励むことが望ましい……

さてそこで、空騒ぎと奔命の第二期が終ったら、いよいよ第三期に入り、銀板略奪に着手するのであるが、そのまえに、部落内の情報屋を片附けておきたい。これはなにしろ、誰がそうで誰がそうでないか、暗闇《くらやみ》で向脛《むこうずね》を蹴《け》られるみたいに見当のつけようがないものだから、ここにひとつ妙案は極秘の作戦本部を設けてその命令だけで動く一隊をつくっておく。そして、この一隊は今夜出動という命令をうけたら大声で部落内をふれて歩いてまわる。ときには秘密をよそおって、それとなく人を誘い集めるようなヒソヒソ声をつかうのもよろしい。誘致の口実として親分に飽き足らなくなったからお前と組もうといって、ありとあらゆる親分の悪口、罵倒《ばとう》をならべたてるのも一策である。目的がハッキリしているかぎり、あとで親分はその者を干すというような短慮の措置をとってはならない。甘んじて罵《のの》りを受けよ。ひょっとしてそのなかに真実がまじっていないでもないから、反省のよき機会であるやも知れぬではないか。情報屋はヒソヒソ声をかけられてあわてて署に電話するだろうが、その晩、機動部隊が狩り込みに繰りだしたときには、こちらは銭湯で女の話にふけっているという段取りである。このデマは闇のなかで石を投げるような、はなはだむなしい印象を伴う仕事ではあるけれども、何度も飽きずにせっせとつづけるうちに情報屋はすっかり署で鼻白まれ、存在理由を失うにちがいない。警察は誰を信用して行動してよいかわからぬようになるから、またぞろ草むらにもぐりこんで〝蚊が食う捜査〟へ逆戻りである。そこを狙《ねら》ってこちらはドンといく。

かつて刑事はわれわれが特車に七十貫、八十貫という鉄塊を積んで草むらを走っているところを見て感に堪えぬといった。特車それ自体が非凡なものである。ある若僧の警官のごとき、それを押収《おうしゅう》しておきながら押しても突いてもテコでもうごかないので汗を流して弱りぬいている光景をわれわれの何人かは警察署の取調室の窓から笑止なことと眺めた。この特車へさらに八十貫の鉄をのせてわれわれが走るところを見たさきの刑事は「風速十五メートルや」とうめいたというのである。もっぱらの評判なのである。これこそ、ドンといくというものである。銀板略奪の日時がきまれば、作戦本部ではさっそく各組の先頭連中のうち、とりわけ手と足と肩と腰の発達した者を厳重に選んで〝特攻隊〟を編成する。特攻隊は特車を弁天橋のたもとへもちだし、ここから警官詰所のまえをとおって倉庫までの距離を一直線に一気に駆けぬける。距離はおよそ百メートル。走るとき、足が地につくようでは失格である。そこでドッと駆けこむと、みんなはこのあとについてフラフラと走り、倉庫に着いたら、よく気をつけて、そこらにあるものをなんでもかんでもかたっぱしからつみこみ、手の余った者は滅茶苦茶《めちゃくちゃ》の大声をあげて乱痴気騒ぎをせよ。ここを先途とわめくなり、喚声をあげるなりして、陽動行為に出る。このとき特攻隊長は命令を発する。〝カカレ！〟という。ついで馬鹿《ばか》騒ぎと積込みが終ったら、〝引ケ！〟という。合図があればピタリと黙り、ふたたび風速十五メートルで特車をとばす。なお、この日のシケ張りの報告は、すべてこれに準じて、たとえば〝異状ナシ！〟とか、〝ヨーソローッ！〟というようなものでありたい。ただし、趣味は各人の自由であるから、強制はしない。

めざすブツは四つの木箱に入っているが、倉庫に到着してもけっしてあせってこれだけを積むというような、あさはかなことをしてはならぬ。倉庫の内と外にはいままでわれわれが苦心惨憺《さんたん》して掘りだしたブツがおびただしく押収されて積んであるからこのガラクタの山を積めるだけ積むなり、あたり一帯にまきちらかすなりするべきである。積めば金になるし、ぶちまければ気が晴れるし、いずれにしてもわれわれがなにをとりにいったのか、その意図の痕跡《こんせき》を完全に消してしまう必要がある。乱痴気騒ぎもそのためである。守衛も警官もぜったいこれを迫害してはならぬ。ただただ喚声をあげて踊り狂え。この欣喜雀躍《きんきじゃくやく》は彼らも喜ぶにちがいない。なぜならそれはわれわれが窮迫したあげくの思い余った衝動ととられるにちがいなく、彼らの精励恪勤《かっきん》を証明するものと考えられるにちがいないからである。だから、声はなるたけ無意味で、馬鹿げて、無駄で、狂気じみていればいるほど好もしいのである。警官は特車のあとを追ってくるだろうか。これははなはだ疑問である。なぜなら、詰所の常駐員はわずかに二人で、あたりはまっ暗、なにがなにやらさっぱりわからぬ。そこを何十人という男がだまりこくったままとんでゆくのである。刃向いもせず、逆らいもせず、ただもう必死になって金錆《かなさび》の山をかついで疾走してゆくのである。この光景はかならずや警官をたちすくませるにちがいないと思う。すべて重量物が非常な速度で擦過すれば人間はよろめいて、その無意味な弱点をかくすためにあわててそれにうっとりしたり、憧《あこが》れたり、あるいはあべこべにそれにおしつぶされてみたいと思ったりすることは踏切でよく経験するところではないか。ましてやそれがどうにもこうにも度し難い泥土と赤錆の山であってみれば、われわれはどんな奇妙な迫力を期待しても期待しすぎるということはあるまいと思う。すなわち寝呆《ねぼ》けまなこで詰所からとびだした警官はこれを一目見てたちまち自分の安月給も忘れ、憐憫《れんびん》と安堵《あんど》に茫然《ぼうぜん》と佇《たたず》みつくすのである。それは、もう、きっとそうなるのである。警官にしてからがすでにこのありさまなのだから、守衛の伍長《ごちょう》、薬罐《やかん》、レロレロ、ゴミ箱などという輩《やから》はもうまったく肝をつぶして特車のあとを見送る。われわれとしては、これは大汗仕事であるが、なにしろ下には下があるというたいへんな慰めを彼らにくれてやるのだし、獲物が獲物なのであるから、このあたり、キュッと目をつぶってやるべきであろう。ということにしておきたい……

さて、このようにして特車がガラクタと銀をいっしょにして無事に部落へもどったならば、大至急、ガラクタは道ばたにほうりだし、銀はドンゴロスの袋へつめこんでかくしてしまう。銀を入れた木箱は粉々に叩《たた》きこわしてどこかへ捨て、ガラクタはいつ警官隊に襲われてもよいように、ついたったいま持って帰ってこれから家のなかへとりこもうとしているところだったというようなそぶりで道いっぱいにひっくりかえしておく。狩込みはその夜のうちにきっとある。きっとわれわれが鉱山から引揚げた直後にあるにちがいない。だから特攻隊の者たちは仕事をすませるとあとは女やザコにまかせてさっさと部落をでてどこかへ姿をかくしてしまうがよい。それには銭湯で汗を流すもよいし屋台で飲むのもよいだろうし、パチンコ、射的、ストリップ、モク拾い、街娼《がいしょう》、男色、めいめい御意に召すままというものである。が、この分の費用は各人、自腹を切るものとする。いっぽう、親分たちはこのあいだにブツを自動車で仕切り屋へ運び、現金に換えるのであるが、これは分割払いや手形などをみとめず、相手がどんな甘言を弄《ろう》しても、絶対、全額即金払いの線を守らねばならない。なにしろ相手はこちらに負けず劣らずのしたたか者なのであるから、どんな手を打ってくるか、まったく想像の外である。値切り、踏み倒し、恐喝、荷引き、目引き、あるいは帰途を闇討《やみうち》して金を強奪するやも知れぬから、用心に用心をかさねて取引を完了しなければならない。親分たちはあらかじめどこの仕切り屋と交渉するかを検討しておく必要がある。なお、このブツを運搬する際の車代は必要経費と思われるから、当然、個人負担とはしない。

……みんなは茶碗のどぶろくをすすりながら何度も以上のことを話しあった。いろいろな人間がいろいろな角度から眺めて検討してみたが、どこから見てもこの計画は中分なかった。それはダムのように堅固で、橋脚のようにたくましい、水も洩《も》らさぬ緻密《ちみつ》さをもちながらしかも空想と微笑がある。あちらを叩いてみたり、こちらを踏んでみたり、四方八方からつついてみたが、骨組みはビクともしないようだった。数人の者は頭をひねってさらにいくつかの軍隊用語や、なんということもない罵倒の文句を二、三箇所へパテ代りにつっこんだが、それですっかり満足したのか、隅っこへひっこんで、さっそく丁半のつづきをはじめた。キムはほかの親分や配下連中の顔を見わたして、とくに不満の表情を浮かべているものがないとわかると

「……ほんならここらで手打とか。誰ぞにひとつ〆《しめ》てもらいたいとこやが、話が話やよってに派手にやれんのが残念や」

といった。

みんなはあらためて腕を組み、いままでのキムの話のはこびかたから推してどこかに穴があるはずだと感じたが、ただ漠然とした予感がただようだけでどこにそれがあるのか、つかめなかった。が、二口か三口、どぶろくを飲んだとき、とつぜんひとりが大穴を発見して声をあげた。彼はそれに気がつくと口から茶碗《ちゃわん》をはなしてテーブルをたたいた。

「ちょい待ち！」

「なんや？」

みんながふりかえると、その男はもう一度膝《ひざ》をたたき

「しっかりせえ。大将を誰にするか、まだきめてないやないか」

そろそろたち上がって帰ろうかと思いかけていたみんなはこれを聞いていっせいに

苦笑し、頭をかきながらもとにすわりなおした。キムはべつになにもいわず、みんながやがやしゃべりはじめてもただそっぽを向いてタバコをくゆらすだけであった。ラバもこれにならったのか、それまでのようにいそいで即答をだそうとせず、隅でぼんやりした顔をしていた。二人はそれまでみんなをさんざん焚《た》きつけておきながら、この話がはじまると奇妙におとなしくなって二人とも沈黙してしまったが、どういうわけかみんなにはよくわからなかった。

しかし、誰を指揮者にするかということは大問題である。船頭なしで舟にのりこむわけにはいかない。みんなは椅子《いす》にすわりなおすとあらためて薬罐のものを茶碗についで口ぐちに意見を述べあった。求められている人物は複雑な性格を必要とした。彼は部落と鉱山の事情に精通すると同時に警察やその動きにたいして豊富な知識と経験を持っていなければならない。カンがするどく、繊細で機敏でなければならない。なによりも図太くて、胆《きも》がすわり、狡猾《こうかつ》きわまりないが、同時に公平無私である必要がある。万が一にもつかまったときにはたちまち主犯と考えられて処罰されるにちがいあるまいから、いいぬけやすりぬけやごまかしには人一倍長じて弁がたつといういっぽう、従犯や共犯を追及されたときにはたくあん石よりも寡黙《かもく》になってみんなをかばってやらなければならない。度胸がいる。計画性がほしい。喧嘩《けんか》のさばきのうまいやつ。かけひきの達者なの。世話好き。苦労人。甘いも辛いもかみわけた。馬鹿だからりっぱなやつ……

話をはじめた最初のうち、各組の親分たちはめいめいどこかに物欲しげな表情を見せて積極的に膝をのりだしてしゃべっていた。この仕事は責任をともなうことをともなうが、いっぽう、獲物がなにしろ総計六十貫の銀板だというのだから、いくら均分制をとったところで頭目ともなれば、それだけの責任負担への報酬として特別の割前があるにちがいないことは十分予測できる。つまり、これは自尊心の満足と同時に実益をもたっぷりかねた仕事なのだ。親分たちはひとことでも他人より早く指名されないものかと、話のあちらこちらにさりげない工夫を苦心した。ところが、話がしばらくすすんで、もしや万一つかまったらという臆測《おくそく》が生まれ、さまざまな意見がかわされはじめるととつぜん親分たちは口ごもりだした。彼らは内心の狼狽《ろうばい》をかくして、きょろきょろと天井を眺めたり、茶碗のひびを観察したりしはじめ、だんだん返事もうわのそらとなった。彼らは部落のなかを右往左往しているはずの情報屋のことを考えて、すっかり気が滅入《めい》ってしまった。この事件で主犯として逮捕されたら、とうてい留置場だけですませられそうにはないのである。いくら黙秘権を行使して知らぬ存ぜぬで通そうとしたところで、たかが知れているではないか。なにしろこれは衝動的な単独行動ではないのだ。不法侵入、軽犯罪法違反、窃盗罪、窃盗未遂、その他なにやかや、いままでに逮捕された仲間がかぶせられたのとはまったく異なる糾弾が浴びせられるにちがいないのである。とてもいままでのように二日留置場で寝て九百円払いさえすれば放免されるというような、なまやさしいことではおさまるまい。親分はもちろん、配下の者も、一同はここにいたってすっかり衰弱してしまった。

彼らはめいめいに首すじをかいたり、うなだれたりしてだまりこんだあげく、ひくい声でうそうそと話しあった。

「……今晩はえらい蒸すやないか」

「蚊が来よる」

「アイスクリン、食いたいな」

「わいはビールや。ビールにモロきゅうや。ビールは生でも瓶でも文句はいわんが、モロきゅうをださんと、承知せんぞ」

「あ、こいつ、だまっておれのタバコとりよった」

「そんな術《じゅつ》ないこと、大きな声でいうな」

しばらくしゃべっているうちに、みんなはすっかりしらじらしくなって顔をそむけあった。すると、そこでは、キムが背をまげ膝をかかえて椅子のうえですっかり小さ

くなっている姿が目に入った。キムはみんなの気配をさとると、すっかりあきらめたような表情をして、眼を眠そうに半眼に閉じ
「わいの方を見るな」
　とつっぱなした。
「こらァ、世帯持ちの仕事やない。わいは父親《てておや》代りに後見だけはするが、あとはそっと楽しみに見物さしといて欲し」
　キムはそういって、また眼を半眼に閉じ、椅子のうえでかるく体を貧乏ゆすりした。
　みんなが呆《あき》れて、しかたなしに視線をそらすと、そこには考えに考えぬいたあげくにどうやらその考えをすっかりひっくりかえしてしまうような決心をしたらしい、放《ほう》埒《らつ》さと細心さの奇妙に入りまじったラバのするどい目がキラキラ輝いていた。ラバは弱りきったみんなの顔をひとりずつ慎重に観察してから、もう一度、眼を伏せてじっくり考えたあげく
「……よし」
　びっくりするような大声をだし、ちょっとためらってから、今度は低く、せせら笑うように
「値は高《たこ》おまっせ」

といいすてて、誰もなにもいわぬさきにたちあがり、さっさと店をでていった。

四

それからあと一ヵ月ほどというもの、フクスケにとってはなにがなにやらさっぱり見当がつかなかった。彼はラバがキムを後楯《うしろだて》にしてアジテーターの大役をひきうけたことを目撃はしたが、それからあとはなにもわからなくなってしまった。ラバは自分の行動をまったく秘密にしてしまったのだ。フクスケは部落の行動の傍観者になったり、当事者になったりしてしょっちゅう走ったり逃げたりしたが、おなじキムの家に下宿していながらラバがいったい、いま、なにを考えているのか、まったく知りようがなかった。フクスケが昼寝をしたり、日なたぼっこしたりしていると、さまざまな人間がキムの家へやってきた。彼らは人目をはばかって、なにかとりとめもないことを大きな声でしゃべりつつやってきたが、けっして陽気な瘋癲《ふうてん》でない証拠には、一度家のなかへ入ってしまうとすっかり目つきがかわってしまうことを見てもあきらかであった。キムやラバは彼らを部屋に引き入れ、泥棒道具の充満した押入れのまえで、いくつものいびつな恰好《かっこう》をした頭をよせ集めてあれやこれやと画策にふけった。彼らがそこで練るものは、あのダムのように堅固で橋脚のようにたくましい、複雑繊細な計画で、毎日よってたかってちょっとずつ築きあげているにちがいないと思われたが、話がいったいどこまですすんでいるものかは、とうてい見当のつけようがなかった。たまたまキムをつかまえて、それとなく小当りに当ってみても、キムは
「裏の裏や。裏の裏は表やが、それがけっしてただの表やないのや。まかしとき」
などと煙《けむ》に巻くばかりで、あとはただ薄く笑って去った。
ラバはラバで、キムと相談してしきりに東奔西走した。彼は部落のなかを歩きまわって人と会ったり、道具を検討したり、また手ぶらで鉱山へいってなにか考えては帰って来たりした。ときには朝早く部落をでたきり一日じゅう姿を見せず、夕方遅くになってようやくへとへとでもどってくるというようなこともあるが、どこでなにをしてきたものか、銭湯や万年床でフクスケがさぐりを入れても彼はなにもいわなかった。前科者の彼が白昼の町をとび歩くというのは、そのことだけでどれくらい彼が今度の仕事に本腰を入れ、また、切迫しているかがわかろうというものであるが、同時にその秘密ぶりも呆れるばかりであった。いっさいがっさい、なにからなにまでをひたかくしにかくしてしまうのである。フクスケひとりではなく、ほかの仲間の、たとえばめっかちやオカマという、あの合同会議に出席した、いわば主犯株と見てよい連中にしてからがラバの言動についてはまったくつんぼ桟敷《さじき》へ追いやられてしまったのであ

る。みんなはただ部落のあちらこちらに起る現象を見てプログラムがどこまで進行したかの、あらましの見当をつけるよりほかになんともしようがないというありさまとなった。しかし、いずれにしても命令はつぎからつぎへとキムの格言暦をかけた部屋で練られては各組の親分の家へこそこそと、しかも精力的に配達されたことにかわりはあるまい。どうやらその効果とおぼしきものをフクスケはつぶさに見ることができた。

会議のあった日から何日か経《た》つと、とつぜん事態が急変した。それまで夜となく昼となく手ぶらで守衛詰所の倉庫のあたりをうろつきまわっていた人びとが、パタリとよりつかなくなってしまったのである。部落は常態に復したように思われた。銀板が発見されたという噂《うわさ》が発生してからはザコから親分にいたるまでそれこそひとりのこらずが出動して、うろうろと手ぶらで歩きまわっていたのに、今度は潮がひくようにみんないっせいにひきあげたのだ。親分は家にもどり、女は台所でもとどおり鍋《なべ》をみがき、老人や不具者は土堤にたってもとの見張りの仕事にかえった。男たちは手に手にツルハシやハンマーをもってススキのなかへもぐりこみ、従来の穴掘仕事を再開したし、トウジョウは伝馬《てんま》を漕《こ》ぐのに専心し、タマはそれが沈むのを待って運河にもぐりこんだ。フクスケはキムにいわれてシケ張りや、アタリや、先頭など、まえとおなじ仕事をそのときどきでふりつけられた。彼が命じられるままに草むらへもぐりこんであてもなく鉱脈をさぐっていると、顔見知りのほかの組の男たちが様子をうかがいにやってきた。いずれもさきほどまでは倉庫のまわりをうろついていた連中である。このなかには会議にでた者もでない者もいる。そこでフクスケが、会議にでなかった者をつかまえて、雑談のついでに

「兄さんよ、銀がでたちゅう噂はどないなりましたんや？」

と聞いてみると、相手は侮蔑《ぶべつ》しきったそぶりで

「ダイヤモンドもでたちゅうやないか！」

とせせら笑って、頭から馬鹿《ばか》にし、ちょうどフクスケがそのときほじりあてたケーブル線に目を向けたきり、二度と銀のことにふれようとしなかった。ケーブル線は銅線を鉛で巻いてあるから人気はわるくないが、欠点は草むらのなかを何十米《メートル》と掘っていかないことには目方にならないということである。相手はフクスケの足もとの穴に見とれて、なんとかこのみすぼらしい獲物を横取りできないものかと、ただそれだけを狙《ねら》っている様子であった。どうやらラバたちの踏みだした第一歩は成績良好と思われた。

アパッチ族の活動がこのようにして三十五万坪の荒野で全面的に再開されると、ふ

たたび警官隊との追いつ追われつがはじまり、昼夜をわかたず例のイワシの群れの回遊現象が見られることとなった。オカマやめっかちなどの前科者は何度となく城壁をかけのぼったり、運河にとびこんだりして、そのとき全力をふるって逃走したが、ほかのザコや失業者や浮浪者といった連中は古参、新参の別なく、ぞくぞくと逮捕されてジープで留置場へ送られた。が、この連中はたたいたところでみじめな埃《ほこり》しかたたないし、脛《すね》にはこれといった傷もなく、うしろはさして明るくもないかわりとくに暗いということもないので、拘留されてもすぐに釈放された。鉱山と部落と留置場、あいもかわらずのこの三点をめぐる回遊がおこなわれただけである。ただ、いままでとちがうのは、どんなに二重、三重の見張りをたてて厳戒していても、ちょっと群れをなして出撃すれば百発百中の正確さをもって警官隊がどこからともなくとんでくるという事実があるだけだった。人びとは右に走ったり、左に走ったりしながら、情報屋を呪《のろ》ったが、果して誰にその罵倒《ばとう》と憎悪《ぞうお》を向けてよいものかわからなくて苦しんだ。留置場へ入れられるとさっそく親分たちが見舞いにあらわれ、すしやカツ丼《どん》を差入れしてくれた。なかにはこちらからなにもいわないさきに懐《ふところ》を察して科料の金を貸してくれる親分もあって、思わずその寛容さに感謝すると、親分は言葉少く

「水くさいこといわんでも、ええがな。苦しいときは相身互《あいみたが》いやないか。なあ……」

といって、ひきあげていった。

こうしたことのどこまでにラバの行動圏を考えたものかはまったく不明であるが、きわめて少数の人間をのぞいたほかは部落の仲間全員をだましたり、警察に売りつけたりしたことはきわめて当を得たことというべきであった。これまでにダイヤモンドがでたとか、マンガンが発見されたとか、あるいはタンガロイが見つかったというような、真偽のほどを誰もたしかめることのできない、しかもけっして一言で法螺《ほら》だと片付けてしまうわけにもいかない噂の一つに銀板を仕立てあげたことはたいへん正しかった。噂をつたえ聞いて大阪市内はもちろん、近県や遠く四国、九州、北陸地方などからどんどん部落へくりこんでくるあぶれ者たちは、やっとの思いでたどりついたと思ったら連日連夜狩込みがあって留置場へ送りこまれるので、すっかり愛想をつかし、かつは、部落の古参の者から銀板がでたなどというのは根も葉もないデマだと聞かされて所期の目的を失い、さっさと見切りをつけてしまう者が多かった。それと同時に、このことは部落のなかの情報屋を通じて警察へはこばれているにちがいないから、相手の目を倉庫からそらしてしまうのにもはなはだ好都合であるにちがいないと思われるのである。ラバは情勢を見てひそかに拍手したに相違ない。彼は警察の目をますますそらし、また、どんどん落伍者《らくごしゃ》をつくって最後の分前の額をつりあげようと思い、いよいよ気前よく仲間を売りとばしにかかったらしい。フクスケが見ていると、署にひっぱられてゆく者の数は毎日増加の一途をたどってとまることがなかった。配下の大量検挙があるたびに親分たちはキムの家へ相談にやってきたが、どこをどう説きつけるのか、親分たちは家へ帰るとまたぞろ翌日になって出動を子分たちに命じた。子分たちは親分の命令のままにはうごかなかった。彼らはあくまで自分の欲求にしたがって行動したまでである。たまたま親分の命令がそれに並行したにすぎないのであって、両者のあいだには爪《つめ》の垢《あか》ほどの紐帯《ちゅうたい》もないのだ。この頃になると、ブツは押収《おうしゅう》される、道具は失う、借金はかさむし、部落の外にはなんの仕事もないという、二重、三重の悪条件に子分たちは窒息しそうになっていたのだ。彼らは留置場から帰ってきたその足で鉱山へでかけ、警官と格闘した。彼らが追いたてられて草むらのなかを四方八方へ走り、ある者はトウジョウの半ば沈みかけた満員の伝馬のふちにしがみつき、ある者は顔面蒼白《そうはく》になって化学廃液のなかを泳ぎ、やっとの思いで岸にたどりついても息が切れてにわかにはたてないでいる、そんな恰好を見ると、フクスケにはこれらの裏で策士《さくし》面《づら》をしているラバがどうにもちゃちに見えてならなかった。が、ラバはまだしも主犯気取りで不安を賭《か》けているといえようが、このみすぼらしい男を狙ってそのおこぼれにあずかろうと腐心している親分連中のけちさかげんにいたっては語るにおちたというものであった。雑兵《ぞうひょう》たちが体じゅう腐臭を発散させて運河からよろよろ這《は》いあがってくる恰好を目にするたびにフクスケはそう思った。ラバがどの程度、情報屋の真似《まね》をして仲間を売りつけ、また実際に一一〇番の通報で警察がどれくらい反射的にうごいたかは誰にもわからなかったが、そのうちにちょいちょいまちがいが起りだした。ほかでもない。百発百中の狩込みが狂いだしてきたのである。警官たちはとんでもないときに鉱山へやってきた。みんながシケ張りの合図の声にいち早く逃げたあととか、徹夜仕事にくたびれきって昼寝をむさぼっているさいちゅうとかである。ある日もフクスケが部屋にころがってうつらうつら眠っていると、にわかに表の道をさわがしい人声がして何人もかけだしてゆく気配がした。そのさわぎがあまりけたたましく陽気なので、体を起して窓から覗《のぞ》いてみると、みんなだらしない薄笑いをうかべて川岸のほうへ走ってゆく。

「……どないしたんや？」

と聞くと、二、三人の者がかけ走りぎわにふりかえって

「手入れや」

「ぼんくらや」

「犬が吠《ほ》えとる」

などといい、ひとりの男はただげらげら笑いながら一目散にとんでいった。

そこでフクスケが仲間のあとについて河岸《かし》へいってみると、みんな土堤のうえへ一列にならび、対岸を眺めてたっていた。対岸には何十人という武装警官が筋肉と革の壁のようにぎっしりならんでこちらをにらんでいた。彼らのうしろにはオートバイやジープが何台となく整列してエンジンをうならせていたが、その背後には広漠とした荒野の光と微風があるばかりで、しんと静まりかえり、人影ひとつなかった。みんなは昼寝のさいちゅうをたたきおこされてとるものもとりあえずとびだしてきたのがこのありさまなので、ステテコをはいたままいっせいに警官を指さして笑いだした。刑事の一人は顔をまっ赤にし、せかせかした足どりであたりを歩きまわったが、どうにも手のつけようがないらしく、ただいらだたしげに低く叫ぶばかりであった。

「……笑うな、笑うな。笑《わろ》たらいかん！」

みんながむなしくひしめく警官たちを指さしてがやがやしゃべりだすと、キムがあわてて警告してまわった。彼は人ごみのなかを歩きまわって腕ずくでひとりひとり肩をこづいて部落へ追いかえそうとしたが、誰もその場から離れたがる者がなかった。フクスケはしばらく見物してから部落へもどったが、すっかりからっぽになったと思った家のなかから、ラバがなに食わぬ顔で、こっそりでてきた。彼はフクスケを見る

と、するどい眼に薄笑いをうかべ
「どや、面白《おもろ》かったか？」
と声をかけたが、フクスケがなにかいおうとするよりさきに家をでて、川岸とは反対の方角へすたすた消えていった。
うどん屋でつくったプログラムはこうして第三番までは進行した。それはおおむね予期どおりの混乱と出入りとざわめきのうちにすすみ、最初の目的をほぼ果したように思われた。キムとラバの二人はほかの親分たちと共謀して、この期間の部落民たちの言動のなかから計画の痕跡《こんせき》をひたかくしにかくして消してまわることに力をそそぎ、すっかりそれを窮迫したあげくのでたらめな衝動の群れと偽装することに成功したが、毎日目に見えて傾斜のはげしくなってゆく部落の困窮を見れば彼らのやったことが果してどれだけ独立を誇れるものか、疑問のかぎりであった。彼らの策略のなかでほんとに彼ら自身の手による成功と考えられるのはかろうじて銀板の噂をデマと吹聴《ふいちょう》してみんなを倉庫のまわりから追い払ったことだけである。このことをのぞけばあとは遅かれ早かれ部落の困窮が誰の手も借りずにつくりだせるような性質のものばかりだった。彼らはほっておいてもまわる独楽《こま》にときどきけっして無駄ではないが、といってかならずしも不可欠を主張できるほど必要でもない鞭《むち》をあてたにすぎないのである。

彼らがいよいよさいごの仕上げに着手したとき、独楽はもう手のつけられないような速度で回転していた。

八月のある夜、部落の五人の親分たちはめぼしい配下たちをそれぞれ呼んで銀板略奪の計画をうちあけた。男たちはすでに何日となくつづけざまに狩込みをうけて部落に完封されたところだったので、声をかけられた者のなかで辞退を申出る者は一人もなかった。のみならず早くも午後に噂をかぎつけた連中がなにも声をかけられないのにぞくぞくと掘立小屋から這いだし、夕方から夜にかけてはおびただしい数の人間が集まってきた。親分たちは一人一人から希望を聞くとすばやくその場で彼らを〝特攻隊〟か〝ドンチャン屋〟かのいずれかにわけ、仕事の性質といくつかの合図を説明した。男たちは仕事がはじまるまでは一ヵ所に集まると情報屋に知られる危険があるので、あちらこちらに散らばった。そのうち何人かの非力な不具者や老人は組をつくって警察署前へシケ張りにでかけ、また何人かは夕闇《ゆうやみ》にまぎれて鉱山へ様子をさぐりにもぐりこんだ。

キムはいつものように押入れを背にもたれ、つぎからつぎへやってくる志願者の名前をたんねんに紙へ書きつけた。ほかの組でもその夜の仕事にちょっとでも関係した者の名前は一人のこらずメモして、親分たちがキムのところへ持って来た。キムはそ

の紙きれを志願者にこれ見よがしに見せつけ
「よろしいか、変な真似しやはったらあきまへんでえ。いざとなったらわいがこれ持って、おそれながら、と旦《だん》さんのほうへ届けにいきますよってにな」
と厭味《いやみ》をいった。
志願者がひきさがろうとすると、キムのよこにラバが待ちかまえていて、相手が特攻隊なら身仕度を厳重にするようにいい、もし相手が乱痴気騒ぎをやるドンチャン屋ならぜったい守衛や警官に手をだしてはならないなどと注意してから
「ええか、こちらが〝カカレ！〟ときっかけをわたしたら、それを合図に仕事するねんぞ。頃合を見たら、〝引ケ！〟という。この声がかかったらなにをやっててもその場でピタッと黙る。もしも犬が来よったら誰でも見つけ次第に〝散レ！〟とどなる。あとは運否天賦《うんぷてんぷ》、おまえの足と相談せえ」
といった。
ここまではかねてからの計画のままであったが、もっとも重要なことがひとつ、いざとなって食いちがってきた。というのは、ラバたちの予定では、銀の木箱さえ積みこめばあとのガラクタのスクラップは偽装用にあたりへぶちまけるか、あるいはそのままつみこんで部落へ持って帰るとしてもほんのお愛想程度でよいだろうということ

になっていたのに、志願者たちはいっせいに貪欲《どんよく》なことを主張したのである。一人がそれをいいだすと、待っていましたとばかりにみんな口ぐちにおなじ説を唱えはじめた。

「遠慮しなはんな！」

一人の男は目を光らせていった。

「なにも遠慮することはおまへんやないか。そこいらにあるもんならなんでもかんでも、そっくり頂戴《ちょうだい》しようやおまへんか。ひとつのこらず、コッテリ積んで……」

「とろ作《さく》」

ラバは腹だたしげに舌打ちした。

「全部で何貫あると思《おも》てんのや。そんなもんをいちいち積みこんでた日には夜が明けてしまうやないか。なにを今日までわいらが苦労してきたと思《おも》てんのや」

男はラバに罵《ののし》られてもびくともしなかった。彼はだまってゆっくりたちあがると、せせら笑うように

「……銀でっか？」

吐くようにいうと、露骨な憐《あわ》れみのまなざしで

「あほらし」

そういったまま部屋をでていった。

キムとラバはその後姿を見送って

「……薬が」

といったきり顔を見あわせて口をつぐんだ。二人はそれで男を嘲笑《ちょうしょう》したつもりであったが、つぎつぎやってくる連中がみんなおなじことをいうので、しまいには妥協せざるを得ないようになった。何度口を酸《す》っぱくして二人は彼らの愚かしさを説明したか知れなかったが、多少の意見の相違はあっても誰一人としてガラクタの山をあきらめようとする者はなかった。しかもその多少の相違というのが、百貫あれば百貫そっくり持って帰ろうというところを二百貫なら二百貫、三百貫なら三百貫というようなたぐいの相違であって、そっくり持って帰るという言分で譲歩しようとする者は一人もいないのである。これをねじまげようとしてためしに二人がいちばん寡欲《かよく》そうな男にむかって、これまで銀板の箱をそっと放置しておくためにどれだけの手をうち、部落民に苦しんでもらったかということをかなりあけすけにうちあけてみても、相手は納得しようとしなかった。彼は二人の話がすむと、ぼんやりしたまなざしで

「しかし、あんた、銀はどうでも、とにかく鉄だけはたしかなんでっしゃろ」

と聞くだけで、それ以上なんの説明を求めるそぶりも見せずに部屋をでていった。

「……なんで銀が欲《ほ》しないのや」

「デマやと思いこんどるわけやな。それともう一つ、つまり、欲《よく》は少い目でもたしかなところでとめといたほうが、がっかりせんですむからな」

キムとラバの二人はあらためて相談し、そんな途方もないスクラップの山を部落にかつぎこめば二進《にっち》も三進《さっち》もとれなくなって、あとを追ってきた警官に有無をいわさずつかまえられることは火を見るよりあきらかで、これはまったく無意味な自殺行為でしかあるまいが、何十人という男がよってたかってそういうことをやったという事実はこちらの惨憺《さんたん》たる窮迫を訴える材料として最上のものであるし、そのどさくさに銀をかくすにはますます好都合だから、仲間の団結ということもふくめ、これ以上、こちらの正気を主張するのはさしひかえようではないか、というように結論をくだした。

「要は、銀やからな」

「ま、そういうこっちゃ」

二人はあらためて念をおすようにいいあったが、おたがいの目に憂鬱《ゆううつ》を読むことは避けようとしなかった。

その晩、十一時頃になると、男たちは思い思いの恰好《かっこう》をして思い思いの方角から弁天橋のたもとに集まってきた。みんな上着やズボンはまちまちであるが、とにかく黒ずくめで、足にはこれだけは申しあわせたようにゴム裏の地下足袋か運動靴をはいているため、耳をつままれるほどそばへよられるまで誰が誰やら、まったくわからなかった。フクスケがキムに陽動役の急先鋒《きゅうせんぽう》の一人として命令をうけて現場へいってみると、まっ暗ななかで、すでに何十人もの男が電柱やポストをよそおってたたずんでいた。フクスケがその一人にちかづいて、なにげなく

「キム組のめっかちはんはどこで?」

と聞くと、相手はものもいわずに肘《ひじ》で彼の胸をつきとばした。フクスケは思わず息がつまって、そこへしゃがみこんでしまった。めっかちやオカマがどこにいるかはわからなかったが、これではさがすにもさがしようがなかった。しかたなしにそのましゃがみこんでいると、しばらくして一人の男がまっ暗ななかを手さぐりでやってきた。男はそろそろとまさぐるように歩いてきてフクスケの体につきあたると、片手でかるく彼の背や首すじをたたきつつしゃがみこみ、耳もとで

「……特配や。これで力《りき》つけえな」

こっそりささやいてフクスケの手になにか固いものをにぎらせた。さぐってみると、それは生卵であった。フクスケは右手で卵をそっとにぎり、左手で男の顔をさぐって耳をさがしあてると、息を殺してささやいた。

「……なんぼや？」

男は目がくらみそうになるほどむんと蒸れた口臭をフクスケの耳の穴に吹きこみ、やさしい低声で、「あとでええが、一箇《こ》二十円や」といった。

そのままたち去ろうとするので、いそいで手をとってひきよせ、もう一度耳もとへ

「特配やというたくせに」

とがめるようにいうと、相手の男はひくくのどの奥で笑ってから

「……ちょっというてみたまでや」

ポンポンと肩を二、三度なだめるようにたたいて向うへいってしまった。どうやら全員に配るつもりで来たらしく、フクスケが前歯で卵に穴をあけようとしていると、ちょっとはなれた暗がりで、またぞろ

「御苦労はんでんなァ」

と低声でささやいているのが聞こえた。

卵をのみこんでからしばらくすると、ひそかな足音がいくつもやってきて、暗がりのなかにたちどまった。たちどまったはずみに車軸のきしる音が聞こえ、いよいよ待望の特車の到着だとわかった。それも一台ではなく、どうやら気配では全部で四台ばかりひっぱってきたらしい様子であった。先頭の一台をひいてきた男はたちどまると、

暗がりをすかすように、殺気走った声で短く
「特攻隊！」

　これは一声でラバだとわかった。

　フクスケのまわりに林立していた電柱やポストはかすかにざわめきながらその声をあてに特車のまわりへ集まった。ほかの車でもおなじようにして係りの者を呼び集めた。

「……ドンチャン屋！」

　ラバの呼声に応じてフクスケがたちあがると、その瞬間、ほとんどたちあがるかあがらないかにとつぜん車が走りだした。

「そらッ」

「もろたぞ！」

「ドンといけ！」
　二、三人がなにやら口走ったのを耳にしたきり、あとはただ車のあとについて走るのがせいいっぱいだった。
　橋から倉庫まで百メートルほどはもとの砲兵工廠《こうしょう》の正門で平坦《へいたん》な鋪装《ほそう》道路であった。橋と倉庫のちょうどまんなかあたりに警官の詰所があって街燈《がいとう》が一本、あとは目的の

倉庫のまえにもう一本、この二つをのぞいてあとはまっ暗だった。警官も守衛もすでに寝てしまったらしく、二つの詰所は灯が消えていた。四台の車と何十人かの男はひとかたまりになって暗がりを疾走し、街燈の青白い円光のなかを影のようによこぎった。二つめの円光のなかへ車はつぎからつぎへとびこむと、先頭の男がまるで曲芸のように梶棒《かじぼう》にすがりついて体をよこにとばし、倉庫のまえへピタリと車を一回転してとめた。

「かかれ！」

ラバのさけび声が走ったのでみんなはいっせいに口ぐちにどなったり、わめいたりしはじめた。街燈の光が弱いのと何十人もの男がおしあいへしあいひしめくのとで倉庫のまえにはなにが積んであるのか、さっぱり見当がつかなかったが、男たちは手あたり次第のものをかたっぱしから車へつみこんだ。木箱もスクラップもあったものではない。フクスケはつきとばされたり、ころんだりしながらまっ暗ななかで、ただめったやたらにもみあう、どなる、さけぶ、蹴《け》る、投げる、ののしる……

やがてラバは兇暴《きょうぼう》な古鉄と筋肉束の雑沓のなかで二つの詰所の窓に灯がつくのを見た。彼はすばやく人影のうごきと橋までの距離を目測し、仕事場の暗がりをちらとふりかえって

「……引け！」

とさけんだ。

ふたたび男たちは車のまわりにとびつくと、こけつまろびつ四方八方から車台を押して鋪装道路を走った。車が警官詰所のまえを通過するとき、小屋の戸がおしあけられてなかからさけび声が起ったが、車はただおびただしい数の苦痛のうめきを風のなかへ航跡にのこしただけだった。

四台の車が橋をわたって、部落のなかへかけこんだとき、耐えに耐えていたラバが、とつぜんたたらを踏んでまえにのめりかけた。彼は倒れるのをふせぐために腰をつっぱったが、車と古鉄の山のすさまじい重量が殺到してくるのをさとってすばやく姿勢をくずし、そのまま土を蹴って梶棒にぶらさがった。彼は梶棒へ必死になってしがみつきながら、うしろから車を押してくる男たちにむかって

「散れ、散れ！」

とさけんだ。

遠くでサイレンが鳴っていた。

男たちは手をはなした。その瞬間、車がはげしく身ぶるいした。ひとたまりもなくラバの体は梶棒からおちた。車には手をはなした男たちが思わずまえへのめるほどの

速力がついていて、方向を変えることもまた、できなかった。男たちは口ぐちにひくくののしりあいつつ暗がりを走った。

終章　どこへ？

駒《こま》の溺《おぼ》れ死んだところ
そこには水があった
——古すぎる諺《ことわざ》——

一

企画は挫《ざ》折《せつ》した。

その夜の混乱は部落はじまって以来のものであった。フクスケが特車のあとについて部落へかけこむと同時にサイレンの接近が聞こえた。ラバが「散れ！」と叫んだので車の重量や加速度や、ましてそれらのものがラバの足と腰にあたえる影響など考えているひまもなく、フクスケは仲間みんなといっしょに手を放して逃走したのだが、あとはどうなったのか、まったくわからない。彼は暗がりのなかをただめったやたらに走って、掘立小屋のような家と家のあいだをくぐりぬけ、裏から裏へかけぬけて、やっとの思いで部落のそとへでることができた。それも、ちょっとやそっとのことで脱出できたのではない。この夜の警察側の攻撃はかつてなく大規模であった。部落の道という道、入口という入口の、ほとんど考えられるかぎりの隙間《すきま》から彼らはなだれこんでおしよせてきた。フクスケは路地から路地へネズミのように走りまわったあげく、どうにもやぶれないとわかったので、今度は逆にかけだして平野川のほうへいった。すると、川には探照燈《たんしょうとう》がギラギラと輝いていた。それも一隻《せき》ではない。二隻、水上署の警備艇が二隻もいた。警備艇は大阪港の川尻《かわじり》から運河から運河をつたって溯上《そじょう》してきたものにちがいなかったが、いつのまにどうやってそこへもぐりこんできたのか、これはまったく不意打ちというものであった。よくはわからないが、部落へかけこんできた警官たちは完全武装していたし、あちらこちらで鳴るけたたましいサイレンは本物の〝特車〟の到着を告げていた。フクスケは土堤の草むらに体を投げてうつぶせながら、すぐ頭のうえをかすめる探照燈の光芒《こうぼう》や、背後にせまる足音、罵声《ばせい》、サイレンの数などを、いままでの経験から

（……機動部隊二コ小隊、署員一〇〇人）

と推した。

平野川へとびこんで対岸の鉱山の暗がりのなかへかくれるつもりだったのが警備艇

におさえられてしまったし、といって部落へもどればわざわざ自分からランプのなかへとびこむような結果になることはわかりきっていたので、やむを得ずフクスケは草むらのなかをじりじりとカニのように横這《よこば》いして警備艇からのがれようとした。彼が土堤に腹這いになって息を殺していると、あわて者の仲間の何人かがあともさきも考えずに川のなかへとびこんだらしく、あちらこちらで水音や叫声が起った。その声は例によって例の如《ごと》く、この部落で起る密度ある瞬間の表情がいつもそうであるように、愚かしく滑稽《こっけい》な悲惨を含んでいた。もがくやつ、溺れるやつ、水上署員を罵《ののし》るやつ、助けを拒んで沈みそうになってあわててまた助けを求めるやつ。彼らが羽毛に油をべっとりぬりたくられてどうにもならない水鳥のようにもがいているのを助けようとして水上署員たちはランチのうえで右往左往しているらしかったが、そのひとりがあからさまな高声でうめくのが陋劣《ろうれつ》な水音や悲鳴にまじってはっきりフクスケの耳に入った。

「アホらしい、アホらしい、なんでこんなことで深夜勤務せんならんのや！」

その声がいまいましげに舌打ちしていまにも溺死《できし》しそうになっているらしいアパッチ族にロープを投げる気配があってしばらくしてから、すこし老《ふ》けた声が

「コウジョリョウゾク、アンネイチツジョやがな」

とせせら笑うのが聞こえた。

「労働過重や、くそ！」

さきの声は情けなさそうに吠《ほ》えた。

それからあとは他人の話によるよりほかなかった。

フクスケは探照燈の光芒が土堤をこしてちらちら額をかすめるなかをじりじり横這いに這って、気がついたときにはどうやらこうやらやっとのことでひびきもしなければ閃《ひらめ》きもしない草むらに逃げこんでいたというような放心状態で手と足をうごかして騒動から脱出することに成功した。夏の夜の草むらは汗まみれの靴から足をたったいまぬいたばかりというような放埒《ほうらつ》な香りと熱を発散していたが、とてもかまっていられたものではない。フクスケは静かな草むらに這いこむと、そこにぐったり寝ころび、夜空を仰いで、よくよく人間というものは油断も隙もあったものではないとか、というようなことを無駄に考えた。が、このあいだに部落のなかは支離滅裂になっていた。警官たちがなだれこむと同時に男たちは特車を投げだしたまま逃げだしたので、警笛や罵声にこたえて家のなかから這いだしてきたのは見るからに憂鬱《ゆううつ》な、女、子供、老人、不具者、瘋癲《ふうてん》、といった連中で、彼ら、あるいは彼女らは警官たちの姿を見ていっせいに口ぐちに勝手なことをしゃべりだした。警官たちがその群れをかきわけて家宅捜査をしようとすると、連中はますますさわぎたててこれを拒み、女たちのなかには薪《まき》や密造酒をもちだすものがあった。彼女たちは仲間同士すばやく牽制《けんせい》しあって、あちらこちらかけまわり、警官そのものにさからうことは公務執行妨害に問われるからといって、薪は警官の肩すれすれ、だがちょっと口実を設けるにははなれ、密造酒はドッと足もとの溝へ、だがとがめるにはちょっと速すぎる手つきで、といった調子でめいめい門口で活躍をした。警官たちは彼女らとおしあいへしあい道のまんなかで争ったが、見るも哀れなボロをまとったアマゾンたちが汗や垢《あか》や髪の匂《にお》いをたててここを先途と必死にからみついてくるのにはたいていのものがうんざりした顔つきになって、たじろいでしまう様子であった。

ところが、この憂鬱な、けたたましい乱痴気騒ぎのなかで、ブツの押収《おうしゅう》にむかった警官たちはさらに度し難いものを発見してしまったのである。彼らが女の群れをかきわけて部落の道のまんなかにとびだすと、一台の特車の車輪のしたでラバがうめいていた。彼は何十貫、何百貫と知れないようなスクラップの小山を積みこんだ特車の厚ゴムの車輪に背をくわえこまれ、まるでピンで止められた昆虫のように首をふったり、手足をふるわせたりしてもがいていた。サイレンにおどろいて仲間が手を放したはずみに梶棒《かじぼう》からふりおとされてそのまま轢《ひ》かれてしまったのだ。車は彼の背をつぶし、電柱にぶつかってとまっていた。彼を救いだすには、なによりもまず車を移してしまわねばならなかった。警官たちは汗みどろになってスクラップの山を特車からおろし、騒ぎたてる女たちとしょうことなく力をあわせて車を押した。車をのけた途端にラバはまっさおになって失神し、ジープへ運びこまれるときは警官たちの腋《わき》のあいだから手や足を薪のようにぶらぶらさせていた。

ラバが運び去られると同時にその夜の収穫物もいっさいがっさい警察署へもっていかれてしまった。男たちが何時間かたってあちらこちらからおそるおそる部落にもどってきたとき、道のうえにはほとんどなにひとつとしてのこされていなかった。特車はもちろん、そこへ積みこんだ電線、薬莢《やっきょう》、バルブ、銅板、鉄板、そのほかあやめもわからないうぞうむぞうの屑鉄《くずてつ》、そして、あの、銀板の木箱も、すべてが姿を消してしまっていた。銀板の木箱については、フクスケが土堤の草むらからもどってきたとき、すでに部落のひとびとはそれを既定の事実として話しあっていた。みんなはその夜出動するまえには十人中六、七人までが銀板の木箱について懐疑をよそおっていたのに、いざそれが押収されたということになると十人が十人まで存在を確認することとなったのである。彼らはまっ暗ななかで喧騒《けんそう》をきわめた積込作業をしたはずなのに、誰もが一度はそれにじかにさわって特車へ投げこんだということを主張しはじめた。

彼らは辻《つじ》や路地や家の門口に佇《たたず》んでいつまでも没収された銀板のことについて話しあい、時間がたつにつれて描写は細密をきわめていった。が、ためしにフクスケが、その話をしている一人の男をつかまえて根掘り葉掘り当時の状況を聞きだしにかかろうとすると、その男はにがい表情になって言葉をにごし、つぎの男の言葉を借りて自分の感想を補強することにかかった。つぎの男はまた別の男に、右の男は左の男に、左のやつは右のやつに、といったふうにこの輝かしいスキャンダルの鎖はかげろうのようにつながれていて、まったくどうにもとりとめのない話であった。その後何日かかかってフクスケは部落のなかをすみずみまでさまよい歩いて話に耳を傾けたが、ついに銀板は確認できなかった。いったいそれが、はたして積みこまれたものかどうか、また、ほんとにそこにあったものかどうか、さらに、あの片手片足のアタリ屋は実際それを確認しているのかどうか、ということになると、すべてがあいまいになってしまうのであった。考えてみるとこの話にはそもそもの出発点から証人が一人もいないのである。片手片足のアタリ屋は木箱を掘り起したとたんに襲われて没収されたのだというきりだしで話をはじめ、誰もそれを目撃したものはないのだ。親分たちは守衛を買収して口を割らせ、木箱が倉庫の壁ぎわに積みあげたスクラップのなかに埋もれたままになっているということに設計図を引いたが、これもまた多分に身勝手な空想で、親分たちがめいめい無理に話をそのように運んでいったと思えるふしがある。さらにまた、その後、ほとんど部落の全員にちかい人間が昼となく夜となく倉庫のまわりをうろついたが、誰一人として既成の描写にかなった木箱にさわってもいなければ、見とどけてもいない。誰をつかまえて話を辿《たど》っていっても、なにやらそれらしいものがあったような気がする、ということで糸は切れてしまうのだ。倉庫のまわりに積みあげられた押収物件のブツは数百貫に達し、ありとあらゆる形と重量をもったスクラップがおしあい、へしあい積みあげられていて、たとえこちらの話のとおりの寸法でなくても木箱の五つや十はわけもわからずころがっている。これを中心にその後一ヵ月か二ヵ月というものは八百人ちかい人間がおたがい法螺《ほら》を吹いたり、だましあったり、会議をひらいてみたり、仲間を警察に売りとばしてみたり、右往左往の混乱をきわめたのだ。みんなの話と行動をラッキョの皮のように剝《む》いていくとついに虚無にゆきつくばかりである。それからさきにあるのはからっぽの胃袋だけである。なだめてもすかしても黙りこまない、薄暗く生温かく、かったるい胃袋がつぎからつぎへとまことしやかな気まぐれの泡を生みつづけて全員をくたくたに走り疲れさせたのだ。しかも、どんなにするどい証拠のヤスリで削りおとしていっても、胃袋がからっぽであるかぎり、やっぱりこれはまったく嘘《うそ》ともいえなければ本当ともいいきれないではないか、という考えがまたぞろ頭をもたげてきて、いまのいませせら笑って片づけたばかりのお喋《とぎばなし》がふたたびよみがえってくるのである。おまけに軽薄だったのは部落の人間だけではない。フクスケが翌朝の新聞を読んでみると、前夜の狩込みの内容は、機動隊が三コ小隊、水上署警備艇が二隻、動員人数は二つの署の警官が合計一八〇人ということになっていた。彼はキムが朝食のときにこの数字を読みあげて

「……ごついことやりよったなァ」

まるで他人事《ひとごと》のように頭をふってつぶやいているのを聞いた。

新聞はそれまで揶揄《やゆ》の口調で扱っていたのに、この日の記事ではとつぜんいかめしい糾弾の言葉を浴びせかける態度に変っていた。フクスケたちは散発的なコソ泥から計画と組織をもった兇悪《きょうあく》な強力犯対象者の団体とされることになり、署長は徹底的処置を市民たちに約束していた。彼はそれだけ大規模な動員をしながらわずかに四、五名の小物しか逮捕できなかったことに反感を抱いている気配であった。キムは記事を何度も読みなおしてから、注意深く言葉を選んで

「おたがい話しあいせんならんことのほうが多いようや。この部落に来とる人間が屑鉄から目を放しよったら、その目はどこへゆくと思うのや。こっちのほうが問題やないか。寒《さむ》うなれへんか……」

といってから、ちょっと口をつぐみ、目をあげていそいでつけたした。

「俺《わい》は別やけどな」

しかし、キムもフクスケも新聞でからかわれたり、非難されたりすることについては、あまり度数がかさなっていたし、キム自身の見解もきわめて正確とはいいながらすでにきまり文句となりかけている気配もあったので、このことについては二人とも寡黙《かもく》であった。が、記事のつぎの欄に移ったとき、二人はちょっと目を見あわせた。というのは、そこにめざす目的物のことが扱われていたからである。

新聞のその欄では、逮捕された仲間の一人が今度の集団行動の原因をたずねられて、口数少く、銀板があるからとりにいこうと誘われたからであると答えていた。彼はほかの仲間みんなとおなじように個人名についてはまったくの記憶喪失症にかかっていて、キムやラバや、ほかの親分、または主だった仲間などの個人名は聞かれてもすべて知らぬ存ぜぬの一点張りであった。が、この彼の答えにたいして、鉱山の管理者である財務局は頭から嘲笑《ちょうしょう》を浴びせ、銀がでたなどとはデマもはなはだしい、押収物件のなかには銅材が少しあったきりで、あとは屑鉄があったにすぎない、ときめつけたのである。警察側は、ただ財務局の要請で動いて盗品を再押収したにすぎないことであるといって、銀のことにはふれていなかったが、ただ、いつまでたってもこんな下らない軽犯罪のために昼も夜も動員させられるのはまったく財務局がだらしないからだと意見を述べていた。財務局は財務局でこの非難の鋒先《ほこさき》を過去の軍閥の途方もない面積の浪費と現在の予算不足にそらして逃げた。キムとフクスケが興味を抱いたのはこの口喧嘩《くちげんか》もさることながら、あくまでも問題は銀板の行方についてであった。彼らは朝食もそこのけにして新聞に首をつっこみ、記事を何度となくくりかえし読んだ。キムはその短いインタヴュー記事になんとかして事実の報告より以上の反応を嗅《か》ぎつけようとして苦しむ様子を露骨にしめした。

「銀が銅材であろうとなかろうとそんなことは問題やない。たとえ銀がほんとにあったとしても、そんなことがそのまま新聞にでてたまるかい。いままでそんな貴重品を何故《なぜ》雨ざらしにほっといた、というて上役のやつからドヤしつけられるよってにな。ここはどうあっても嘘をつかんならんとこや。銅でも鉛でもスクラップでも結構や。ただこっちが気になるのは、その嘘のつきかたかげんで、銀のことがいくらか見当がつくやろうちゅうことで……」

彼はそういいながら記事をくりかえしくりかえし読み、なんとかして財務局の嘲笑に狼狽《ろうばい》や居直りや防禦《ぼうぎょ》の姿勢が発見できないものかとあせった。彼にいわせると、それはもはや銀板の存否の問題ではなく、すでに事は自尊心や虚栄に関係しているのだということであった。たとえ銀板がほんとうにあったのだとしても、それはもう押収されてまさに闇《やみ》から闇へ消えたのだからあきらめるよりしかたないとしても、過去一ヵ月にあれだけ精力を注入したからにはたとえひとかけらの慰めでも対価としてうけとりたいというのが人情ではないか、というのが彼の憂鬱げなつぶやきの内容の大部分を占めていた。が、はたして彼がどれほどの許容度をその短くそっけない報告記事に嗅ぎつけて対価をうけとったかは、まったくわからなかった。しばらくして彼は新聞から顔をあげると、困惑に苦《にが》った表情で

「ああ、癇《かん》がたつ」

とつぶやいた。

彼は新聞をぽいと捨てると、いまいましげにひとりごとをいった。

「新聞に書いたあることでギリギリ信用できるのは将棋の図面と日附だけやちゅうゾ」

「いや、まだありまっせ」

「なんや」

「死亡広告や」

「なかなか。生きてた英霊なんてあるゾ。どや」

二人はあさはかな言葉を交わしたあと、昨夜から徹夜仕事でくたくたに疲れた体を畳のうえに投げだした。二人とも頭に鉛をつめたようにくたびれていた。キムは薄い座ぶとんを自分のやせた腹のうえにのせて一度目を閉じたが、まだあきらめきれないのか、もう一度目をあけて枕《まくら》もとの新聞をちらっと見ると、警察と財務局がそれぞれ紳士言葉で責任のなすりあいや口喧嘩をしあっているところをフクスケに視線でさしてみせ

「あれで我慢しとくか」

やっとそれでいくらか満足した顔つきになって、目をゆっくり閉じた。

その日の午後はいそがしかった。フクスケはキムの命令で部落のなかをかけまわり、親分たちをふたたびウドン屋に呼び集めた。はじめての会議に出席したのとほぼおなじ顔ぶれと人数が集まってきたが、みんなうなだれて薄暗い目をしていた。全員そろうのを待つあいだ、何人かはあいもかわらず丁半や拳《けん》をやり、カルピスを飲んだり焼酎《しょうちゅう》をあおったりしたが、誰ひとりとして前回のようにはしゃぐものはなかった。笑声は起らず、叫声はいずれも焦躁《しょうそう》と殺気にみち、時間つぶしの手慰みのはずのものがしばしば真剣勝負の賭博《とばく》になりかけて、とげとげしい争い声の走ることもあった。

キムは全員集まったところで、後始末の相談をした。みんなは被害の甚大《じんだい》さから考

えても、今度という今度は密告者をさがしだしてそれ相当の処置を加えるべきだと、まず、主張したが、これはキムが密告者の発見法のないことを説いて、ひっこめさせ、問題を金銭関係のことだけにしぼった。警察はスクラップを押収するときに特車を同時に押収したから、この四台分の損害を補う必要があった。特車は四台あって、この企図のために新しく買ったものもあれば、まえからもっていたのもあったが、いずれにしても一台は買うとなると一万五千円かかるので、かなり手痛い被害であった。キムは四台の車が四人の親分それぞれの持物であったことを思いだして、結局これは、各組で親分がめいめいの方法で決済をつけるよりしかたあるまいと考えたが、そうなればいずれ子分たちばかりに負担を負わせて頭割りの醵出《きょしゅつ》を要求するにちがいないからよしてくれという、めっかち以下、各組の先頭連中の主張で、全額の半分を親分が負担し、あとの半分は昨夜の行動に参加した者全員が組に所属するしないにかかわらず均等割でだしあおうということにきめた。親分が余計にだすのは、警察からいつかその車がもどってきたときには、たとえいつとはわからないまでも親分のものとなるからである。また、いままでこの企画のために大量の仲間をオトリとして警察へ売りつけたが、この結果の科料や差し入れの費用は、これもまた参加全員の均分負担で相互に補償しあおう。昨夜の行動は完全な失敗に終ってしまったが、全員の犠牲のうえにいままでの計画をたてたのであるから、成功していたら全員がその恩恵に浴するはずであった。だから、損害もまた全員で負わねばならない、ということに話がまとまったのである。が、いままでに誰が何日に逮捕されて科料を払ったかということになると、あまりに頻繁なために本人すらがおぼえきれなくて記憶があいまいになっていたし、各組の親分もはじめの約束どおりにメモをとっているものはほとんどなかった。どうして科料の全額を算定してよいのか、わからないのだ。まさか警察へ聞きにゆくわけにはいくまい。みんなは、ハタと困って腕をこまねき、沈黙におちこんだ。

キムはそれを見てズボンのポケットに手をつっこむと、皺《しわ》だらけになった一冊の大学ノートをひっぱりだしてテーブルのうえに投げた。

「ここに書いといた、お金はちゃんと計算できる」

彼のひらいた頁《ページ》を見ると、鉛筆できれいな線がひいてあって、日附欄と人名欄がわけられ、人名欄にはギッシリ名前が埋まっていた。ひとりひとりの名前のあとにはその男のうけた罪名や科料額や拘留時間などが、細大もらさず、誤字、乱字をまじえて記入されてあった。みんなはそれを覗《のぞ》きこみ、何頁にもわたってえんえんと自分たちの業績が記録されているのを見て、苦笑まじりの茫然《ぼうぜん》とした顔つきになってしまった。

「……ラバがやりよったんや。あいつ、ちょっと変っとる。過去を聞きたいようなもんや」

キムはつぶやきながら、耳のあたりをかいて黙りこんだ。みんなは、昨夜、特車を警官たちがラバの体からとりのけたときに背骨のきしむ音が聞こえたような気がしたという女たちの話を思いだし、ラバがかつて警察から釈放されて帰ってくるひとりひとりの人間をこっそりと訪問して歩いていたことなどを話しあったが、声は低かった。間もなく相談の種も尽きたので、みんなはウドン屋をでて、それぞれ家や下宿へ重い足をひきつつ帰っていった。

その夜おそくになって一人の警官がキムを訪ねて来た。キムは警官を家へあげると、二階に案内してラバの寝起きしていた部屋を見せた。めっかちやゴンやオカマたちは警官の姿を見ただけで食べさしの焼肉の皿を投げだし、ほとんどはだしのまま裏庭にとびだして逃げてしまった。フクスケがキムと警官のあとについて二階へ上ってみると、ラバは万年床のまわりに一升瓶や、二、三着のシャツ、ジャンパー、ズボンなどをとり散らかしたままにしていたが、しらべて見ると、枕もとの畳の隙《すき》に新聞紙にくるんで何枚かの千円札がかくされてあったほかに持物らしい持物はなにひとつとしてのこしていないことがわかった。警官はキムにラバの本名や経歴や年齢、本籍地などを問いただしたが、これもまたなにひとつとして答えられないことがわかった。警官は手帳を鉛筆で叩《たた》いていまいましげに舌打ちしたが、アパッチ部落の事情はかなり知っていると見え、それ以上、キムを責めようともせずに帰っていった。

警察病院へいってみると、ラバは車輪附寝台のうえにひらたくのびてよこたわっていた。解剖室のコンクリート床はつめたくぬれて鼻をさすような石炭酸の匂《にお》いがたちこめ、電圧をさげられた無影燈《むえいとう》が夜あけの靄《もや》のような灰いろの光を部屋にただよわせていた。

「見るかね」

「いや、顔だけでよろしおま」

「背骨が折れたんだ。肋骨《ろっこつ》も二本つぶれてる。せんべいだわな」

「……」

「圧延でやられたのかな」

「いや、これは、アパッチ族なんで」

キムの答えに医者はちらと頬に表情を走らせたが、そのまま黙って木のサンダルを鳴らしながら解剖室をでていった。キムとフクスケはつめたい薄暗がりのなかに佇《たたず》んで、木のように変色してしまった、顎《あご》のたくましい、若い男の顔をぼんやりと眺めた。寝台のよこのサイド・テーブルには油と泥と錆《さび》のしみだらけになったズボンがだらりとぶらさがり、バンドがわりに使っていた荒縄が、きちんとそろえた地下足袋のうえにおちてとぐろを巻いていた。

「……ほんまにこの男」

キムがひくい声で灰いろの光霧のなかでつぶやくのが聞こえた。

「なんちゅう名前の奴《やつ》やったんやろか」

フクスケは乾いたくちびるのあま皮を歯でむしりとるよりほかにすることがなかった。

二

やがて部落はもとにもどり、みんないつものようにてんでばらばらに暮らしはじめた。銀板の木箱はこれまでのダイヤモンドだとか、マンガン鉱だとか、白金線などとちがって部落をでて町を疾駆し、警察署や財務局や新聞社などに反応を起させてたいへん規模が大きかったが、そのこと自体としては、結局いつもの「ドノゴォ・トンカ」で、ラバの背骨をへし折り、部落の全員に負担額をのこすだけで終ってしまった。事件が済んだあと、どこからともなく風評が流れてきて、警察署のジープに乗って取材に同行した新聞記者の一人が、みんなの行動をつぶさに見聞してから

「……新聞社のストライキより統率がとれてるやないか」

といったとかいわないとかいう噂《うわさ》がみんなの口にのぼったが、誰もあまりよろこぶものはなかった。警察の手入れは日を追ってはげしく巧妙になり、アパッチ族たちはいたずらに算を乱して逃げまわるばかりで、疲労と困窮が昼夜をわかたず密度濃く迫ってきたのである。いままでの習慣だと、仕事帰りのみんなを待ちうけて平野川の土堤に焼鳥やワンタンなどの屋台が何台もならんで、野卑で騒々しいが陽気でどこへゆきつくともわからない活力にみちたうたごえがコップや七輪のまわりからたちのぼり、部落のなかをさ迷い歩いたのに、このごろではだんだん声が低くなり、みんなおなじような顔つきをしはじめた。ひとびとは皮膚の内側によどみ、眼のうらや皺のなかにかがみこみ、孤独や苦痛を反芻《はんすう》するばかりになりだしたのだ。ホルモン屋や卵屋が呼びかけても、男たちはぼんやりしたまなざしになって、こそこそと逃げてゆくばかりであったし、毎朝どこかの屠殺場《ときつじょう》から豚の子宮を生の羊水のなかにきざみこんだセキフェを石油罐《かん》につめて売りにくるリヤカーの男の呼声に答えるものも一人、二人と減っていった。掘立小屋のなかには寝返りをうつ気配と、ものうげなつぶやきがあるきりだし、ときどき壁をつらぬいて走るなにかの叫声は発作的で、すぐに霧のように散ってしまう。

仕事の質も凋落《ちょうらく》しだした。いままでだとどんなブツにたいしてでも秩序整然とした溝のある計画をたてて力を有効に使うことができたのに、いまでは浪費と衝動があるきりだった。そのことをいちばんよくあらわしている例が回転盤である。これはもとの砲兵工廠《こうしょう》で貨車の引込線の分岐点に使われていたものであった。巨大なベトンの礎台のうえにレールの橋がすえつけられ、そのまま貨車や電車をのせて方向転換させるための設備である。そのポイントの前後のレールはいままでにベトン床からひっ剝《ぱ》がされて一本のこらずなくなっていたし、回転盤の中心部にあるモーターも間断なく蚕食された結果、めぼしい部品がほとんど消えていた。が、さいごの鋼鉄製の巨大な回転盤だけはまだかたくなにベトン礎台にしがみついているのである。鋼鉄盤は何本ものガッチリした鉄の爪《つめ》をベトンに食いこませ、腹をぴったりくっつけて、群がるアパッチ族たちをせせら笑っていた。これは何十トンあるのか見当もつかないし、たとえ剝いだところで運搬のしようがないのだ。おそらくダイナマイトと起重機だけがこの不毛の嘲笑《ちょうしょう》をくつがえすことができるかもしれない、それよりほかには草と雨にゆだねておく以外にどんな手のほどこしようもない。

ところが、この回転盤は、たまたま荒野の草むらにアパッチ族たちが往復のたびにいらだたしい足で踏みつけてつくった道のすぐよこにあったので、誰もが目をつけたのだ。熟練者たちはいままでに何百回となく金テコやハンマーをぶらさげてベトン礎台のまわりを歩きまわり、ちょっとでも弱点と思われる箇処には攻撃を加えた。彼らは部落がはじまってから何年にもわたって入れかわりたちかわり、間断ない打撃をベトンにたたきつけた。誰ひとりとしてこれを剝がそうなどと考えているのではない。仕事にでかけるまえのウォーミング・アップ、通りすがりの気まぐれ、あるいは筋肉の自尊心から、ときには金テコをつっこんだり、ときにはハンマーをふるったりといういうぐあいにやっていたのである。その攻撃の量は、なにしろ部落の人間でやらなかったものはひとりもないというのであるから、延回数にしてみると、まったくおびただしいものになるのではないかと思われた。いまでもそれはつづけられている。いや、ますます熾烈《しれつ》になるばかりだといってよい。ちかごろでは攻撃の質がすっかり変ってしまった。が、ベトン礎台のまわりをうろつく人間の数はふえるばかりだし、ハンマーの速度は増すいっぽうなのだ。無駄なことはわかりきっていながら、男たちはいよいよ血管をふくらませて腕をふるい、肩を酷使する。フクスケの経験によればこの力の濫費《らんぴ》は哀愁がひきおこすのである。警官に追われて草むらのなかにひそみ、まんじりともしないで夜あけをむかえると、鈍痛のようにくらりとした、また、ぬかるみにおちた油滴のような朝がやってくる。朝は荒漠とした草むらと鉄骨の赤い林のなかにしらじらと流れる。ススキの茂みからたちあがって、からっぽの胃袋をかかえてその広大な荒廃を見晴らすと、いてもたってもいられなくなるのだ。ときにはほとんど射精したくなるような孤独の一撃を下腹部におぼえることもある。透明な圧力は腹のなかをせりあがってのどにこみあげ、口いっぱいにつまるのだ。

ある朝もフクスケはこの狂気じみた窒息をまぎらすために草むらからかけだし、ベトン台のうえに這《は》いあがってハンマーをふるった。彼は目的が皆無なのにそうせずにはいられなくて肩と腰にきちょうめんなリズムをつけ、一撃一撃にまったく正確で徒労な力をそそいで仕事をつづけた。手と道具はやがてつめたく堅いベトン台のうえの彼に血を回復してくれた。彼は圧力のさいごの波が足からぬけていくのを感ずると、ホッと息をついて仕事をやめ、ハンマーを投げだした。すると、そこへ、〝アオモリ〟が、これまた哀愁に追いたてられてかけつけてきた。〝アオモリ〟はたくましい大男だが、部落の人間たちがこっそりムンドインではあるまいかという噂をするほど醜怪な容貌《ようぼう》をしていた。〝ムンドイン〟とは朝鮮語でレプラのことである。彼はフクスケとは別の組の先頭で、独身者だった。どんな町の女でもさすがに彼には応じようとしないので、年がら年じゅう異常性欲に苦しめられているが、奇怪なことにはそんな大男なのに酒が一滴も飲めないので、しょうことなく饅頭《まんじゅう》を食ってまぎらしているというわびしい評判がある。

ベトン台のうえに腹這いになって眺めていると、アオモリは十キロ・ハンマーを片手にぶらさげ、二日酔いのようにふらふらした足どりで草むらを走ってきた。やっぱり昨夜は追われて徹夜で星を眺めていたらしく、目がまっ赤に充血していた。アオモリはベトン礎台を見つけると、ものもいわずにハンマーをドシンと叩きつけた。フクスケの体がふるえるほどの力であった。

「もっと豪勢にやれ！」

フクスケが寝ころんだまま叫ぶと、アオモリはつづけざまに四、五発たたきつけたのち、やっと満足したようにハンマーを投げだしてベトン台のうえに這いあがってきた。彼はフクスケのよこに寝そべると、ズボンのポケットから皺くちゃになったタバコの袋をとりだし、一本わけてくれた。火をつけてもらいながら、フクスケは相手が顔をそらすようにしているのに気がついた。タバコを一息吸いこむと、彼はそっとアオモリに背をむけてベトン台に腹這いになり、くたびれたシャツごしに射《さ》しこむ早朝のつめたい日光のかすかなうごきを感じながら、小声で話しあった。アオモリはフクスケに背を向け、ときどきつらそうにひくくうめきながら、寝返りを打った。

「……あんた、生れはどこや」

「青森だよ」

「育ったのもか？」

「そうよ、青森さ」

相手のなまりに癖があったので、しばらくだまっていてからフクスケはあいかわらず日光にうっとり目を細めつつたずねた。

「ほんまに青森か？」

「……」

「べつにどうでもええこっちゃけど……」

アオモリがちょいとだまりこんだあと、すこしつまった声をだした。フクスケは背を向けたまま、相手がとつぜん語調を変えるのに耳をかたむけた。アオモリはいった。

「兄さん」

「兄さん、ヤッパリワカリマスカ？」

「なんせ、つきあいが多いよってにな。あんたはどこや、やっぱり済州島《さいしゅうとう》から来やはったんか？」

「ソウヨ」

「なんで無理して日本人の真似《まね》なんかしやはる？」

「……仲間ニスマント思ウノヨ、朝鮮人ハミンナオレミタイナナンテ考エラレタラ。兄サン、黙ッテテクレマスカ」

「ああ、黙ってま」

「……」

「あんさん」

「ナニ？」

「やっぱりそんなに朝鮮人ちゅうことが気になりますか？」

「……」

フクスケはしまったと思い、ちょっとカッとなってよろよろたちあがるとハンマーをひろってベトン台をおり、なんとなくあたりをせかせかと歩きまわった。つづいておりてきたアオモリの顔が気になってならなかったが、なにげなくふりかえるとそのむざんに崩れた顔はとくに崩れるところもなくフクスケを上目づかいに窺《うかが》って微笑しているようだったので、彼はさし出されるもう一本の半分に折ったタバコをいくらか目をそむけかげんにしてうけとり、火をつけてもらった。

「……ああ、不景気や！」

「オ鍋《なべ》ノ底ヨ」

二人はすこしあいだをおいてならんで草むらを歩きながら罵《ののし》りあいつつ去っていった。

こうしているあいだにやがて部落では事故が頻発しはじめた。たいていは警官に追われることが直接の原因になって、あれほどの、と思うような男や女があっけなく死んだり、負傷したりしはじめたのだ。困窮と過労と神経疲労によるさまざまな事故が発生し、たいていは陋劣《ろうれつ》で悲惨、かつ、滑稽《こっけい》であった。ある男は草むらを逃走中に切り捨ててあった鉄骨枠《アングル》の鋭角に全速力で下腹部をぶつけて内出血を起した。ある女は釘《くぎ》のかけらを拾っているところを襲われて逃げたはずみに運河へおちて膝《ひざ》ぐらいの深さのところで心臓麻痺《まひ》を起して死に、ある男は草むらにひそんだかつての砲兵工廠《こうしょう》の工業用水井戸におちこんで溺死《できし》した。また、よその町からたまたま流れこんできた失業者はわずかにトタン板数枚と鉄兜《てつかぶと》を一箇《こ》ひろって城東線の線路をわたり歩いているときにはねられて頭蓋骨《ずがいこつ》を粉砕した。サラリーマンを満載した運転手は電車からおりると男のその死体にトタン板をのせ、そのうえにその男が鉱山の防空壕《ごう》のなかからひろいだした旧日本陸軍の鉄兜をのせてせかせかと走り去った。さらにまた、ある男は、まっ暗闇《くらやみ》のなかで工場の鉄骨にのぼってアングルを切っているうちに自分の乗っている枝とも知らずに作業をしてアングルを切りおとすとともに自分も落下して墜死するという事件をひきおこした。しかも、その男が運河の泥と化学廃液のなかに埋没したとき、仲間たちは彼を救いだそうとするどころか、自分のかき集めた屑鉄《くずてつ》が惜しいのと警官がこわいのとで死体を遺棄したまま一目散に遁走《とんそう》してしまった。

事故があるたびにキムはほかの親分たちと相談して、処置をした。彼らは警察医や刑事たちがハイエナのようにやってくるよりまえに現場へでかけ、いらだたしげに子分たちを叱咤《しった》しながら死体をひきあげて部落へもってきた。棺桶代《かんおけだい》は、はじめのうち、組の子分や部落民全員たちに均等割りで金をださせてやったのだが、そのうち子分たちは仕事がどんどん減っていって窮迫しだしたので、かわって親分たち五人が不平をいいながら醵金《きょきん》することとなった。彼らの処置は呆《あき》れるほどすばやくて、子分たちが部落に逃げもどって報告するたびに追い帰すようにして彼らを走らせ、死体をひきとった。この能率の速さは、キムをはじめ部落の親分たちの何人かが朝鮮人で土葬の習慣をもつために検死や解剖をひどく嫌うことによるものであった。ほとんどの死人はラバとおなじように属性をひたかくしにかくしていたから、名前はもちろん本籍地や家族や過去の経歴など、なにもわからないままに坐棺《ざかん》につめこまれて焼場へ送られていった。二、三人の男たちは血と肉の袋を粗い木箱につめてリヤカーにのせ、運河のふちの緑いろに腐った道を歩いていった。

キムは、やがて、こういうことに耐えられなくなった。彼は考えに考えたあげく、ある夜、とうとうマッカリのドンブリ鉢をおいて、顔をあげた。

「……こんなこと、五十歩百歩や」

彼は七輪のまわりに集まった男たちの顔を眺めて、ひとりごとのようにつぶやいた。

「やってもやらんでも、たいした違いはないやろと思う」

迷った表情でしばらく考えこんでから、彼はマッカリをもう一口すすり、手の甲で口をぬぐいながら

「しかし、五十歩と百歩とでは、やっぱり違うやろ」

とつぶやいた。

「なんのことをいうてるのや？」

めっかちが不審げにたずねると、キムは肩で吐息をつき、考えをその息とともに一度に吐きだした。

「刑事部長さんに会うてくる」

「刑事に会う?!」

一同は色を失ってどよめいた。めっかちはせきこんでどもりどもり

「あんた、しっかりしてや。泥棒の親分が刑事に会うてなにをいうちゅうのや？」

ゴンは茫然《ぼうぜん》として箸《はし》をとめ、タマは口をひらき、オカマは鼻を鳴らして水虫の指の股《また》をほじった。フクスケはあっけにとられて黙りこみ、めっかちはなにかをふるいおとすように首をふってからこっそりたずねた。

「あんた、とうとうウロが来よったんと違うか?」

キムはなにをいわれても、うん、うんとうなずくように首をふり、たてた膝に顎《あご》をのせてじっと考えこんだきり、なにもいわなかった。めっかちのいったウロというのは、錯乱のことである。ゴンとタマとオカマはうなだれたきりのキムの恰好《かっこう》を眺めて、顔を見あわせ、めいめいひくい声でつぶやいた。

「……ウロや」

「来たこつ」

「水もってこい」

キムは苦笑を口のまわりにただよわせ、黙ってマッカリをすすった。

その夜はそれで終ったが、キムは翌日になるとさっそく考えを実行に移した。朝、目がさめると彼はフクスケにいいつけ、またしてもウドン屋へ部落じゅうの親分、子分を問わずめぼしいと思える連中をみんな呼び集めると、その前で、自分の考えを言葉短く説明し、言葉短く任意の同行者をつのったのである。いまさらいうまでもなかった。彼の宣言の内容は、要するに、自分はこれから警察署へ正門から入っていって刑事部長に会い、こちらの窮状を打明けたうえで、いますこし取締りをゆるめてはもらえまいかとたのんでみるつもりなのだが、ということであった。一同は彼が言葉を切るやいなや、口ぐちに感嘆の声をあげ、嘲笑《ちょうしょう》や罵倒《ばとう》でウドン屋の窓ガラスがふるえるばかりの騒ぎをやりだした。キムはあらかじめ覚悟はしていたものの、さすがにこうみんながドッと笑いだすのをまえにすると自信を失って、まっ赤になって口ごもったあげく

「部長はんは俳句をやったはるちゅうこっちゃ！」

よろよろと叫んだが、誰ひとりとしてとりあげるものはなかった。喧騒《けんそう》と哄笑《こうしょう》は高まるいっぽうであった。が、そのうちに朝っぱらからの笑いがいくらかの効果をもったものか、なかにはこの突飛な行動に消極的な同行を申出るものもでてきて、結局、キムがフクスケといっしょにウドン屋をでたときには、二十人ぐらいの男や女がぞろぞろとうしろについてきた。彼らはキムとフクスケをさきに歩かせ、そのちょっとうしろから、てれくさそうにニヤニヤ笑いつつ部落をでて、町へモンペとステテコの行列をくりだした。

警察署につくと、約束どおりに、キムはフクスケをしたがえて正門から、ぶるぶる

ふるえつつ堂々と入っていった。みんなはそれを見送って、ちょっとはなれた道ばたの電柱やゴミ箱のかげにしゃがみこんで結果を待つこととした。

キムとフクスケは受附で面会を告げて身分をあかすと、小使の男にたちまち失笑を浴びせられたが、しばらく待つうちに取調室へ通された。がらんとした部屋のまんなかには針の狂ったカンカンがおかれ、床や壁は昼となく夜となくかつぎこまれるスクラップのためにまるでヤスリをかけたように毛ばだったり、しみだらけになったりしていた。刑事部長はそのカンカンのまえに机をおき、ゼラニウムの鉢をうしろにして回転椅子《いす》に腰をおろしていた。ゼラニウムの鉢は窓ぎわにおかれ、鉢の肌は洗いきよめられて目がさめるように新鮮な、赤い色と肌理《きめ》をもっていた。よくよく持主が清潔好きなのか、葉も茎も、まるでなめとったのではあるまいかと思われるほど美しく、きれいで、埃《ほこり》ひとつのこっていなかった。が、花は金網を張った曇りガラスの厚く薄暗い窓辺におかれたため、茎がすっかり青白く細くなり、とぼしい日光をもとめてエンドウのようにあちらこちらへ曲りくねってのびあがり、ふらふらとたよりなげにゆれていた。キムとフクスケが部屋の入口に小さくなって佇《たたず》み、この奇妙な植物を眺めていると、刑事部長は手で、入ってこいと合図した。

「おっさん、景気は、どや？」

二人が机にちかづくと、部長はキムを見あげてたずねた。薄い一皮瞼《まぶた》がナイフの刃のようにするどく切れ、貧血質の、寒そうに蒼《あお》ざめた男であった。薄暗い、荒《すさ》んだ部屋のすみにそれが猫背で机にかがみこみ、ちょろりちょろりと目をうごかすと、たちまちキムは口がきけなくなってしまった。部長は彼がたどたどしい語調でどもりどもり苦情を訴えるのをじっと聞き、机のうえにあった一冊の雑誌をくるくると巻いたりほどいたりした。フクスケがなにげなしに覗《のぞ》きこむと、その雑誌には淡彩画の表紙がつき『もっこく』という題が書いてあった。部長はちょろりと目をうごかすたびにあからさまな動揺をおこしてへどもど口ごもるキムを観察することに飽くと、視線をこらして手をのばし、机のすみにひっかかっていた髪をそっとつまみあげて屑箱に捨てた。

「……というようなわけで、わいらはみんなもうウロが来かけてまんのや。部長はんは偉い。這《は》いこむ隙《すき》がありまへん。こんなみごとな王手ははじめてや、日本全国、どこでも見たことがないと、みんないうとりますが」

「みんな?」

「へえ。部長はんに感心せん者はひとりもいまへん」

「みんなて、誰々や?」

「……」

「そんな豊富な経験があるねんやったら、ちょっと名前を聞かしてほし」

相手が微笑して目をあげ、ちょっと体をのりだすようなしぐさをしてみせたのでキムはすっかり蒼ざめてしまった。それを見て部長がもとどおりに腰をおろすと、キムはホッと吐息をついた。そのはずみに用談はとつぜん終ってしまったのである。キムはいまのいままでくどくどとブツの値段とワンタンの値段のつりあいのことなどを話して生活の苦しさを訴えていたのに、なにを思ったのか、いきなり

「……ま、いえばそういうこっちゃ、というてみたまでのことなんです」

といって、すっかり暗くなってしまった目をちらと『もっこく』のほうに走らせ、二、三度じだんだを踏むようなしぐさで腹をゆすりあげた。

「えらい、すんませんでした！」

キムはそそくさと頭をさげると、踵《きびす》をめぐらし、そのまま小走りに部屋をでていってしまった。刑事部長はちょっとあっけにとられたように顔をあげたが、べつに呼びかけようともしなかった。彼はいままでそこに人がいて話しかけていたことなどすっかり忘れたような表情で回転椅子にもたれこんだ。フクスケが部屋をでしなにふりかえると、部長はかるく額に手をあてて眠りはじめた様子であった。が、なおぼんやり

と佇んで眺めていると、とつぜん部長の首すじから肩にかけてピアノ線のようなけいれんが走り、顔をあげてするどく
「扉閉めろ!」
と叫んだのでフクスケは夢中になってドアを閉め、廊下を走ってキムのあとを追った。キムは階段の踊場で彼を待っていた。フクスケが走ってくるのを見ると、てれくさそうな顔をあげたが、なにもいわずに歩きだした。しばらくしてからキムは重苦しい表情で
「『もっこく』てなんのことやろ」
と小さくつぶやいた。
署の外で待っていた仲間はキムとフクスケが入っていったかと思うとたちまちでてきたのであっけにとられたが、わらわらとかけつけてたずねてみると
「まだまだ苦労が足らん」
キムがにがりきった顔つきで重おもしくそれだけいったきりで黙ってしまったので、しょうことなく、あとについて歩きだした。それから一同はキムの発案で市役所と職業安定所へいった。職業安定所へは鉱山の整地作業に毎日やとわれているニコヨンにかわって仕事をしてやろうというわけで集団就職をたのみにいったのだが、ここでは

失業者が廊下や中庭に充満し、窓口におびただしい数の男女がひしめいて手に手に労働手帳をふりまわしていた。キムがそのなかをおしのけかきわけて課員をつかまえると、課員は彼の説明をろくすっぽ聞こうともしないで手の求職カードを机にたたきつけ

「今日はこれだけしか申込みがない。二十人に一人の率や。あんたらがやろうとニコヨンがやろうと、こっちは数字だけが問題や。うかうかすると俺まであぶない、くそ」

といった。

キムがそれでもしがみつくようにして窓口ににじりよると、課員は彼のうしろにずらずらとつながったアパッチ族一同の顔を見わたして憂鬱《ゆううつ》そうに眉《まゆ》をしかめ

「……こんなとこでは汚職もできん」

といって、つらそうに吐息をつくありさまであった。

つぎに一同はぞろぞろとそこをでて市役所へいったが、このときはキムが意見を訂正し、どうせ整地のときにブツがでてくれば役所ではそれをスクラップ業者に売って始末をするのだからこちらが自発的に掘ったブツを役所へ業者より安い値で売り、つまりあくまで合法的な下請業者として鉱山に入れてくれるよう申しこもうではないか

ということに話をまとめた。が、いざ市役所へいってみると、あちらの課からこちらの課、一階から三階、三階からまた一階とおきまりのたらいまわしに会って、やたらにぐるぐる歩きまわらせられるばかりであった。しかもさいごに案内された部屋に入っていってみると、よぼよぼの老人がたったひとり書類に埋もれているきりで、部屋のなかはまるで図書館のような埃と書籍であった。この厖大《ぼうだい》な数の細胞にみちた市庁舎のなかで完全に忘れ去られてしまったものであるらしく、キムが老人と話をしているあいだ、電話はおろか、ドアのまえを通る足音ひとつ耳にすることができなかった。老人はキムが入っていくとすっかり喜んで椅子からとびあがり、番茶をすすめたり、古ソファーに案内してくれたりしてせいいっぱいの歓待をしたうえ、彼の苦情話と用件をすみからすみまで聞いて相槌《あいづち》をうってくれた。のみならず、老人はこの同情と理解のうえへさらに博識をおまけにつけてくれた。というのは、キムが部屋に入って身分を打明けると、老人は即座にたちあがって部屋のなかをコマネズミのようにかけまわってさまざまなスクラップ・ブックを埃のなかからかき集めてきたのである。彼はアパッチ族のことについてはその隠語から作業能力や生活慣習といったことに、まるで穴を掘って体をかくしてしまいたいくらい通暁《つうぎょう》しており、ほとんどキムはなにもしゃべらなくてよいくらいであった。

で、キムはぬかるみのように凸凹《でこぼこ》になったソファーに腰をおろして番茶をすすりながら老人の話を聞いた。老人はつぎからつぎへと資料をめくりながら、いままでいかにキムたちが手と足だけで荒地を開拓したか、いかに錆《さび》の山と化し果てるはずだった大量の鉄を掘り起して再生炉へ送りこんだか、いかに生活苦や物質群と剽悍《ひょうかん》にたたかったか、というようなことを細大もらさず誇張も侮蔑《ぶべつ》もなしにたどってくれた。老人は事実を述べているにすぎなかったが、しばしばその話の細部はキムにとって讃辞《さんじ》と思いこみたくなるような描写にみちていた。ところが、キムが感心して聞き惚《ほ》れていると、つぎに老人は、警察と財務局のことをおなじ口調でしゃべりだしたのである。いかに警官たちは薄給にもかかわらず職務に忠実であったか、いかに彼らは度しがたいアパッチ族たちと善戦したか、いかに彼らは家庭の不和を賭《か》けてまでも残業や時間外労働や徹夜の張込みや深夜動員などに応じて劃期的《かっきてき》な点数表の好成績を示したか……同情と理解と博識、誇張もなければ侮蔑もなく、しばしば事実の描写がそのまま讃辞となる正確さであった。キムが茫然としていると、つぎに老人は、またせかせかとたちあがってスクラップ・ブックの山を抱えてきて、今度は財務局のことを話しはじめた。いかに財務局員たちは不本意に背負《しょ》わせられた過去の軍閥の愚劣きわまる廃《はい》墟《きょ》を相手に少い予算で合法的に処理しようとしているか、いかに彼らは世間の軽薄な誤解に耐えて苦しんでいるか、いかに官庁仕事というものは時間と茶と虚栄と計算と……

「ほんなら、いったい、わいらはどないなりまんのや?!」

キムがいらいらして、いつまでたってもしゃべりやめようとしない老人に、いささか腹だちまぎれの粗雑な口調でたずねると、老人は澄んだまなざしで、スクラップ・ブックの山のむこうにのびあがるようにして

「……ここは実行機関ではないのです」

とつぶやいた。

キムは茶碗《ちゃわん》を机にたたきつけるようにしてたちあがると、老人には挨拶《あいさつ》もしないで部屋をとびだした。廊下にでて二、三歩歩いてから思いつき、念のためにと考えて彼がもどってみると、部屋のドアには木札がかかっていて、黒地に白ペンキで、小さく

『相対的価値維持課』

と書かれてあった。

三

ある日、フクスケは手になにも持たずに部落をでて、鉱山を散歩してみた。いつも

の地下足袋を下駄《げた》にかえ、ズボンの裾《すそ》もくくらず、ごくのんきな日光を楽しむ恰好《かっこう》をして、ぶらぶらと荒野のなかへ入っていった。とちゅうで詰所のまえで二、三人の警官や守衛と出会ったがただうさんくさそうな目で見られたというだけで、注意はなにもうけなかった。彼は仲間のアパッチ族たちがあちらこちらの草むらに影のようにひらめいたり、走ったりするのをぼんやり眺め、工業用水井戸のところへくるとそれを覗きこんで自分の影を観察し、ベトン礎台のところへくればくるで無数につけられたハンマーの傷痕《きずあと》を感心したように見とれたりして、草むらのなかを歩きまわった。しばらくすると、不在地主が気まぐれに田舎へもどってきて畑地を検分して歩いているような気分がまわりの草と土と空にたいしておこってくるのを感じたが、やがてそれは消え、くたびれたのでススキの茂みにかくれて休むこととした。ススキは精悍《せいかん》で香ばしく熱い息を発散し、乾いてはげしい日光はさわやかな湯のように骨のなかへしみこんできた。フクスケは体を草のうえによこたえて、目を閉じ、まわりにおこる軽い、透明な波のようなものに手と足をゆだねた。みじかい休止で気休めにすぎなかったが、たいへん気持がよかった。

どうやら手の札はすっかり切れてしまったような気がする。刑事部長はやせたサンショウウオといった様子で暗い部屋のなかで表情をかえないし、職業安定所は栓塞《せんそく》をおこした血管のようだ。役所には階段と部屋とスクラップ・ブックがあるきりだし、新聞社は問題だ、問題だというばかりで、当てにするのははじめからまちがっている。キムはもう二度と突飛な発作をおこさず、すっかりもとの用心深い顔つきにもどってこせこせと狡猾《こうかつ》に四苦八苦している。彼はゴンの焼く内臓やタレや、さては七輪の炭の分量までに目を光らせ、ちょっとでも余分に使うと文句をならべ、しかも自分のそんな衰弱ぶりに愛想をつかすのも忘れたといった顔つきである。ダイヤモンド、白金線、マンガン鉱、タンガロイ、銀板。部落のどこを歩いたって、いまではそんなことを口にするものもない。もちろん、かつて放埓《ほうらつ》で緻密《ちみつ》なラバという男がいた、ということなども忘れ去られてしまった。男や女が何人となく斃死《へいし》して焼場に送られていったが、ひとりひとりに永くたちどまってもいられない。彼らは薄い皮膚を張って酒瓶や屑鉄《くずてつ》のまわりをうろつき、寒がったり、暑がったりしたあげく、腕白のように顔をしかめて死んでいった……

フクスケは草むらに体を起して遠くを眺めた。新しい騒音がそのとき廃墟に侵入してきたのだが、べつにショックもうけなかった。彼は目を細めてつぶさにそれを眺め、人や機械のうごきにじっと見とれた。あちらこちらの茂みでするどい叫声が起り、草を踏みしだいて走る足音が聞こえた。ブルドーザーがやってきたのだ。それは規則正しい、小さな爆発をくりかえしながら波のようにうねる荒野の草むらを浮いたり、沈んだりして進んできた。のびあがって覗《のぞ》いてみると、鮮やかな黄色に塗られた車体のうえに赤い、陽気な運動帽をあみだにかぶった男がひとり乗って右に左にハンドルを切り、そのあとからちょっとはなれて狼狽《ろうばい》したアパッチ族たちが口ぐちになにやら叫びつつ走っていた。アパッチ族たちは四方八方の草むらからとびだしてかけつけ、茫《ぼう》然《ぜん》としてブルドーザーを見あげた。運転手に呼びかけるものもあれば、気まぐれなハンドルに追われて逃げまわるものもあるが、たいていはがっかり肩をおとして佇《たたず》むか、その場にすわりこむかした。いくらか得意になっているらしいそぶりを肩に見せて運転手は草むらのなかでボタンや桿《かん》を操作した。右廻り、左廻り、後進、前進。厚い両腕が鋤《すき》をかかえてゆっくりとおり、瓦礫《がれき》をしゃくいあげるとつぎにそれをゆっくりもちあげ、頭ごしに車のうしろへ投げ捨てる。しばらくそうやって派手にあたりを試運転してまわってから、ブルドーザーはゆっくりと守衛詰所のほうへもどっていった。車が消えるのをじっと見送ってから、アパッチ族たちは両手をだらりとぶらさげ、のろい足どりでめいめいの茂みにもどっていった。フクスケは軽く吐息をついてたちあがり、草むらからでた。

部落にもどると、キムから、留守中にアオモリが訪ねて来たことを教えられた。アオモリは部落をでるつもりで、餞別《せんべつ》をもってきてくれたのであった。フクスケはいそいでキムの家をでると、アオモリの下宿へいってみた。部屋に入ってみると、アオモリはちょうど万年床の枕《まくら》もとにたってズボンをはき、バンドをしめているところであった。部屋のすみに坐《すわ》って見ていると、アオモリは器用な、神経質そうな手つきでふとんをロール・カステラのようにくるくると巻き、静かに押入れの戸をあけてなかへ入れた。そのあとからくくり枕をポンとほうりこむと、それだけで部屋のなかにはなにひとつとしてのこらなくなってしまった。日光のちらちら洩《も》れる粗壁と、毛ばだった畳がいまさらのように目についた。

「……行きはりまっか」

「ウン」

「とうとうブルドーザーを入れよった」

「今聞イタヨ」

アオモリはぼんやりとズボンに両手をつっこんで、乾割《ひわ》れた、低い天井のしたに佇んでいたが、そのうちに小さく思いきめたように肩をゆすりあげ、崩れた顔に水のような微笑をうかべてフクスケをちらとふりかえると

「ヤッパリ今行クヨ、サイナラ」

といってすたすた部屋をでていった。フクスケはあとを追って道に出ると、肩をならべて歩いたが、べつになにも話さなかった。キムの家のまえで別れたが、アオモリは顔をそむけて、もう一度ひくく

「サイナラ」

といったきり、二度とふりむかずにすこしいそいだ足どりで四つ辻《つじ》をまがって消えた。キムの家に入って、新聞紙包みをあけてみると、なかからサラシの布が一巻きでてきた。布は新品で糊《のり》がよく利《き》き、はしをさわってみると鋸《のこぎり》のように固くがっしりしていた。が、あとでよくよくしらべてみると、すみに小さく、薄い墨字で

「亡父一周忌　遺族代表　長男　健」

とあったのは、どういうことなのだろうか。フクスケは布をキムにやることにして、夕食のとき、茶の間へ入っていった。キムはからっぽのドンブリ鉢をチャブ台のうえにおいて、ぼんやり考えごとにふけっていた。フクスケが布をだすついでに、その墨字を見せて、なんのことだろうかと聞いてみると、キムはつまらなそうに

「お供物を笑いよったんやろ。どこぞ田舎のお寺の仏壇か、お地蔵さんかの、お供物やな。それをカマしてきよったんやろ」

といった。

そして、キムは、もう一度、チャブ台のドンブリ鉢を眺め、つくづく考えあぐねたように

「『もっこく』て、なんのことやろ」

とつぶやいたが、フクスケには答えることができなかった。

その夜おそく、フクスケはなんということなく目がさめて、アオモリのことを考えた。おそらく、ふとんからはみだした足のさきにひとかけらの秋がひっかかっていたからだろうと思う。ふとんのなかと体は炉のように火照《ほて》っていたが、暗がりには、空気の縞《しま》があって、つめたい微動が感じられた。彼は九州にむかって山陽街道を歩いてゆくアオモリの後姿を想《おも》ってみた。アオモリはシャツとズボンのほかになにももっていない。だから、東北にむかっては歩いていかないのだと考えるほうが自然であろうと思う。山陽街道を野宿しておりてゆくにつれてアオモリのシャツとズボンはどんどん醜くなってゆく。どんどんよごれて、破れて、しまいにだし昆布《こんぶ》のようになってしまう。そこでアオモリは、夜になると畑へもぐりこみ、一コか二コのスイカをちぎると大いそぎでちかくの空溝や藪《やぶ》のなかにかくれるのである。スイカをちぎるときは、暗がりを手さぐりでやるのだが、やっぱりいくらか顔をそむけてちぎってほしい。いや脱糞《だっぷん》までして神経を使う必要はいらない。グイとちぎって、石の角でポンと割れば

よろしい。いったいスイカは山陽方面では甘いのであるか、水っぽいのであるか……

翌日、フクスケは目をさますと、朝早くでかけたタマがどこからか自転車を一台もってきたのを見た。タマはおそろしい速さでとんでくると、急ブレーキをかけ、そのまま自転車をかついで家のなかへあがってきた。キムとキムの女房がそれを見てうろたえ、手でとめようとしたが、タマはなにもいわずに自転車をかつぎ、フクスケの寝ている枕もとを大きな踵《かかと》でドスドスと古畳を掘りつつ走りぬけ、裏庭へとびだした。そこで彼は一日かかってハンドルにサンドペーパーをかけたり、ブレーキに油をさしたりしてピカピカに磨きあげると、またしても家のなかをかついで通った。彼は家のそとへでると、べつにあたりを見まわすこともなくその自転車にとび乗ってどこかへいってしまった。夜おそくになってもどってきた彼は、もはや自転車をもっていず、化繊のペラペラ光る、新しいズボンをはいていた。彼はいつもの寡黙《かもく》な顔つきで座敷にあがってくると、いきなりキムの女房に、大きな重い油紙包みをおしつけ

「四貫目、あるぞ」

といった。

キムの女房が包みをあけてみると、なかから霜降りの鯨肉の、小さな碁盤ほどもあるかたまりがでてきた。タマは呆《あき》れている女房を肩ごしに覗きこみ、女のように長く

密な睫毛《まつげ》をしばたいて、きまじめな口調で
「長い間、世話になりましたと」
といった。
タマは女房に鯨肉をわたしてしまうと、そのまま土間におりて靴をはこうとした。で、キムがしょうことなく部屋からでて、かがみこんでいる厚い背にむかい
「タマやん、どこへゆくんや？」
と聞くと、タマは言葉短く
「うん、もうここは見込みがなか。また縁があったら会うぞ」
そういったきり、玄関をでしなにうしろをふりかえって、ぼんやりしている一同に頭をペコリとさげただけで姿を消してしまった。
みんなは七輪をかこんで口ぐちに自転車の値段やタマの行先のことなどについて意見を述べあったが、まるで風のようにとりとめがなく、しかも速い、というよりほかに言葉がなかった。いったいタマがいつのまに頭のなかで考えと行動を短絡する決心をつけたものか、誰ひとりとして知らなかった。タマはそれまで自転車のことなどはおくびにもださないばかりか、前日の昼さがりあたりなどは縁側に寝そべってアリが這《は》うのを眺めていたくらいなのである。キムは七輪のそばにもどってすわりこむと、

頭をふりふり
「……ええ技術持っとおる」

とつぶやいて、肩で息をついた。

急速な崩壊が部落の各所に起りだしたのをフクスケは日を追って見ることができた。どこの組でも人数がどんどん減ってゆき、部落のそとから噂《うわさ》をつたえ聞いて刑務所や近畿、四国、中国、九州などの各地の町の暗い襞《ひだ》からやってくる人間たちも永くは住みつこうとしなくなった。昨日見た男が今日は消え、午前中にいたのが午後にはいなくなるというようなことがしばしば起りはじめたのである。何ヵ月もここに住みついて授業料を払ってまで技術の習得につとめたヴェテラン連中、とりわけ〝先頭〟と呼ばれるいちばん機敏でたくましい連中がつぎからつぎへと姿を消していった。同時に、彼らは影であることをやめ、まったく別種の力や叫声が屋台のかげや路地裏に発生しだしたのである。

事情はキム組でも同様であった。ラバが圧死し、タマが遁走《とんそう》すると、何人かの先頭連中がある日、ある朝、気まぐれな瞬間に体をおこして家をでてゆき、二度ともどってこなかった。自転車、金庫、笑い屋の三人は三人ばらばらにいつともなく姿を消してしまった。親分のキムは彼らを説得して部落に住みつかせる口実をすべて失ったので、誰がなにをしても、またどんなことを口にしても、ただ黙って眺めているよりしかたなくなった。あとにのこったゴンとオカマとめっかちはフクスケをもまじえて四人が四人とも狭い、かたむいた家のなかを歩きまわってむなしく夜を迎え、焼酎《しょうちゅう》や密造酒をあおって粗壁のしたでうなったり、つぶやいたりし、たまに町へでると女を買って気まぐれに殴った。

「……これを知ってるか？」

めっかちはある日、どこからか妙なものを新聞紙にくるんでもってくると、フクスケにだしてみせた。新聞紙をあけてみると、なかからは古ぼけた水道のホースの蛇口がでてきた。蛇口の先端は鉛をつめてふさがれ、もういっぽうの口には古紙の玉をしっかりつめこんで栓にしてあった。めっかちはその小さな金属管を大事そうに持って、泥酔《でいすい》した体をゆらゆらさせながらつぶやいた。

「さいごの手や、さいごの手はこれや。他人《ひと》にいうな」

彼は血走った目に兇暴《きょうぼう》な光を浮かべ、管を耳もとにもっていって、かるくふってみせるのであった。

「水銀が入っとおる。ええか、この紙の玉をはずしてトラックにのりこみ、こいつの口を発火栓にあててなかの水銀を鍵穴《かぎあな》に注《つ》ぐのや。注ぎ終ったらすばやくチュウインガムを鍵穴にくっつけて、水銀が洩れんようにする。一分もたたんうちにトラックは走りだしよるわ。ええか、ぜったい他人《ひと》にはいうな」

めっかちは説明を終るとそのみすぼらしいが威力たっぷりの万能自動車鍵をよれよれになった新聞紙に包みなおし、ズボンのポケットにそっとおしこんで、壁が崩れおちるばかりのはげしいなげやりなしぐさで体をたおした。

「……いままでこらえにこらえては来たんやが！」

目を閉じてそうつぶやくと、荒い息をついて額を腕におとした。

それから二、三日すると、オカマの提唱で四人は近所の工場を襲う計画をたてた。この工場は部落からあまり遠くないところにあり、裏庭に原料資材として、アルミのインゴットが積まれてある。いつか新米の連中が盗みだしてそれを部落民全員でもとにもどさせた物件である。オカマは何日もかかって工場のまわりをうろつき、錠と犬と探照燈《たんしょうとう》の関係をしらべあげてもどってきた。工場の裏庭は金網の高い垣でかこまれ、門には鋳鉄製のカンヌキがかかって南京錠《ナンキンじょう》でとめてある。さらにその門のよこには犬小屋があって、たくましい二匹のシェパードが夜になると鎖を放たれる。また、工場のサイレン塔には探照燈がとりつけられて円光がちょうど庭いっぱいを煌々《こうこう》と照らすようになっていた。オカマはめっかち以下の三人にむかって、先端が少し曲った針金

のそれぞれ太さの違うものを数本とりだしてみせ
「門はこれでいける。南京錠をはずしたらええだけやからな」

といった。

めっかちが思案したあげくに首をふってうなずき
「いけるやろ」

といった。

「ほんで、犬はどうする?」

「コロッケや。フクよ、お前、肉屋へいってコロッケを買うてこい」

「コロッケ?!」

「コロッケや。コロッケを犬に食わせるのや。おれが門をあけたら、めっかちがコロッケを犬にさしだす。グッとむこうが首をのばしたところをゴンが棍棒《こんぼう》ですかさず、ガン!」

「コロッケぐらいでシェパードがなびきまんのか?」

「なびかいでか。犬や錠ぐらいでぬくぬく枕《まくら》を高うできるなんて甘いことを考えたら、承知せんぞ」

「経験ずみでっか?」

フクスケがたずねると、オカマはだまって頰をゆがめてせせら笑うだけであった。

さいごの問題として探照燈がのこっていた。工場の守衛室には何人かの屈強な守衛が夜勤していることがわかったが、これはこそこそかくれて忍《の》びをやるよりかえって堂々と入っていってブツを頂戴《ちょうだい》するほうが死角をつく結果となるのではあるまいか、それは提案した以上、自分がやってみるつもりだ、という意見をオカマが強硬に主張したので、みんなはそれをのむこととしたが、結果から見るとこれはやっぱりオカマの誤算であった。こまかい技術と筋肉では彼はかつてのラバに匹敵したが、緻密《ちみつ》な計画性ということになると、いささか窮迫のあまり衝動的でありすぎた、というよりしかたなかった。

当夜になると四人はゴム靴をはいて部落を出発し、工場にむかった。

フクスケは工場の電柱のかげに佇《たたず》んで見張役をやり、オカマとゴンとめっかちの三人で事にあたることとなった。三人はコロッケと針金と棒きれをもって工場にしのびより、羽根で撫《な》でたようにかるがると錠をはずし、ノミをつぶすようにあっけなく二匹のシェパードを消した。が、いよいよかんじんかなめのインゴットを蒸発させることとなって、あまりにオカマが図々《ずうずう》しくそれをやったので、みごとに失敗してしまったのだ。彼が探照燈の青白い光芒《こうぼう》のなかをキラキラかがやく小山にむかってポケットへ手をつっこまんばかりの悠暢《ゆうちょう》さでブラブラと歩いていくと、たちまち守衛室で叫声が起った。瞬間、オカマは方向をかえて疾走したが、自分のあけた門の鉄柱にぶつってたおれ、ゴンは門のそとまで走るだけは走ったがそこで石を投げられて道のまんなかにくずれおちてしまったのである。めっかちとフクスケは二人べつべつの方向に疾走して、どうにか逃げきることに成功したが、オカマとゴンの二人はついにその夜きり部落へもどらなくなってしまったのだ。

数日たった、ある日の夕方、部落のなかへ一台の中古トラックが入ってきた。トラックは部落のまんなかにとまると、狭い道のうえでうなったり、つぶやいたり、たたらを踏んだり、後じさりしたり、苦心惨憺《さんたん》して方向転換し、いつでも出発できるようにヘッドを部落の入口に向けなおした。それを見てフクスケとキムがでてゆくと、運転台からめっかちが口をうごかしつつおりてきた。彼は二人に手をふって呼びよせると、ズボンのポケットからだまってチュウインガムをとりだした。フクスケはもらったチュウインガムをしがみながら部落のなかを歩きまわり、一軒一軒の家へしらみつぶしに入っていった。

めっかちとキムの二人はトラックの踏台に腰をおろし、肩をならべて、ぼそぼそとした声で話しあった。

「さびしなるなア」

「そうでもないやろ」

「いや、さびしいな」

「おんなじこっちゃないか」

「そうかな」

「かためとくか、散らすかちゅうだけのこっちゃ」

「このチュウインガム、妙な匂《にお》いしよる」

「いちばん安いの買うたんや」

「一枚で足りたか？」

「ほかに薬局でな、体温計を十本買うた」

「このトラック、あとはどうするつもりやねん？」

「築港の埋立地へもっていって、岸壁へぶっつける」

「スクラップにするのか？」

「パーツで売るのや」

「何台目ぐらいになるな？」

「……」

めっかちはガムを吐きすてると、土に踏みにじり、黙ってシャツのポケットからタバコをとりだして火をつけた。

やがて、薄青い夕靄《ゆうもや》のなかを男たちが二人、三人とやってきて、つぎつぎとトラックに這いあがった。あちらの家やこちらの掘立小屋からおびただしい数の男たちがぞろぞろ這いだして、キムとめっかちに言葉すくなく声をかけ、さきにあがった男たちの手を借りながらトラックのうえにのぼった。手ぶらの者もあれば風呂敷《ふろしき》包みをさげたのもあり、背広姿もあればランニング一枚のもいる。蓬髪《ほうはつ》、リーゼント。ゴム長、地下足袋、紳士靴。コソコソつぶやき、ニヤニヤ笑い、ブツブツ不平をいう。彼らが薄暗がりのなかにぎっしりひしめいて待っていると、やがてフクスケがさいごの一人とつれだってやってきた。彼はその男をトラックにおしこむと、めっかちのところへいって、のこったのは不具者と女と子供と老人だけだと報告した。めっかちはそれを聞いて、トラックを見あげ、暗がりをすかすようにして
「えらい少《すく》のうなりよったな」

とつぶやきつつ、運転台にのぼった。

つづいてフクスケがのりこむと、運転室の窓ガラスを叩《たた》くものがある。フクスケが顔をだすと、暗がりで顔はわからないが、はっきりそれとわかるキムの声が、惜しそ

うに口ごもって

「……まァな」

とつぶやいた。

「せいぜいあっちこっちで生きのびてくれ。わいのいうことはそれだけや。ときどき便りがほしい」

「新聞見とれ！」

めっかちはにがにがしげに吐きだすように叫ぶと、いきなりドアをばたんとしめ、エンジンを始動させた。トラックはたちまち、いまにも解体しそうな軋《きし》みをたてて走りだし、暗い道を明るい町にむかって全速力で疾駆していった。

解　説

佐々木基一

『日本三文オペラ』という題名の小説が、日本でこれまで二つ書かれている。一つは武田《たけだ》麟《りん》太郎《たろう》の作品で、これは戦前の昭和七年に発表された。もう一つは開高健の作品で、この方は武田の小説から二十七年ののち、昭和三十四年に『文学界』一月号から七月号まで連載された。武田麟太郎も開高健もともに大阪出身の作家であるが、この二人が、ともに「三文オペラ」という同じ題名に執心していることは大へん面白《おもしろ》いし、また意味深長である。周知のように『三文オペラ』は、現代ドイツの劇作家ベルトルト・ブレヒトの有名な芝居である。十八世紀イギリスの作家ジョン・ゲイの『乞食《こじき》オペラ』を下敷きにして現代的に改作したブレヒトの芝居は、一九二〇年代末のドイツ、つまり、やがてヒットラーの政権掌握を迎えることになるワイマール共和国末期におけるブルジョア社会の風俗および道徳の混乱を、泥棒と乞食と淫売婦《いんばいふ》の姿をかりて痛烈に諷刺《ふうし》しながら、ブルジョア社会のかくされた機構や、ブルジョア道徳の偽善性をバクロしたものであった。

武田麟太郎の『日本三文オペラ』は、東京の浅草公園裏の安アパートにたむろする下積みの庶民たちの、哀れにもかなしい、倒錯した生活図絵を、これこそまさしく社会の底辺にうごめく雑草のごとき民衆の生きざまにほかならぬとして、戯画的に描きだしたもので、そこには武田麟太郎の気質として根深く存在していた一種の陋巷《ろうこう》趣味や、もったいぶった道徳をふりまわす支配階級や上層階級にたいする抜きがたい不信と反逆の気骨と同時に、プロレタリア文学退潮期における一種の挫折《ざせつ》感《かん》とか無力感のようなものも感じとられる。

では、開高健の『日本三文オペラ』はどうか。武田麟太郎に同じ題名の作品があることを開高健が知らなかったとは、とうてい考えられないので、それを知りつつ、あえて自作に武田麟太郎と同じ題名をつけたとすれば、そこには作者の意識的な意図がはたらいているにちがいない。ひょっとしたら、武田麟太郎の作品よりも自分の作品の方が、本当はずっと「三文オペラ」に近いのだという自負も、あるいははたらいていたかも知れない。もっとも作者のほんとうの意図がどこにあったか、わたしには正確にわからない。したがって作者の意図を代弁する資格ももちろんわたしにはない。

ただ、外から眺《なが》めて、同じ大阪出身の先輩作家と同じ題名をあえて用いるのは一種の挑戦のようにも思えた、ということもまた否定できないのである。

この作品について、開高健は自筆年譜に次のように記《しる》している。

「前年の夏、ノイローゼを晴らすために大阪の泥棒部落へ行ったときの経験をもとにして書いた。部落のなかへ入ろうにも入りようがなくて困っていたところ、ある新聞社にいる友人の友人がこの部落のある班の親玉を呼んでくるからと言うので、難波《なんば》の駅で待っていたら、むこうからやって来たのが妻の詩人仲間の金時鐘であったのにはおどろかされた。私はいつのまに彼がフランソワ・ヴィヨンになっていたのか、ついぞ知るよしもなかったが、たちまち意気投合して、その夜、したたかに彼と飲み食いした。あとは御想像におまかせする」

想像にまかせるといわれても、想像する手がかりはこの『日本三文オペラ』という長編小説以外にないわけだが、あえて想像を逞《たくま》しゅうすれば、ジャンジャン横町を歩いていたところを見知らぬ女に呼びとめられ、アパッチ部落に連れて行かれて、屑鉄《くずてつ》泥棒の見習い修業をさせられる通称〝フクスケ〟なる人物の眼と作者の眼はかなり重なり合っているところがあるように思われる。とにかく、たんなる取材見学や聞き書きからはとうてい出てこないような生々《なまなま》しい迫真力が、この作品にあることだけは事実である。しかしまたこの迫真力は、作者が作中のあのキム親玉の家に不逞無頼《ふていぶらい》のやからと同居してえた体験だけからも生まれてはこないだろう。作者の生理と切りはなしがたいものになってしまった一種の臓器感覚、およびそのような感覚にぴったりとマッチしたねばっこい大阪弁の饒舌《じょうぜつ》を抜きにして、この作品の、それこそ生理的ともいうべき迫真力は絶対に生まれてこないだろうと思われる。してみると、汚物溜《おぶつだ》めを思わせるこの猥雑《わいざつ》なアパッチ部落の、嘔吐《おうと》を催させるような醜怪さのうちにひとつの美を見いだす開高健の感覚は、もっとずっと長い時間をかけて、もっとずっと生理の深いところで育《はぐ》まれたものにちがいない。開高健はアパッチ族と呼ばれる泥棒部落に取材のため潜入し、そこではじめてこのアナーキィな不逞集団のちょっと形容のしようのない逞しさにふれて、彼らのエネルギーと、これほど徹底すればもはや美しいとしか言いようのない猥雑と醜怪の極《きわ》みに驚嘆したのではない。むしろ逆であって、開高健の内部に根深く培《つちか》われていた感覚が、アパッチ部落を探《さが》しもとめ、そしてそこに自らの感覚に対応する等価物を見いだしたのだ、といったほうがより正しいだろう。

全力投球の創作を終えると、一種の虚脱感に見舞われてノイローゼ気味になる、という習慣が開高健にはあるらしい。つまり次の感覚的等価物を発見するまで、彼の臓器感覚は吐け口のないやりきれなさを感じて、途方にくれてしまうのである。開高健が出世作『パニック』を発表し、続いて『巨人と玩具《がんぐ》』『裸の王様』を発表して新進作家として世に認められたのは昭和三十二年のことだった。そして、『裸の王様』によって同年下半期の芥川賞《あくたがわしょう》を受け、新進作家としての地位を確保した。ところが、そのとたんに彼はノイローゼになり、それを晴らすために、大阪の城東・東成《ひがしなり》地区を根城にして、旧陸軍砲兵工廠《こうしょう》跡の広大な廃墟《はいきょ》に眠る屑鉄を「笑う」（盗む）泥棒集団のなかにもぐりこんだのである。芥川賞をもらったとたんにノイローゼになり、動物的な欲望をむき出しにして、ぎりぎりのところで生きているアウトローたちの集団のなかで、かえって魂の健康をとりもどすというところに、開高健のいかにも開高健らしい生理と資質がうかがわれるように思う。十五歳の中学生のとき終戦をむかえ、戦後の荒廃と食糧不足のなかで、大学に入ったけれども、日々どうして食って行くかということに血眼にならねばならず、「パン焼工。旋盤見習工。漢方薬店。『ヴォーグ』の翻訳。パンパンさんが米兵にだす手紙の翻訳。市役所。電通の調査員。けちな闇屋《やみや》。大阪の焼跡のあちらこちらをプランクトンのように跳《は》ねてかつがつの生計費を得《う》ることに腐心しなければならなかった」というような青春をおくった開高健の原体験の痕《こん》跡《せき》の深さを、それはおのずから物語っているようにも思われる。

実際、開高健の初期代表作といえる『パニック』『日本三文オペラ』およびその翌年の昭和三十五年に発表された長編『ロビンソンの末裔《まつえい》』の三編は、いずれも同一のモチーフに貫かれた作品であって、いわば、人間と動物が生きて行く上に必要とする最低条件である〝食べる〟ということ、あるいは食べるための条件の絶対的不足、つまり食糧の絶対的窮乏ということを基本において発想されている。一二〇年に一度花を咲かせるという笹《ささ》に生《な》る実が、突然鼠《ねずみ》を大増殖させる。つねに絶対的窮乏状態におかれているこの小動物の生命力がそこで一挙に暴発するのである。この暴発のエネルギーのアナーキィな発散、新たな食糧をもとめる鼠の大群の狂暴な衝動と攻撃——それにふれたとき、開高健の鋭い感受力がはじめてピクピクと動きはじめ、生命が躍動しはじめ、そして彼の言葉もまたもちまえの饒舌《じょうぜつ》をとりもどしてピチピチとはね躍《おど》る。つまり彼のうちに「音楽が起りはじめる」のである。

しかし、食べるということ、あるいは食べるためにだけ生きているということ、言葉をかえて言えば、もっとも原初的な形態において、本能的に生きているということは、文明化した人間の眼には、一箇《こ》の醜悪な行為としかうつらないこともまた事実である。どうしてこれほどまでにして人間は生きねばならぬのか——という絶望的な疑問が、とくに美的感受力の豊かな、繊細な魂のうちに生じてくることは必定である。と同時に、食べるということ、ただ生きるということのために発揮される動物や人間の生物的バイタリティ、その恐ろしいほどのエネルギーの集中、わき眼もふらぬ一心不乱のその一途《いちず》な生きざまの物凄《ものすご》さにもまた、こうした魂は驚嘆しないではいられないのである。これはたしかに、同一の行為にたいする二律背反的な態度を意味するが、一動物あるいは人間の大集団が〝食べる〟ということに集中するこのエネルギーの、一見徒労な発散を、作者は驚嘆すると同時に嫌悪《けんお》し、あるいは嫌悪すると同時にほとんどうずくような快感をもそれから感じるのである。この本能的な生のエネルギーが、一人の個人でなくつねに集団のかたちで受けとめられ、描きだされるところに、衣食住すべてにわたって飢餓状態が普遍的であった戦中、戦後を体験した開高健の特色があり、ほかならぬ現代性がある。また、こうした無方向の、組織されざる集団的エネルギーの奔放な発散が、社会制度という現実の仕組みの厚い壁にぶつかって、ついには無に帰してしまうことをも、開高健の知性ははっきりとみぬいている。しかもなお、彼は、あたかも〝すばらしいものは、醜悪な顔つきをしてしかこの世にあらわれない〟ということを堅く信じて疑わないかのごとく、人間集団のエネルギーの厖大《ぼうだい》な浪費ともいうべき戦争や、あるいは死と破壊と無のためにのみ巨大なエネルギーを放出して自壊したファシズムの徒労のいとなみのなかに、宿命的な人間の悲しいさがを発見し、そこにひとつの「音楽」をききとることをやめないのである。『日本三文オペラ』を注意して読めば、読者はきっと、ギラギラした脂《あぶら》ぎった光をうかべているその猥雑にして醜怪な描写の表皮の下に、人間の存在そのもののもつ哀愁をかみしめている作者の、やわらかく傷つきやすい魂のふるえを感じとることができるにちがいない。

（昭和四十六年六月、文芸評論家）

この作品は昭和三十四年十一月文藝春秋新社より刊行された。

本作品のなかには、今日の観点からみると差別的表現ないしは差別的表現ととられかねない箇所があります。しかし作者の意図は、決して差別を助長するものではないこと、作品自体のもつ文学性ならびに芸術性、また著者がすでに故人であるという事情に鑑《かんが》み、表現の削除、変更はあえて行わず、底本どおりの表記としました。読者各位のご賢察をお願いします。

〈編集部〉

日本《にほん》三文《さんもん》オペラ

新潮文庫　か－5－2

昭和四十六年　六月三十日　発行
平成二十三年　三月　五日　三十一刷改版
令和　三　年　十月　十日　三十四刷

著者　開《かい》高《こう》健《たけし》

発行者　佐藤隆信
発行所　株式会社　新潮社
郵便番号　一六二―八七一一
東京都新宿区矢来町七一
電話　編集部(〇三)三二六六―五四四〇
　　　読者係(〇三)三二六六―五一一一
http://www.shinchosha.co.jp

価格はカバーに表示してあります。

乱丁・落丁本は、ご面倒ですが小社読者係宛ご送付ください。送料小社負担にてお取替えいたします。

印刷・株式会社光邦　製本・株式会社植木製本所

ISBN978-4-10-112802-3 C0193